Sepsis – Showblut

Ilona Bulazel

Sepsis – Showblut
von Ilona Bulazel

Anschrift der Autorin:
Ilona Bulazel
Sinzheimer Str. 40b
76532 Baden-Baden
Deutschland
E-Mail: kontakt@autorib.de
www.autorib.de

1. Auflage: Januar 2016

Korrektorat:
Schreib- und Korrekturservice Heinen
www.sks-heinen.de

ISBN-10: 1523389176
ISBN-13: 978-1523389179

Weitere Informationen zum Druck:
siehe Buchende

»DIE SEPSIS, UMGANGSSPRACHLICH AUCH ALS BLUTVERGIFTUNG BEZEICHNET, GILT ALS SCHWERE ERKRANKUNG, DIE, AUSSER KONTROLLE GERATEN, SOGAR ZUM TODE FÜHREN KANN.«

INHALTSVERZEICHNIS

ÜBER DAS BUCH

»Der Tod, der für Georg Lenovi bestimmt war, hatte einen grausamen Schmerz zum Gefährten. Ein letzter Schrei, dann, nach endlos scheinenden Minuten, war der Kritiker verblutet.«

In der Kurstadt Baden-Baden treibt ein Mörder sein Unwesen, der Gewinner einer Castingshow wird Opfer eines brutalen Anschlags und während einer Theateraufführung taucht eine Leiche auf, die skalpiert wurde. Hauptkommissar Heerse wird mit den Ermittlungen betraut und trifft auf eine Welt, in der Hass, Liebe und Begierde dicht beieinanderliegen.

Nichts ist, wie es scheint und das Sterben hört nicht auf.

Eifersucht, Rache oder pure Mordlust – welches Motiv steckt hinter den blutigen Taten? Als Heerse und sein Team immer mehr unter Druck geraten, kommt es zu einer unerwarteten Wendung. Wird es den Beamten am Ende gelingen, den Wahnsinn zu stoppen?

»Sepsis – Showblut« ist ein weiterer spannender Psychothriller aus der Sepsis-Reihe mit Hauptkommissar Rolf Heerse. Die Bücher können unabhängig voneinander gelesen werden und behandeln in sich abgeschlossene Fälle.

Außerdem erschienen:

»Sepsis – Verkommenes Blut«
»Sepsis – Das Schandmaul«

KAPITEL 1

»Ich bin der König, mein ist die Krone! Deshalb feiert mich und jubelt, beugt das Knie vor mir und erstarrt in Ehrfurcht. Mein Ruhm ist blutig, und dennoch ist es Ruhm!«

Baden-Baden, Anwesen von Magda Lehringer

Sascha Pranter stürzte aus der Villa. Er torkelte und hatte Mühe, das Gleichgewicht zu halten. Die eisige Nachtluft hätte ihn wie ein Faustschlag treffen müssen, aber um die klirrende Januarkälte spüren zu können, war er viel zu zugedröhnt.

Hinter sich hörte er Katinkas schrille Stimme: »Ich werde nicht zulassen, dass sich diese Schlampe zwischen uns stellt! Das wird sie mir büßen …«

Mit einem lauten Knall schlug er die Tür zu. Er war genervt. Katinkas Eifersuchtsszenen konnten zwar manchmal ganz amüsant sein, aber heute war ihm nicht nach dieser Art von Unterhaltung. Er wusste noch nicht einmal, von welcher »Schlampe« die Rede war.

Trotz der dicken Wände des alten Gebäudes vernahm er deutlich das Geräusch von zerspringendem Glas. Katinka bekam augenscheinlich gerade einen ihrer Tobsuchtsanfälle und zertrümmerte, was ihr in die Finger kam.

»Dämliche Kuh!«, brummte er vor sich hin. Was bildete sich die Kleine eigentlich ein? Er hatte ihr keine Versprechungen gemacht, ganz im Gegenteil, aber sie hing wie eine Klette an ihm. Immer wieder hatte er mit anderen Frauen geschlafen und ihr mehr oder wenig unmissverständlich klargemacht, dass sie für ihn stets nur eine Notlösung sein würde – aber Katinka schien das einfach zu ignorieren.

Sie wich nicht von seiner Seite, so als hätte sie keinerlei Selbstachtung. Manchmal ekelte ihn das regelrecht an, so wie heute Abend, an anderen Tagen brauchte er Katinka so notwendig wie das Atmen.

Der Schnee knirschte unter Saschas Sohlen. Unsicher bewegte er sich Richtung »Theater«, einem alten Nebengebäude, das zur Bühne umgebaut worden war. Frustriert stolperte er weiter, nahm einen kräftigen Schluck aus der Ginflasche, die er sich beim Hinausgehen gegriffen hatte, und versuchte, nicht an die heutige Aufführung zu denken.

Es war die Idee seines Managers gewesen: eine Vorabveranstaltung für ein paar handverlesene VIPs und Georg Lenovi, den gefürchtetsten Film- und Theaterkritiker schlechthin. Als der Kritiker nach ungefähr der Hälfte der Vorstellung mit einem lautstarken abfälligen Kommentar die Aufführung verlassen hatte, war Sascha kaum in der Lage gewesen, noch bis zum Ende durchzuhalten.

Lenovi hatte ihn bereits eine Stunde später im Internet verrissen. Morgen würden die anderen Kritiker auf ihren Blogs seinem Beispiel folgen. Und vermutlich wiederholten sich die vernichtenden Worte dann auch in der gedruckten Presse.

Sascha schob die Tür auf und drückte auf einen der Schalter für die Bühnenbeleuchtung. Das gelbe Licht, das den Schein von Fackeln simulieren sollte, schuf eine unheimliche Atmosphäre. Er wankte durch den Raum, dachte an die unbeteiligten Gesichter der Zuschauer, die ihm nur aus Höflichkeit am Ende des Stückes einen verhaltenen Applaus gegönnt hatten, und hasste sie dafür.

»Erlebnistheater vom Feinsten«, lautete ihr Motto. Dafür hatte sich der Regisseur Gunter Morat einiges einfallen lassen. Nicht nur, dass die Zuschauer um die

Bühne herumstehen mussten – Sitzplätze gab es keine –, sie sollten auch während des Stückes den Schauplatz wechseln. Aber wen interessierte das jetzt noch?

Sascha Pranter trank erneut aus der Schnapsflasche und hievte sich umständlich auf die Bühne. Dort krabbelte er auf allen vieren in die Mitte. Das Bühnenbild des letzten Akts war bisher nicht entfernt worden, kleinere Requisiten lagen noch verstreut auf dem Boden. Der Aufbau war schlicht, geradezu spartanisch. Nur ein großer Spiegel umgeben von diffusem Licht durfte sich am Ende des Stückes mit Sascha die Bühne teilen.

Er konnte den Hauch seines Atems sehen, als er sich darin betrachtete. Er blieb auf den Knien, richtete aber den Oberkörper auf. Sein Gesicht wirkte verzerrt, weißer Kokainstaub bedeckte seine Oberlippe und auf der rechten Wange sah er Spuren von Lippenstift – ob von Katinka oder einer anderen, das wusste er nicht, es war ihm aber auch egal. Mit dem Gin prostete er seinem Spiegelbild zu.

»Auf den schlechtesten Schauspieler aller Zeiten!«, rief er gequält, trank, rülpste geräuschvoll und ließ die Flasche auf den Boden gleiten. Die hochprozentige Flüssigkeit versickerte zwischen den Dielenbrettern.

»Ich bin der König, mein ist die Krone!«, begann er, seine Rolle zu spielen. Es war die Schlussszene, der Monolog des Königs. »Deshalb feiert mich und jubelt, beugt das Knie vor mir und erstarrt in Ehrfurcht.« Die Worte kamen ihm nur schwer über die Lippen.

Sascha Pranter beobachtete sein Abbild im Spiegel, als wäre es ihm fremd. Mit einem Mal fuhr er sich wild mit den Händen über das Gesicht, verzerrte es, bis es einer hässlichen Fratze glich, und schrie wie ein Besessener seinen Text: »Mein Ruhm ist blutig, und dennoch ist es Ruhm!«

Er brach ab, glaubte eine leise Stimme und höhnisches Gelächter zu hören.

»Lass mich in Ruhe … ich will alleine sein!«, brüllte er in den düsteren Raum.

Seine Bewegungen waren fahrig, er drehte ruckartig den Kopf, schloss die Augen, nur um sie im nächsten Moment wieder aufzureißen. »… und doch ist es Ruhm!«, schrie er erneut wie von Sinnen.

Und dann spürte er den groben Ruck an seinen Haaren, sah im Spiegel, wie sich die Haut an den Schläfen straffte und starrte mit einer Mischung aus Furcht und Faszination auf die blitzende Klinge. Eine Sekunde später drang das Rasiermesser direkt unter dem Haaransatz tief in seine Stirn ein. Blut tropfte zu Boden; plötzlich, mit etwas Verzögerung, kam der Schmerz. Sascha Pranter schnappte hilflos nach Luft, sein Spiegelbild verschwamm, die Dunkelheit begann, ihn zu verschlingen, und mit einem Mal spürte auch er die Kälte dieser Winternacht.

Wenige Stunden später im Krankenhaus

Rolf Heerse hatte sich äußerst widerwillig aus dem warmen Bett gequält. Eigentlich wäre er noch im Urlaub, aber man hatte ihn vor zwanzig Minuten zurückbeordert.

»Heikle Sache! Da brauche ich einen erfahrenen Beamten!«, hatte ihm sein Chef am Telefon gesagt. Nun, der Hauptkommissar hätte gerne auf so viel Ehre verzichtet.

Er seufzte geräuschvoll, als er die Hose hochzog. Das verdammte Ding passte nicht mehr richtig. Das kam also dabei heraus, wenn man Weihnachten und Silvester nicht arbeiten musste. Für einen Mann Anfang fünfzig hatte sich Heerse bisher ganz gut gehalten – aber die Angst, eines Tages die eigenen Füße nicht mehr sehen zu können, würde ihn wohl dazu zwingen, die nächsten Wochen etwas kürzerzutreten. Geistesabwesend kämmte er sich das hellblonde Haar.

Vor dem Haus hupte jemand. Das war sicher Oberkommissar Müller, sein Mitarbeiter. Der Siebenunddreißigjährige war verheiratet und Vater zweier Kinder, wahrscheinlich hatte der Kollege ein recht turbulentes Weihnachten hinter sich gebracht.

Als Heerse in das Auto stieg und danach fragte, war Müller allerdings einsilbig und wechselte rasch das Thema.

»Ich wusste gar nicht, dass dieser Sascha Pranter in Baden-Baden ist«, sagte er gerade, während sie Richtung Krankenhaus fuhren.

»Du kennst den Mann?« Heerse war überrascht. Man hatte ihm natürlich bereits mitgeteilt, dass das Opfer ein Prominenter war, aber er selbst hatte wenig mit dem Namen anfangen können.

Sein Kollege verzog keine Miene, als er antwortete: »Wenn du Kinder im Alter zehn-plus zu Hause hättest, dann kämst auch du um dieses Wissen nicht herum.« Ein Seitenblick auf Heerse genügte und Müller holte weiter aus. »Stichwort Castingshow. Man hat den besten Schauspieler gesucht und Sascha Pranter war der große Sieger. Die Sendung lief vorletztes Jahr im Sommer.«

»Ehrlich gesagt habe ich noch nie von dem Mann gehört«, gab Heerse ohne Umschweife zu. »Wo hat er denn mitgespielt?«

»Der Sieger hat eine Rolle in einem Kinofilm bekommen, in einer Liebeskomödie …«

»Und?«

»Ich musste mir den Quatsch zweimal ansehen und bin jedes Mal eingeschlafen. Aber meine Töchter fanden den Streifen ›So toll‹ und Sascha Pranter ›So süß‹.«

Er äffte den Tonfall eines hysterischen Teenagers nach und Heerse grinste in sich hinein.

»Und dann?«, fragte er weiter und rief sich in Erinnerung, dass sie es mit einer ernsten Angelegenheit zu tun hatten.

»Und dann wurde es wohl still um den Jungen. Der ist ja gerade mal zweiundzwanzig. Anscheinend wollte er mit Theaterspielen weitermachen. Jedenfalls ist er deshalb in Baden-Baden.«

»Und jetzt liegt er im Krankenhaus, keine besonders gute Reklame«, antwortete Heerse nachdenklich, während Müller den Wagen mit einem grimmigen Gesichtsausdruck in eine Parklücke quetschte.

Im Krankenhaus

Rolf Heerse wunderte sich über das geschäftige Treiben, das bereits um diese frühe Stunde im Krankenhaus herrschte.

Eine Schwester, die den Beamten den Weg zu Sascha Pranters Zimmer zeigte, kommentierte das mit den Worten: »Die Feiertage. Die sind wie Vollmondnächte, da herrscht bei uns Hochbetrieb!«

Der Hauptkommissar konnte das nachvollziehen und wappnete sich für das Gespräch mit dem behandelnden Arzt.

Der Mann war müde und ungeduldig, trotzdem gab er ihnen die gewünschten Auskünfte: »Man hat ein scharfes Rasiermesser verwendet. Der Schnitt ist tief, aber nicht lebensbedrohlich. Wir haben ihn so weit versorgt, die Wunde wird heilen. Was allerdings das Kosmetische angeht …« Er stockte und sah forschend in die Gesichter der Beamten. Als es ihm schien, dass sie verstanden hatten, fuhr er fort: »Dafür wird er dann einen Kollegen aus der plastischen Chirurgie konsultieren müssen.«

Heerse nickte und stellte eine Frage: »War für den Angriff besonders viel Kraft notwendig oder deutet der Schnitt auf medizinisches Wissen hin?«

Sein Gegenüber lächelte dünn. »Was für medizinisches Wissen sollte das sein? Wir Ärzte pflegen für gewöhnlich nicht, uns in der Kunst des Skalpierens zu üben!«

Bevor der Hauptkommissar etwas erwidern konnte, lenkte der Mediziner jedoch ein: »Tut mir leid, aber ich hatte eine lange Schicht.« Er seufzte. »Nein, das war einfach ein Schnitt, kein großer Kraftakt, wenn sich das Opfer nicht wehren kann. Dieser Pranter erinnert sich angeblich an nichts und ehrlich gesagt wundert mich das überhaupt nicht. Der Blutalkoholspiegel war jenseits von Gut und Böse und der Drogentest positiv. Ich bezweifle, dass er von dem Angriff viel mitbekommen hat.«

»Verstehe«, antwortete Heerse, der seinen Chef im Stillen für die Übertragung dieses Falles verfluchte.

Was auch immer die Beamten erwartet hatten, entsprach keinesfalls dem, was sie im Krankenzimmer von Sascha Pranter vorfanden.

Weder herrschte dort die Stille, die einem Verletzten die Genesung erleichtern sollte, noch übten sich die Besucher in rücksichtsvoller Zurückhaltung. Schon vor der Tür hörte Heerse, dass sich mehrere Personen stritten. Er verzichtete auf das höfliche Anklopfen und öffnete mit einem Ruck die Tür.

Erschrocken blickten ihm vier Augenpaare entgegen.

Sascha Pranter, das Opfer, war unschwer zu erkennen. Er saß von einem Berg Kissen gestützt im Bett. Ein Kopfverband aus weißem Mull ließ sein ohnehin sehr blasses Gesicht geradezu gespenstisch durchsichtig erscheinen.

Das konnte jedoch nicht über sein gutes Aussehen hinwegtäuschen – die tiefblauen Augen und der sinnliche Mund hatten vermutlich die Herzen der Fernsehzuschauerinnen im Sturm erobert. Heerse dachte an Müllers Bericht über die Castingshow. Kein Wunder, dass dieser Mann den Wettbewerb gewonnen hatte. Dann wanderte sein Blick zu den beiden Frauen links und rechts auf den Stühlen neben dem Bett.

Die Jüngere blitzte die Polizisten wütend an und drückte Saschas Hand fester.

Doch noch bevor sie etwas sagen konnte, giftete die Ältere zornig: »Was fällt Ihnen ein, das ist ein Krankenzimmer, kein Rummelplatz!«

Der Hauptkommissar blieb ruhig, zückte seinen Ausweis und entgegnete gelassen: »Wer sind Sie und was tun Sie hier?«

Die Frau sog scharf die Luft ein. Sie war der Siebzig vermutlich näher als der Sechzig, wirkte aber immer noch attraktiv und war mit Sicherheit wohlhabend. Dafür sprachen nicht nur die teuren Designerkleider, sondern auch der wertvolle Schmuck, den sie trug.

»Ich nehme an, Sie hätten ein Klopfen nicht gehört bei dem Geschrei, das Sie hier veranstaltet haben!«, knallte ihr nun Müller vor den Latz, der sich ganz gegen seine Gewohnheit aus der Ruhe bringen ließ.

Heerse war überrascht, sagte aber nichts, sondern wartete auf eine Antwort.

»Mein Name ist Magda Lehringer. Ich denke, ich muss mich bei Ihnen entschuldigen, Herr Kommissar, aber Sie haben ja keine Vorstellung davon, was die Leute nicht alles anstellen, um einen Blick auf unseren lieben Sascha werfen zu können …«

»Da muss ich Frau Lehringer recht geben«, beeilte sich nun der Mann zu sagen, der sein Handy in der Hand haltend, lässig an der Wand lehnte.

Er musste Mitte dreißig sein und erinnerte Heerse aus irgendeinem Grund an einen Pornostar aus den Siebzigern. Vielleicht lag es an dem Schnauzer, vielleicht auch an der großen Sonnenbrille, die er sich in sein gegeltes dunkles Haar geschoben hatte.

»Mein Name ist Ricardo Meier, wie der Filmstar. War die Idee meiner Großmutter, Gott hab sie selig!«

Heerse hatte keine Ahnung, welcher Filmstar das sein sollte, überging diese Bemerkung deshalb und fragte: »Und in welcher Funktion sind Sie hier?«

»Ich bin Saschas Manager«, entgegnete der Mann nun etwas überheblich, woraufhin sich die junge Frau, die immer noch die Hand des Verletzten hielt, mit einem verächtlichen Zungenschnalzen zu Wort meldete.

Interessiert blickte der Hauptkommissar nun zu ihr. Sie wirkte ausgemergelt, beinahe krank. Ihre dünnen Arme bildeten sich unter einer engen schwarzen Bluse ab. Das braune Haar hing ihr ungepflegt ins Gesicht und der schwarze Kajal um die grünen Augen gab ihr das Aussehen einer Drogensüchtigen. Trotzdem hatte das Mädchen etwas Anziehendes. Heerse schätzte sie auf sechzehn, aber sie war bereits drei Jahre älter.

»Manager, dass ich nicht lache!«, warf sie Ricardo wütend entgegen.

»Meine Liebe, ich denke nicht, dass das jetzt der richtige Zeitpunkt ist«, mischte sich Magda Lehringer ein. Ihr Ton hatte etwas Gönnerhaftes und brachte die junge Frau noch mehr in Rage.

»Euch geht es nur ums Geld, das ist zum Kotzen!«, zischte sie wütend.

Heerse tauschte einen Blick mit Müller, der bedeuten sollte, die Szene nicht zu unterbrechen.

Ricardo Meier, der zumindest so tat, als wäre er in seiner Ehre verletzt, setzte zum Gegenschlag an: »Ich lasse mir von einer drittklassigen Möchtegernschauspielerin, Schrägstrich Model, Schrägstrich Vögel-Groupie, nicht sagen, wie ich meine Arbeit zu machen habe.« Sein Gesicht nahm einen grausamen Zug an und die junge Frau sprang auf.

Fast sah es so aus, als wollte sie auf den Mann losgehen, da schaltete sich das erste Mal Sascha Pranter ein: »Katinka!«

Mehr musste er nicht sagen. Es war wie der Pfiff, auf den ein gut ausgebildeter Hund zu reagieren gelernt hatte. Die junge Frau sah ihn erwartungsvoll an.

»Ich denke, die Polizei möchte mit mir sprechen. Vielleicht würdet ihr uns einen Augenblick alleine lassen …«

Der Manager entgegnete: »Sollte ich nicht mit dabei sein?«

Sascha Pranter schüttelte den Kopf, was ihm offensichtlich Schmerzen bereitete, denn er berührte sachte den dicken Verband.

»Es wird schon gehen«, sagte er in die Richtung von Ricardo Meier und nickte ihm zu.

Während Katinka Sascha auf den Mund küsste, marschierte Magda Lehringer mit einem huldvollen Lächeln an den Polizisten vorbei.

Als sich die Tür hinter den dreien schloss, seufzte Pranter und sagte mit einem gequälten Grinsen: »Sie dürfen das nicht missverstehen! Sie machen sich eben Sorgen um mich.«

»Wie es aussieht, nicht ohne Grund«, antwortete ihm Heerse und zog sich einen Stuhl heran.

Der junge Mann im Bett wurde ernst und schluckte schwer. »Ich kann mich an nichts erinnern!«, sagte er nun beinahe flehentlich. »Ich weiß nicht, was passiert ist …«

»Vielleicht beginnen Sie damit, mir zu erzählen, wie der gestrige Tag verlaufen ist?«

Sascha kniff die Augen zusammen, so als könnte er sich dadurch besser konzentrieren.

»Wir hatten eine Aufführung, nur für geladene Gäste, VIPs und ein paar Kritiker. Es war ein Reinfall!« Der Schauspieler blickte an seinem Gesprächspartner vorbei und schien einen Moment von der Erinnerung gequält. Dann versuchte er ein Lächeln, das gründlich misslang, und fuhr fort: »Was soll ich sagen, wir waren alle geschockt. Schon kurz nach der Aufführung hagelte es die erste miese Kritik.«

Er blickte forschend in das Gesicht des Hauptkommissars und hatte das Gefühl, sich weiter erklären zu müssen. »Wir haben hart gearbeitet, es hätte ein Weg zurück sein sollen …«

»Ein Weg *zurück*?«

»Ist das denn so schwer zu verstehen?« Die Fassade vom netten Jungen verschwand und Heerse sah die Verzweiflung und den Zorn. »Sie haben keine Ahnung, von was ich spreche!«

»Nein, aber erklären Sie es mir.«

Sascha blähte die Backen auf und ließ geräuschvoll die Luft entweichen. »Die meisten sehen nur den Glamour und den Ruhm. Aber wenn man nach oben kommen will, muss man zu vielem bereit sein. Noch schlimmer wird es, wenn man es geschafft hat. Den Status zu halten, das ist dann die wahre Kunst.« Traurig fügte er an: »Mir ist es zumindest nicht gelungen.«

»Verstehe«, erwiderte Heerse ruhig.

»Ach wirklich?« Sascha Pranter war gereizt.

»Sie haben diesen Wettbewerb gewonnen, einen Film gemacht und danach blieben die Aufträge aus.«

Jetzt musste der junge Mann lächeln, es war eine sympathische Art, sich für den schroffen Ton zu entschuldigen. »Wir Künstler neigen dazu, uns für unbegreifbar zu halten. Wie ich sehe, haben Sie den vollen Durchblick.«

Müller in der Ecke räusperte sich, vermutlich musste er ein Lachen unterdrücken und auch Heerse konnte ein Schmunzeln nicht verhindern. Man hatte ihm ja schon vieles an den Kopf geworfen, aber das war ja einmal etwas erfrischend Positives.

»Sie haben also mit dieser Theateraufführung wieder Fuß fassen wollen. Wie kam es dazu? Ich meine, wer hat Sie engagiert?«

»Oh, das war ein glücklicher Zufall. Bei einer Veranstaltung lernte ich Magda kennen.«

»Die Dame von gerade eben?«, hakte Heerse zur Sicherheit nach.

»Ja, Magda Lehringer. Sie ist Kunst-, besser gesagt Theaterliebhaberin. Ricardo und ich kamen mit ihr ins Gespräch, sie kannte einen begabten Regisseur, das Ensemble wurde zusammengestellt und Magda erklärte sich zum Glück dazu bereit, uns zu finanzieren. Sie ist großartig. Wir wohnen bei ihr in der Villa und sie ließ sogar eines der Nebengebäude als Theater umbauen …« Der junge Mann stockte.

»Und da ist es passiert?«

Sascha nickte.

»Kommen wir noch mal zurück zu gestern Abend. Was ist nach der Aufführung geschehen?«

»Es hat vermutlich keinen Sinn, lange um den heißen Brei herumzureden.«

»Nein, das hat es nicht«, entgegnete Heerse mit einem wohlwollenden Lächeln.

»Wir waren frustriert, wie gelähmt, alles schien den Bach runterzugehen … Da haben wir versucht, etwas zu entspannen. Ich habe mehr getrunken, als gut für mich war.« Die Drogen ließ er unerwähnt. »Dann gab es Streit«, sagte er sachlich.

»Warum und mit wem?«

»Keine Ahnung, warum. Ich denke, es war eine Eifersuchtskiste. Katinka ist wieder einmal ausgeflippt. Woraufhin ich gegangen bin, rüber zum Theater.«

»Ist Ihnen Katinka vielleicht gefolgt?«

»Nein!«, antwortete er sofort vehement. Dann dachte er kurz nach, schien seine Meinung zu ändern und sagte weniger überzeugt: »Nein, das kann ich mir eigentlich nicht vorstellen.«

»Wie stehen Sie zu dieser Katinka?«

»Gar nicht!« Als er das überraschte Gesicht des Hauptkommissars sah, sprach er weiter: »Sie bildet sich ein, mich zu lieben.«

»Und Sie?«

»Ich habe ihr schon mehr als deutlich dargelegt, dass ich keine so großen Gefühle für sie hege, aber das stört Katinka nicht.« Ein gleichgültiges Schulterzucken unterstrich seine Haltung.

»Wie ging es weiter?«

»Na ja, ich kam ins Theater, bin wohl auf die Bühne geklettert und dann … Es tut mir leid, ich weiß nicht, was passiert ist. Das Nächste, an das ich mich erinnern kann, ist das Aufwachen im Krankenhaus und die Schmerzen. Ricardo hat mich gefunden und den Notarzt verständigt.«

»Haben Sie Feinde?«, fragte der Hauptkommissar nun ganz direkt.

»Ich stehe mehr oder weniger in der Öffentlichkeit, natürlich habe ich Feinde. Spinner, die meine Arbeit scheiße finden, fanatische Fans, die mich belagern, aber das ist normal. Ricardo kümmert sich für gewöhnlich um solche Probleme.«

»Sonst noch jemand?«

»Hm«, der junge Mann fing an, herumzudrucksen.

»Hören Sie, man hat einen Anschlag auf Ihr Leben verübt. Jetzt ist nicht die Zeit für falsche Rücksichtnahme. Wenn Sie einen Verdacht haben, dann sagen Sie es.«

Noch schien der junge Schauspieler zu zögern. Nervös knetete er mit den Händen an einem Zipfel seiner Bettdecke. Schließlich entschloss er sich zu antworten: »Es gab da die Sache mit Marvi M.«

Heerse hob fragend die Augenbrauen.

»Das ist ein Künstlername. Marvi M. war der Zweitplatzierte bei der Castingshow. Wir hatten danach ein paar hässliche Begegnungen. Er disst mich in den sozialen Netzwerken und so was eben.«

»Trauen Sie ihm einen tätlichen Angriff zu?«

»Keine Ahnung, eigentlich nicht. Aber er war so besessen zu gewinnen und hat mir deshalb den Sieg nicht verziehen, also …«

»Gut, wir werden das überprüfen. Sonst noch jemand?«

Jetzt schien Sascha weniger zögerlich. »Georg Lenovi. Der Mann hasst mich!«

»Wer ist das und warum hasst er Sie?«

»Das ist ein Film- und Theaterkritiker, der es nicht ertragen kann, dass ich eine Chance bekommen habe. Er zerreißt alles, was ich tue, in der Luft!«

»Und Sie meinen, da steckt etwas Persönliches dahinter?« Die Frage klang unschuldig, aber Sascha glaubte, Sarkasmus herauszuhören.

»Sie denken, ich kann nicht mit Kritik umgehen?«, blaffte er deshalb genervt. »Dieser Mann ist eine Seuche. Das, was er schreibt, sind keine Kritiken, sondern nur Beleidigungen. Ricardo soll Ihnen mal ein paar Beispiele zum Lesen geben. Der Typ will sich auf meine Kosten einen Namen machen.«

»Aber wäre es da nicht logischer, dass er Sie am Leben lässt, anstatt Ihnen danach zu trachten?«

Dieser Gedanke war dem Schauspieler noch nicht gekommen. Widerwillig musste er zugeben, dass Heerse vermutlich recht hatte.

»Wir werden uns trotzdem mit dem Mann unterhalten«, sagte der Polizist nun versöhnlich.

»Ja, vielen Dank!«

Heerse stellte noch ein paar Fragen zu den restlichen Ensemblemitgliedern und verabschiedete sich schließlich mit gemischten Gefühlen von Sascha Pranter.

* * *

»Du wirst mir ein guter Freund sein, nicht wahr?« Die Stimme flüsterte erregt und blickte fasziniert auf den schmalen Streifen Stahl.

»Gemeinsam werden wir die Kontrolle behalten. Natürlich müssen wir behutsam vorgehen und abwarten, wie sich die Dinge entwickeln.«

Behandschuhte Finger stießen sachte gegen den Griff und schoben das Rasiermesser langsam hin und her.

»Mein kleiner, neuer, bester Freund. Du wirst mir zu gegebener Zeit sicher noch hervorragende Dienste leisten.« Ein leises Lachen ertönte und die Finger berührten nun vorsichtig die Stelle, an der sich das getrocknete Blut festgesetzt hatte.

»Eines Tages werde ich sicher die Geschichte unserer ersten Begegnung erzählen müssen.«

Es folgte ein undefinierbarer Laut aus der heiseren Kehle: »Aber vorerst sollten wir unsere Beziehung geheim halten.«

Auf dem angespannten Gesicht zeichnete sich jetzt ein entschuldigendes Lächeln ab. »Sei nicht traurig, deine Stunde kommt gewiss!«

* * *

KAPITEL 2

»Manches Mal schmerzte die Krone,
lastete schwer auf meinem Haupt!
So viel Blut hat sie gefordert,
so viel Verderben!«

Später am Tag

Gereizt drückte Mirko Stemmer auf die Klingel. Die Aufschrift auf dem frisch polierten Messingschild darüber beeindruckte ihn wenig. »Bitte nur einmal drücken. Vielen Dank!« stand da in schnörkeliger Schrift.

Die konnten ihn mal kreuzweise. Er hatte immerhin eine dringende Angelegenheit zu klären.

Gerade als er erneut seinen Finger auf den Knopf legen wollte, hörte er eine beherrscht klingende weibliche Stimme über die Sprechanlage. »Was kann ich für Sie tun?«

»Schnellstens die Tür öffnen, das wäre ein Anfang«, schnauzte Stemmer ungeduldig.

»Um welche Angelegenheit geht es?«

»Sagen Sie Ihrem Boss, Stemmer steht vor der Tür! Und legen Sie einen Zahn zu, ich friere mir hier den A…«

»Einen Moment!«, unterbrach ihn die Stimme kühl.

»Tut mir sehr leid, dass ich Sie stören muss, Monsieur Murcier, aber ein gewisser *Stemmer* steht unten vor der Tür, äh … soll ich die Polizei rufen?«

»Um Gottes willen, Biggi, nein! So etwas regeln wir diskret!«

Die Angesprochene atmete erleichtert aus. Schon hatte sie das Gefühl gehabt, der Situation nicht gewachsen zu sein.

»Das haben Sie sehr gut gemacht. Und jetzt lassen Sie diesen Mann herein und schleusen Sie ihn direkt in unser kleines Besprechungszimmer. Sie machen das wirklich hervorragend!«

Biggi schenkte ihrem Chef ein strahlendes Lächeln und war stolz auf das Lob. Sie war erst seit drei Monaten in diesem exklusiven Baden-Badener Immobilienbüro beschäftigt. Nie hätte sie geglaubt, dass die Wahl auf ihre Person fallen würde. Schließlich hatte sie weder Berufserfahrung noch irgendwelche hervorragenden Abschlüsse. Aber der Chef war mit ihr zufrieden. Sie nahm die Anrufe entgegen, kochte Kaffee und schrieb Briefe. Mit den Verkäufen und Abrechnungen hatte sie zum Glück wenig zu tun. Überstunden wurden von ihr nicht erwartet – nur gelegentlich ein Botengang und dafür stand ihr sogar der Geschäftswagen zur Verfügung. Das Gehalt war mehr als großzügig, aber in ihrer Position musste sie nun mal auch auf ihr Äußeres achten. Und vor allem den männlichen Kunden gefiel, was sie sahen.

Als Biggi den Türöffner betätigte, hatte sie den Namen des Mannes bereits wieder vergessen. Aber sich solche Dinge zu merken, wurde auch nicht von ihr verlangt.

Während Stemmer von der gut aussehenden Blondine durch die schicken Büroräume geführt wurde, warf er anzügliche Blicke auf deren üppige Oberweite. Im Vorbeigehen schnappte er sich eine der übergroßen Visitenkarten, die am Empfangstresen lagen, und steckte sie grinsend ein. Wer wusste schon, wozu man die noch gebrauchen konnte?

»Der Murcier versteht zu leben, was?«, blökte er in Richtung der jungen Frau, die froh war, als sie den seltsamen Gast in die Obhut ihres Chefs übergeben konnte.

»Das ist für heute alles, Biggi. Sie können Feierabend machen.«

Die Mitarbeiterin verkniff es sich, darauf hinzuweisen, dass es noch nicht einmal Mittag war, sondern sagte stattdessen höflich: »Auf Wiedersehen, Monsieur Murcier«, und stöckelte schnell davon.

»Was willst du hier?«, fuhr der Immobilienmakler seinen Gast ungehalten an.

»Was ich hier will? Kriegst wohl nicht viel mit in deinem Luxusbunker! Du hast mich in die Scheiße gezogen – aber das eine sage ich dir …«, jetzt fuchtelte Stemmer wild mit dem Zeigefinger vor Murciers Gesicht herum, »wenn die Bullen bei mir auftauchen, dann bist du mit dran!«

Murcier ahnte nichts Gutes, ließ sich seine Nervosität aber nicht anmerken. Er hatte hart gekämpft, um so weit zu kommen. Heute, mit Mitte fünfzig, mischte er bei den Großen mit und er suchte stets nach Möglichkeiten, sein Vermögen zu vermehren. Aber dieses Spiel war nichts für Weicheier. Risikobereit musste man sein, auch mal weiter gehen, als das Gesetz gestattete. Nur so konnte man etwas erreichen. Und wenn man dann oben angekommen war, galt man ohnehin als unantastbar, das machte weniger legale Transaktionen einfacher.

Stemmer beobachtete sein Gegenüber genau. Der dunkle, perfekt geschnittene Anzug, die Brille mit dem hauchdünnen Goldrand, die akkurat frisierten Haare und die Solariumbräune, das alles beeindruckte ihn wenig. Er kannte solche Typen, die hielten sich alle für superschlau.

Aber wie schlau konnte Murcier sein, wenn er sich mit jemandem wie ihm einließ?

Stemmer gelang es kaum, ein Grinsen zu unterdrücken. Der Immobilienmakler hatte reagiert, wie sie alle reagierten, wenn er plötzlich bei ihnen auftauchte. Niemand wollte mit ihm in Verbindung gebracht werden, aber das hatten die feinen Herren nicht in der Hand. Denn wer seine Ruhe wollte, der musste dafür bezahlen. Von Murcier würde er sich finanzielle Zuschüsse holen – und jetzt hatte er ein fantastisches Druckmittel.

Der Immobilienmakler betrachtete die Gestalt in dem schmierigen Mantel. Eine Wolke von Bier, Zigarettendunst und Knoblauch umgab den Mann. Die wenigen fettigen Haare hatte er zu einem dürren Zopf im Nacken zusammengebunden. Wenn er den Mund öffnete, sah man ungepflegte, gelbe Zähne und an seiner Lippe wucherte ein aufgeplatzter Herpes. Murcier hatte nur einen Gedanken, er musste den Mann schnellstmöglich loswerden.

»Was willst du? Geld?«, fragte er deshalb bissig.

Stemmer grinste. »Geld ist nie verkehrt! Aber das wird nicht billig. Du hast mich in Gefahr gebracht.«

»Was soll der Unsinn? Von was für einer Gefahr reden wir hier? Du bist ein kleiner Drogendealer, da trägst du eben ein gewisses Geschäftsrisiko, das hat ganz sicher nichts mit mir zu tun.«

»Du hast mich auf diese Spinner, diesen Künstlerverein angesetzt. Einer von denen liegt im Krankenhaus, angeblich wollte man ihm den Kopf rasieren, und zwar bis unter die Schädeldecke!« Stemmer machte eine entsprechende Geste. »Bei der Villa schnüffeln die Bullen herum. Ich muss ein paar Tage weg, raus aus Baden-Baden, bevor die auf mich kommen.«

Murciers Gesicht spiegelte die verschiedensten Empfindungen wider. Noch war er sich nicht im Klaren darüber, ob die Sache gut oder schlecht für ihn lief. Er wollte das Grundstück der Lehringer, aber diese alte Schachtel lehnte einen Verkauf ab. Vor allem, seit sie diesen Spleen mit der Kunstförderung hatte. Deshalb war ihm auch die Idee mit Stemmer gekommen. Wenn die Alte kapieren würde, dass diese Bande von durchgeknallten Schauspielern nichts weiter als erbärmliche Junkies waren, dann ließ sie vielleicht mit sich reden. Stemmer hatte bereitwillig die Aufgabe übernommen und Kontakt gesucht. Wie Murcier vermutet hatte, waren einige Mitglieder des Ensembles durchaus an günstigen »Glücklichmachern« interessiert. Bei solchen Jobs konnte man sich auf Stemmer verlassen.

»Woher weißt du überhaupt davon?«, fragte der Immobilienmakler, um Zeit für weitere Überlegungen zu gewinnen.

»Hab meine Quellen, ist heute Nacht passiert.« Stemmer band seinem Gesprächspartner nicht auf die Nase, dass sich auch im Internet die Meldungen bereits überschlugen. Und schon gar nicht erwähnte er, dass er weit mehr als die Öffentlichkeit oder die Polizei wusste.

»Sascha Pranter, Opfer eines Attentats. Wer hat den schönen Sascha skalpiert?«, hieß es im Netz.

Stemmer hätte ihnen die Antwort geben können, schließlich war er dort gewesen. Mit einem Gefühl tiefster Befriedigung dachte er an letzte Nacht. Er war seinem Instinkt gefolgt, hatte ein bisschen herumgeschnüffelt und dabei einen Volltreffer gelandet. Das, was er wusste, würde ihm einen Ruhesitz in Südspanien finanzieren. Endlich konnte auch er einmal so richtig absahnen.

Murcier griff in seine Tasche und zog eine goldene Geldklammer heraus, die ein kleines Bündel Hunderter umschloss.

»Das wird wohl nicht reichen«, sagte Stemmer gehässig.

»Mehr gibt es nicht«, antwortete ihm Murcier, der jetzt einen Schritt auf ihn zu machte. »Ich rate dir, nicht zu übertreiben, mein *Freund*. Ich kann ein gefährlicher Gegner sein, also lass es nicht darauf ankommen!«

Der Blick des Immobilienmaklers war hart und Stemmer wich automatisch einen Schritt zurück.

»Du brauchst mich«, zischte der Drogendealer, aber seine Stimme zitterte ein wenig. Die Selbstsicherheit schien verflogen.

»Genauso wie du mich. Und jetzt verschwinde. Ich melde mich, wenn ich etwas benötige!«

Damit war Stemmer verabschiedet. Murcier blickte ihm noch einen Moment hinterher. *Kleinkriminelle*, dachte er verächtlich.

Er würde diese Geschäftsbeziehung beenden müssen. Die Drogen, die er gelegentlich für seine hochkarätigen Partys benötigte, um kaufwillige Kunden bei Laune zu halten, müsste er sich eben künftig woanders besorgen. Stemmer stand ab sofort auf der Abschussliste.

* * *

Nach dem Gespräch mit Sascha Pranter fuhren die Beamten zur Villa von Magda Lehringer. Das Grundstück lag nicht weit von der Talstation der Baden-Badener Merkurbergbahn entfernt. Der Besitz erstreckte sich über ein gewaltiges Areal und hatte sicher einen Wert im mehrstelligen Millionenbereich. Über eine breite Auffahrt näherten sie sich dem Haus. Ein Stück weiter hinten sahen sie das Gebäude, das als Theater genutzt wurde. Die Autos der Spurensicherung standen davor.

Heerse zog den Mantel fester um sich, als er den wohltemperierten Dienstwagen verlassen musste. Die kalte Luft brannte unangenehm auf der Haut. Müller stapfte missmutig hinter ihm her.

Einer der Kriminaltechniker kam ihnen entgegen. »Wie geht es dem Opfer?«, fragte er mitfühlend.

»Hat Glück gehabt. Und was habt ihr gefunden?«

Heerse blieb im tiefen Schneematsch stehen und schon spürte er, wie sich feine Eiskristalle an den Schnürsenkeln vorbei ihren Weg ins Innere seines rechten Schuhs bahnten. Er fluchte leise und schüttelte seinen Fuß, was das Ganze noch schlimmer machte.

Der Kollege von der Kriminaltechnik enthielt sich eines Kommentars, aber sein Gesicht sprach Bände.

»Also, was habt ihr gefunden?«, hakte Heerse erneut nach.

»Alles und gar nichts. Ein spurentechnischer Albtraum! Das Blut des Opfers auf der Bühne ist wahrscheinlich das Einzige, was wir sicher zuordnen können. Alle Requisiten wurden von unzähligen Personen begrapscht und der Fußboden enthält mehr DNA als die Pariser Metro.«

»Na super«, meckerte Müller.

Der Kriminaltechniker stimmte zu, bevor er sagte: »Aber vielleicht wissen wir, woher die Tatwaffe stammt …«

Heerse horchte auf und wartete auf weitere Ausführungen.

»Ihr solltet mit Rea Klimm sprechen.«

* * *

Rea Klimm war eine große Frau Mitte vierzig, die die Haare straff zu einem Knoten am Hinterkopf zusammengebunden hatte. Trotzdem konnten sich einige der blonden Strähnen lösen und umspielten jetzt auf attraktive Weise ihr humorvolles Gesicht. Graublaue Augen musterten den Hauptkommissar und seinen Kollegen.

»Darf ich fragen, was Sie für eine Aufgabe hier haben?«

Die Frau lachte. Es war ein angenehmes tiefes Lachen, das von Herzen kam. »Haben Sie Zeit mitgebracht? Das alles aufzuzählen, wird eine Weile dauern.«

Heerse senkte leicht den Kopf und antwortete: »Ich nehme mir die Zeit!«

»Na dann. Eigentlich bin ich die Inspizientin, aber bei so einer kleinen Truppe kann man mich auch als Mädchen für alles bezeichnen. Ich mache die Maske, kümmere mich um die Requisiten, richte die Kleider, besorge Fast Food, spiele die Seelentrösterin und so weiter.«

»Verstehe. Mein Kollege sagte mir, Sie wissen etwas über die Tatwaffe?«

»Wissen wäre vielleicht zu viel gesagt, aber uns fehlt ein Rasiermesser!«

»Was heißt das genau?« Der Hauptkommissar hatte sich automatisch weiter aufgerichtet. »Wozu brauchen Sie hier Rasiermesser?«

»Na, für eine Szene im Stück. Sie scheinen es wohl nicht zu kennen?«

Heerse unterdrückte nur mit Mühe einen Fluch. Warum hatte ihm niemand gesagt, dass bei diesen Aufführungen ein Rasiermesser eine Rolle spielte? Warum hatte Sascha Pranter das nicht erwähnt?

Die Frau bemerkte die ratlosen Gesichter der Beamten und holte weiter aus: »Die Handlung ist ziemlich einfach erklärt, aber zitieren Sie mich bitte nicht bei unserem Regisseur.«

Wieder lächelte sie und Heerse nickte ihr zum Zeichen, dass er verstanden hatte, freundlich zu.

»Es geht um Macht, Liebe und Ruhm. Die Hauptfigur, der König, den Sascha spielt, reißt die Krone an sich. Im Laufe des Stückes muss er sie dann verteidigen. Aber als ihm die große Liebe begegnet, ändert sich alles. Hin- und hergerissen zwischen Liebe und Ruhm muss er sich entscheiden. Er wählt die Liebe, aber seine Feinde töten die Frau und er bleibt voller Trauer und Hass zurück.«

»Und das Rasiermesser?«, fragte Müller ungeduldig.

Rea holte tief Luft und fuhr fort: »Verbittert hält der König im letzten Akt seinen großen Monolog. Er wird von seinen Feinden gezwungen, die Krone abzulegen und ins Kloster zu gehen. Ein Barbier betritt die Bühne und zeigt dem Publikum ein Rasiermesser, damit soll dem gestürzten König die Mönchstonsur verpasst werden.«

»Man rasiert ihm den Kopf?« Müller schien fassungslos.

Die Inspizientin lachte. »Nun, das nicht gerade. Es handelt sich eben um eine moderne Inszenierung. Sinnbildlich schwingt der Barbier das Rasiermesser und berührt das Haupt des vor ihm knienden Königs, der seine Krone verloren hat.«

Heerse hatte plötzlich großes Interesse daran, die Kritik von Georg Lenovi zu lesen. Das, was er bisher über das Stück erfahren hatte, hätte ihn selbst nicht begeistern können.

»Und Sie verwenden scharfe Messer?«, fragte er ungläubig.

»Na ja, das geht nicht anders. Der Barbier zerschneidet mit dem Rasiermesser einen Apfel, das ist auch wieder sinnbildlich gemeint.« Und etwas gelangweilt sagte sie: »Adam und Eva, die Schlange, der Apfel, Sie verstehen?«

Müller konnte einen grunzenden Laut nicht unterdrücken.

»Das sind nicht meine Ideen«, verteidigte sich die Frau, »das Stück ist eben so angelegt.«

»Sie sagten, dass ein Rasiermesser fehlt. Wie viele haben Sie denn?«

»Fünf.«

Heerse ließ sich von der Frau in das Nebengebäude führen. Eigentlich hatte er erwartet, sich hier etwas aufwärmen zu können, aber jetzt schien es ihm im Inneren beinahe noch frostiger.

Rea hatte das bemerkt. »Wir heizen nur selten. Die Aufführungen finden im Kalten statt, das soll die Zuschauer mehr an das Stück fesseln, deshalb auch keine Stühle. Unser Regisseur ist der Meinung, dass Bequemlichkeit es schwer macht, die Tragik des Stückes zu erfassen.« Sie zuckte mit den Schultern. »Kunst ist eben komplex!«

Müller schnaubte vernehmlich und Heerse dachte automatisch an bequeme Polster und loderndes Kaminfeuer.

»In der Nacht, als das mit Sascha passiert ist, haben wir nach der Vorstellung nicht aufgeräumt.«

»Es ist nicht gut gelaufen?«, fragte der Hauptkommissar.

Rea verzog das Gesicht. »Nein, leider. Wissen Sie, die Truppe ist gut, der Regisseur aufgeschlossen und das Stück ist ganz o. k. Aber wenn von Anfang an der Wurm drin ist …«

»Sie meinen damit Georg Lenovi, den Kritiker?« Müller machte sich bereits Notizen.

»Ja«, seufzte sie. »Diesen *Wurm* meine ich. Sascha ist ein guter Schauspieler. Ich habe schon an einigen Theatern gearbeitet, der Junge hat auf jeden Fall Talent.«

»Aber eigentlich ist er doch Filmschauspieler?« Heerse stellte sich bewusst unwissend.

»Das eine schließt das andere aber nicht aus. Und in dieser Branche ist es so schwer zu überleben, da muss man alles können. Er hat durch die Castingshow eine Chance bekommen, das ist mehr, als andere von sich behaupten können.«

Einer Eingebung folgend fragte Heerse: »Und Sie? Wollten Sie nie selbst spielen?«

Ein trauriges Lächeln war die Antwort. »Oh natürlich, aber ich war nicht schön genug für die kleinen Nebenrollen und nicht talentiert genug für die großen Charakterdarstellungen. Tja …«

Müller unterbrach Reas Ausführungen, indem er fragte: »Und wo war dieses Rasiermesser am Abend nach der Aufführung?«

»Es muss noch auf der Bühne gelegen haben. Der Barbier lässt es am Ende fallen und verlässt die Szene. Die anderen vier Messer sind nach wie vor in der Kiste, in der ich die kleinen Requisiten aufbewahre.«

Rea Klimm zeigte ihnen die Örtlichkeiten. Sie waren bemüht, den Männern von der Spurensicherung nicht im Wege zu stehen, während sie die Bühnenbilder und das Inventar in Augenschein nahmen.

Als sie das Gebäude gerade verlassen wollten, stürzte ein Mann um die dreißig auf sie zu. Er war hochgewachsen und wirkte sportlich. Sein schwarzes Haar hatte er bis auf wenige Millimeter gestutzt und eine Brille mit dickem, lilafarbenem Rand saß ihm auf der etwas gebogenen Nase.

Seine braunen Augen sprühten geradezu vor Enthusiasmus.

»Wann kann ich wieder arbeiten?«, rief er aufgeregt.

Die Beamten sahen sich fragend an, während Rea die Vorstellung übernahm.

»Das ist Gunter Morat, unser Regisseur«, sagte sie schlicht.

»Was heißt ›wieder arbeiten‹?«, fragte Müller misstrauisch.

Aber Morat war nicht zu stoppen. Die Worte sprudelten geradezu aus ihm heraus: »Wir sind für die nächsten Vorstellungen ausverkauft. Es geht aufwärts!«

»Wirklich?« Rea schien genauso erstaunt wie die beiden Polizeibeamten.

»Ricardo hat es mir eben mitgeteilt. Wir sind bereits überall. Im Internet überschlagen sich die Meldungen. Die wollen nachher noch ein Interview mit mir machen – für eines der Starmagazine, das wird noch heute ausgestrahlt. Wir haben so viel vorzubereiten. Die Proben müssen weitergehen, ich habe eine Szene umgeschrieben. Ich …«

Heerse unterbrach den Mann: »Sie wissen schon, dass hier gerade ein Verbrechen verübt wurde? Sascha Pranter ist verletzt. Er liegt im Krankenhaus, er …«

»Natürlich, das weiß ich alles, aber jetzt hat das Ganze wenigstens noch etwas Gutes. Wir bekommen die Chance, weiterzumachen. Für Sascha ist das eine riesen Sache!«

»Und für Sie nicht?«, ging Müller dazwischen.

Der Regisseur, den Heerse eher für einen Unternehmensberater oder Marketingstrategen gehalten hätte, wurde nicht verlegen. »Selbstverständlich ist das für uns alle ein Segen. Und so tragisch der Vorfall auch ist, warum sollten wir nicht das Beste daraus machen – zu trauern hilft keinem von uns.«

Heerse seufzte leise und stellte dem Mann noch ein paar Fragen, allerdings konnte der nichts Neues beitragen. Mit den anderen Mitgliedern des Ensembles verhielt es sich ähnlich.

Außerdem traf er erneut auf den Manager, Ricardo Meier, der ebenfalls um die Freigabe des Theaters bat und ansonsten nur an seinem Handy hing, um Interviews und Fernsehauftritte zu organisieren.

Keine vierundzwanzig Stunden nach dem Anschlag auf Sascha Pranter war eine Maschinerie angelaufen, die für Heerse und seinen Kollegen etwas regelrecht Beängstigendes hatte. Um Pranter war ein neuer Hype entstanden. In den nächsten Tagen wurde das Krankenhaus belagert und verrückte Fans ließen sich auch vom Sicherheitsdienst nicht abschrecken. Das Fernsehen hatte plötzlich wieder Interesse an dem Castinggewinner und die Karten für die Theateraufführungen waren komplett ausverkauft.

Schon eine Woche nach dem Angriff stand Sascha Pranter wieder auf der Bühne und probte für die nächste Vorstellung.

Zehn Tage nach dem Angriff auf Sascha Pranter

Georg Lenovi war in Hochstimmung. Man hatte ihn hierhergebeten, zweifellos um einen Kniefall vor ihm zu machen und sein Wohlwollen zu erbetteln. Er hatte einen geradezu sadistischen Spaß daran, wenn die Leute vor ihm zu Kreuze kriechen mussten. Nur deshalb war er überhaupt zu diesem geheimen Treffen bereit gewesen. Denn gab es etwas Befriedigenderes, als die Macht über das Schicksal anderer zu haben? Und wenn er sie dabei leiden sehen konnte, lohnte es sich durchaus, an einem eiskalten Winterabend durch den gefrorenen Schnee zu stapfen. Allerdings fing Lenovi langsam an, ungeduldig zu werden. Jemanden wie ihn ließ man nicht warten. Die Person, die so dringend ein Gespräch gewollt hatte, sollte gefälligst pünktlich sein. Mit steifen Fingern tastete er in der Manteltasche nach einer Packung Zigaretten. Zitternd vor Kälte zündete er sich eine an und lief auf und ab.

»Noch fünf Minuten, dann bin ich weg!«, schimpfte er ärgerlich und umrundete das seltsame Gebilde aus aufgeschichtetem Holz, das mitten auf der verschneiten Wiese stand.

Jemand hatte in einem Kreis um den hölzernen Aufbau brennende Fackeln aufgestellt. Lenovi kräuselte abschätzend die Lippen. Vermutlich war das wieder einer dieser unseligen Einfälle des unfähigen Regisseurs.

Das Stück war bereits beim ersten Mal Mist gewesen – Lenovi konnte sich nicht vorstellen, dass neue Szenen an noch ungemütlicheren Schauplätzen heute daran etwas ändern würden. Selbstverständlich musste er sich diesen zweiten Versuch ansehen. Er freute sich schon darauf, eine weitere vernichtende Kritik zu schreiben.

Lenovi war hier nicht weit von Magda Lehringers Anwesen entfernt, die er für eine ungebildete Wichtigtuerin hielt. Während er kräftig an der Zigarette zog, hörte er hinter sich das verräterische Knirschen des Schnees. Er drehte sich um.

»Länger hätte ich nicht mehr gewartet!«, und spöttisch fügte er an, »die Vorführung beginnt in dreißig Minuten, das werde ich mir sicher nicht entgehen lassen!«

Die Person, die nun näher kam, war im Licht der Fackeln gut zu erkennen.

»Also, warum bin ich hier?«, fragte der Kritiker überheblich und bereitete sich voller Genugtuung auf die nun zu erwartenden Schmeicheleien vor.

Vielleicht würde man ihm sogar Geld anbieten? Aber daran war Lenovi nicht interessiert, er nährte sich lieber von der Verzweiflung der Menschen.

»Warum bin ich hier?«, wiederholte er ungeduldig.

»Um zu sterben!«, antwortete man ihm mit einer Bestimmtheit, die den Kritiker augenblicklich in Panik versetzte.

Eine Windböe zog an ihnen vorbei und ließ das Licht der Fackeln fast erlöschen, sodass Lenovi für eine schrecklich lange Sekunde nur die Schwärze der Nacht sah, dann stoben die Flammen wieder auf. In ihrem sanften Schein blitzte die Klinge eines Rasiermessers.

Der Kritiker machte einen Schritt zurück und versuchte, die Beherrschung nicht zu verlieren. »Was fällt Ihnen ein, sind Sie wahnsinnig geworden?«

»Bin ich das?«, kam die Antwort.

»Hören Sie auf!«, rief Lenovi und seine Hysterie ließ sich nicht mehr verbergen. Wie gebannt starrte er auf das Rasiermesser, während er versuchte, zurückzuweichen.

»Du kannst ruhig davonrennen, wenn du willst, aber ich kriege dich!«

Im nächsten Moment sauste die Klinge herab und schlitzte dem Kritiker die Haut auf. Der Schnitt zog sich vom Nasenflügel über die Oberlippe und blutete sofort stark.

Lenovi gab ein schrilles Quieken von sich.

»Du klingst wie ein Schwein, das zur Schlachtbank geführt wird. Ich habe fast den Eindruck, du genießt unsere Begegnung nicht …«

Mitleidlos wurde das Rasiermesser erneut geschwungen.

Der Bann brach. Lenovi stürzte los und begriff, dass er um sein Leben laufen musste. Er keuchte, kam aber im hohen Schnee kaum voran.

Der Mann war weder trainiert noch in einer guten körperlichen Verfassung. Schon nach wenigen Schritten fiel ihm das Atmen schwer, er rutschte aus und stürzte. Mit dem Gesicht nach unten lag er im Schnee und versuchte verzweifelt, sich aufzurichten, aber er wurde auf den Boden gedrückt.

»Gehen Sie runter von mir«, stöhnte er hilflos, aber er hatte keine Chance.

Eiskristalle drangen in seine Nasenlöcher ein, drohten ihn zu ersticken. Lenovi versuchte, sich zu drehen, doch er war bereits zu schwach. Der Schnitt im Gesicht schmerzte. Das kühlende Eis brachte keine Linderung und dicke rote Tropfen verfärbten den weißen Untergrund.

Der Kritiker tastete hektisch mit den Händen den Boden ab, verzweifelt auf der Suche nach einem Gegenstand, mit dem er sich verteidigen konnte. Seine Finger berührten etwas Hartes, er lag direkt neben dem aufgeschichteten Holz.

»Du wirst mir doch nicht ersticken?«, verhöhnte ihn die Stimme über ihm.

Plötzlich wurde sein Kopf grob zurückgerissen. Man hatte ihn an den Haaren gepackt. Es fühlte sich an, als sollte sein Genick gebrochen werden – aber bevor die Wirbel knackten, wurde die kalte Klinge des Rasiermessers in Position gebracht. Der Tod, der für Georg Lenovi bestimmt war, hatte einen grausamen Schmerz zum Gefährten. Ein letzter Schrei, dann, nach endlos scheinenden Minuten, war der Kritiker verblutet.

* * *

KAPITEL 3

»Heute greifen sie nach dem, was einst nur mir allein bestimmt war. Was kann ich tun, außer zu sterben?«

Petra Heerse war mehr als begeistert. Sie liebte das Theater und freute sich auf diesen gemeinsamen Abend mit Rolf. Die Fünfzigjährige war extra beim Friseur gewesen und hatte die blonden Strähnchen auffrischen lassen. Das Kleid, das sie nun trug, schmeichelte ihrer weiblichen Figur. Sie war gespannt auf die Reaktion ihres Mannes, der gerade die Treppe nach oben kam.

»Sieht toll aus«, sagte der voller Anerkennung, fügte dann aber bedauernd hinzu, »allerdings kannst du das nicht anziehen.«

»Warum?«, entrüstete sich Petra, »sehe ich etwa zu dick darin aus?«

Heerse trat auf sie zu, schloss sie in die Arme und drückte ihr einen sanften Kuss auf die Stirn. »Du siehst fantastisch aus, aber in dem Kleid wirst du erfrieren.«

»Wie bitte?« Petra sah ihren Mann ungläubig an.

»Habe ich dir nicht gesagt, dass das eine *moderne* Inszenierung ist?«

»Doch, aber was hat das mit den Temperaturen zu tun? Es wird ja nicht im Freien aufgeführt, oder?«

Heerse lachte und schlagartig änderte sich Petras Laune.

»Das hätte ich mir ja denken können, dass da etwas faul ist. Wenn du mich schon mal freiwillig ins Theater einlädst …«

Sie wollte sich wütend von ihm losmachen, aber er hielt sie weiter fest und spottete: »Ich denke, es geht um die Kunst, was spielt es da für eine Rolle, welche Kleider du trägst?«

»Du hättest mir das früher sagen können!«, antwortete sie immer noch verärgert, während sie anfing, sich umzuziehen.

Auch während der Autofahrt wurde Petra Heerse nicht müde, sich zu beklagen. »Ich sehe aus, als wollte ich einen Schneemann bauen.«

»Du siehst super aus, wie immer«, antwortete Heerse mit der Gelassenheit eines erfahrenen Ehemanns.

»Von wem ist das Stück überhaupt?«, wechselte sie schließlich das Thema.

»Der Autor will nicht genannt werden, so steht es zumindest im Programmheft.«

»Ich hätte nicht geglaubt, dass ich diesen Sascha Pranter einmal live sehen werde.«

»Ich auch nicht«, murmelte Heerse und dachte sehnsüchtig an sein warmes Wohnzimmer.

Die Ermittlungen in dem Fall hatten bisher nicht viel ergeben. Er hatte mit Marvi M. und Georg Lenovi gesprochen. Beide konnten zwar für die Tatnacht kein Alibi vorweisen, aber wie es aussah, fehlten sowieso die Motive. Der Kritiker profitierte nur von einem lebenden Sascha Pranter und Marvi M., der Zweitplatzierte bei der Castingshow, hatte erst vor Kurzem eine Hauptrolle in einer Fernsehsoap bekommen. Damit stand er karrieretechnisch letzten Endes besser da als sein Konkurrent. Gelegenheit hätten allerdings beide Männer gehabt. Lenovi lebte in Baden-Baden und Marvi M. drehte gerade in Freiburg, also nicht zu weit vom Opfer entfernt.

»Ich hätte damals allerdings diesem anderen Jungen den Vorzug gegeben!«, hörte er Petra neben sich sagen.

»Du meinst diesen Marvi? Hast du die Castingshow etwa gesehen?«

»Natürlich, was denkst du denn? Glaubst du, ich bin zu alt für so etwas?«

Heerse überlegte kurz und fragte: »Wie war der Pranter denn so?«

Seine Frau zog eine kleine Schnute, so wie sie es immer tat, wenn sie über etwas nachdachte. Eine Eigenheit, die Heerse besonders an ihr liebte.

»Er war gut, aber der andere schien mir talentierter. Jedenfalls mussten alle Teilnehmer in verschiedenen Kategorien antreten. Du weißt schon, Liebesszene, Action, Theaterklassiker, Stand-up-Comedian, unvorbereitetes Interview und so weiter. Am Schluss waren nur noch die beiden übrig. Aber dieser Sascha hatte das bessere Aussehen – ich denke, deshalb hat er gewonnen.«

Heerse wusste mittlerweile, dass auch Katinka an dieser Castingshow teilgenommen hatte, dort war sie Sascha Pranter das erste Mal begegnet.

»Kannst du dich noch an dieses Mädchen, Katinka, erinnern?«

Petra grinste. »Natürlich, die war vielleicht eine Nummer. Die hat für einen Skandal nach dem anderen gesorgt. Immerhin hat sie es unter die letzten zehn geschafft.«

»Was für Skandale?«

»Na alles. Heulkrämpfe, Eifersuchtsszenen, Streit mit den anderen Teilnehmern, wilde Partys. Gerade so, als wäre sie bereits ein großer Star, der sich alles erlauben kann.«

»Und war sie wenigstens gut?«

»Ja, obwohl sie etwas Verhuschtes an sich hatte. Aber wenn die auf der Bühne stand, dann …«, Petra schnippte mit den Fingern, »konnte die einfach so umschalten. Ich glaube, die hat echtes Talent. Vermutlich will aber niemand mit der arbeiten, weil sie viel zu anstrengend ist.«

»Na, dann bin ich mal gespannt auf heute Abend und vor allem auf dein Urteil!«

Petra seufzte übertrieben: »Wenn ich für euch als Sachverständige tätig bin, sollte ich wenigstens meine Spesen ersetzt bekommen!«

Heerse lachte und gut gelaunt fuhren sie zur Villa von Magda Lehringer.

Für die anderen Zuschauer hatte man einen Park-and-Ride-Service eingerichtet. Busse brachten die etwa hundert Menschen zum Anwesen, mehr Publikum konnte man pro Aufführung nicht unterbringen. Der Hauptkommissar wusste, dass aufgrund der großen Nachfrage zusätzliche Termine eingeplant waren. Als er mit seiner Frau Richtung Nebengebäude ging und sich in den Strom der Zuschauer einreihte, entdeckte er Müller.

»Bist du allein?«, fragte Heerse überrascht. Sie hatten auch Karten für den Ehepartner erhalten.

»Ja, Sylvia konnte nicht weg, eines der Mädchen ist krank«, antwortete der Beamte und sah sich um. Noch bevor sein Vorgesetzter dazu etwas sagen konnte, fuhr er fort: »Dieser Lenovi ist nicht gekommen. Die sind deshalb ganz aus dem Häuschen. Versteh das, wer will. Einerseits fürchten die diesen Kerl und andererseits legen sie dann aber wert auf dessen Anwesenheit. Künstler!«

Heerse bemerkte schon seit einigen Tagen, dass seinen Kollegen etwas beschäftigte. Ganz gegen dessen Natur ließ der sich schnell aus der Ruhe bringen, war gereizt und ungeduldig. Aber jetzt war nicht der Zeitpunkt für ein klärendes Gespräch – sie wollten sich die Vorstellung ansehen, um so noch mehr über die Ensemblemitglieder herauszufinden. Außerdem sollten sie die Augen offen halten, obwohl niemand wirklich mit einem erneuten Angriff auf Sascha Pranter rechnete, schon gar nicht in der Öffentlichkeit. Zudem hatte der Manager, Ricardo Meier, noch eine private Sicherheitsfirma verpflichtet. Diese Herren waren allerdings nicht besonders diskret mit ihren schwarzen Monturen, dem Schriftzug »Security« darauf und den gut sichtbaren Ohrknöpfen.

Heerse sah sich weiter um. Die Zuschauer drängten ungeduldig in das Nebengebäude, in dem die Theaterbühne stand. Erstaunlich viele junge Frauen waren anwesend. Handykameras blitzten, als gäbe es in dem kargen Raum eine Rarität zu bestaunen. Der Hauptkommissar begriff allerdings schnell, was hier so großen Anklang fand. Auf Betreiben von Ricardo Meier war so ziemlich alles über das Attentat veröffentlicht worden, nun wollten die Fans einen Blick auf den Tatort erhaschen. Vielleicht sogar eingetrocknetes Blut auf den alten Holzdielen entdecken. Heerse hatte das Gefühl, dass es ziemlich egal sein würde, was Sascha Pranter heute Abend zum Besten gab. Das Publikum liebte ihn, zumindest im Moment, bedingungslos.

Der Hauptkommissar konzentrierte sich nicht so sehr auf das Stück, sondern auf die Menschen um sich herum. Da war die große Gönnerin Magda Lehringer, die die ganze Zeit die Lippen bewegte und leise die Texte mitsprach wie eine Souffleuse. Neben ihr stand ein Mann, den Heerse nicht kannte. Er war groß, hatte eine Brille mit Goldrand und war offensichtlich gut betucht.

Der Regisseur Gunter Morat hielt sich abseits und beobachtete nur die Reaktionen des Publikums, vermutlich war ihm das Geschehen auf der Bühne ohnehin vertraut.

Ricardo Meier nahm weder vom Publikum noch vom Stück selbst Notiz, sondern hämmerte stattdessen unaufhörlich auf dem Display seines Smartphones herum. Sicherlich bemüht, weitere werbewirksame Details der Öffentlichkeit preiszugeben. Rea Klimm, die Inspizientin, hielt sich dicht bei der Bühne und war hoch konzentriert. Sie hatte ein Textheft in der Hand und ließ die Schauspieler nicht aus den Augen.

Die Handlung plätscherte vor sich hin. Petra Heerse, die neben ihrem Mann stand, verlagerte immer wieder ihr Gewicht von einem Bein auf das andere.

»Wenigstens Stühle hätten die hinstellen können«, murrte sie leise.

Nach circa einer dreiviertel Stunde kam Bewegung in das Stück. Sascha Pranter, der den König spielte, sprang mit einem lauten Schrei von der Bühne und rief gebieterisch: »Folgt mir, meine Freunde, heute ist der Tag der Rache!«

Das Publikum war verwirrt und niemand wusste, was er nun tun sollte. Pranter bahnte sich seinen Weg durch die Zuschauer, ein hölzernes Schwert schwingend, während Rea Klimm von hinten das Publikum antrieb, dem Star zu folgen.

Vor dem Theater waren Statisten zu Fackelträgern verdonnert worden, der seltsame Zug setzte sich nun in Bewegung – der »König« vorne weg. Er trug immer noch einen Kopfverband, allerdings hatte man den weißen Mull durch einen mit Theaterblut getränkten Lappen ersetzt. Das Publikum schien begeistert. Artig trabten sie bergauf und kämpften sich durch den Schnee. Die meisten Besucher hatten nicht mit so einer extremen Outdoor-Show gerechnet und man konnte an ihren maskenhaften Gesichtern erkennen, wie sehr sie froren.

Müller trat wieder neben Heerse. »Nichts Besonderes. Außer, dass dieser Georg Lenovi immer noch nicht aufgetaucht ist.«

Jemand vor ihnen drehte sich um und zischte ungehalten »Ruhe!«, was dazu führte, dass der Hauptkommissar sich fragte, ob ein Abend noch absurder verlaufen konnte.

Das Ziel der Menge war ein aufgeschichteter Berg Holz auf einer Wiese hinter dem Anwesen von Magda Lehringer, der stark an einen Scheiterhaufen erinnerte. Jetzt trat auch das erste Mal Katinka auf. Als Königin zurechtgemacht wirkte sie im flackernden Schein der Fackeln wie eine unnahbare Schönheit. Trotz des dünnen Fähnchens, in das man sie gehüllt hatte, schien ihr die Kälte nichts anhaben zu können. Kein Zittern, kein Zähneklappern – Katinka spielte ihre Rolle so glaubhaft und leidenschaftlich, dass Heerse sein Urteil über die junge Frau gründlich revidieren musste. Bisher dachte er, sie wäre lediglich ein Anhängsel von Sascha Pranter, heute Abend musste er aber feststellen, wie viel mehr in ihr steckte.

»Wir werden den Verrat bestrafen!«, brüllte Sascha nun, der direkt vor dem Scheiterhaufen stand.

Die Rolle des Königs war sehr bewegungsintensiv angelegt. Ständig musste er springen, hin- und herrennen und auf die Knie fallen, nur um sofort wieder aufzustehen. Für Heerses Geschmack definitiv zu viel Hektik, doch die Zuschauer waren begeistert. Jetzt raste der Schauspieler nach links, verschwand kurz im Dunkeln und kam wenige Sekunden später mit einem Benzinkanister zurück. Obwohl das Stück zeitlich irgendwann im Mittelalter angelegt war, legte es der Regisseur darauf an, moderne Requisiten zu verwenden.

Sascha sprach seinen Text und leerte dabei den Inhalt des Kanisters über das Holz. Dann riss er Katinka die Fackel aus der Hand und warf sie mit einem Zornesschrei auf den Scheiterhaufen, der sofort lichterloh brannte. Die vorderen Reihen traten erschrocken einen Schritt zurück.

Schließlich war »die Königin« an der Reihe. Sie griff nach einem Schwert, stocherte damit im Feuer und schwor dabei ihrem König die Treue.

Ihr zierlicher Körper warf einen bizarren Schatten, während sie stolz die Flammen umrundete.

Heerse roch den Brandbeschleuniger und noch etwas anderes. Dieser eigenartige Geruch wurde immer intensiver. Offensichtlich schienen sich die Zuschauer nicht daran zu stören. Im Gegenteil, sie suchten die wärmende Nähe des Feuers – wer konnte ihnen das bei diesen eisigen Temperaturen verdenken.

Heerse kämpfte mit einer Erinnerung, er war alarmiert, wusste noch nicht, warum, und sah sich suchend nach Müller um. Aber noch bevor er erkannte, was hier gerade geschah, riss ihn der Schrei von Katinka aus seinen Gedanken. Ohne lange zu überlegen, stürzte er nach vorne. Während das Publikum noch unschlüssig war, ob ihnen gerade ein Teil der Show oder ein ungewollter Zwischenfall geboten wurde, wusste Heerse, dass etwas nicht stimmte.

Müller bahnte sich bereits auf der anderen Seite seinen Weg. Die Zuschauer, die am nächsten bei Katinka standen, machten ein paar Schritte nach vorne. Noch immer schrie die junge Frau, als wäre sie dem leibhaftigen Teufel begegnet. Sascha stürzte zu ihr, versuchte, sie zu beruhigen, als plötzlich Panik ausbrach. Die Menschen begannen, durcheinanderzurennen, man hörte das Schluchzen einer Frau und jemand musste sich übergeben. Irgendwo blitzten wieder die Handykameras, während die Menschen blindlings durch den Schnee rannten, ausrutschten und voller Angst um Hilfe riefen.

Als Heerse zum Feuer kam, hatte er längst erkannt, warum er so beunruhigt gewesen war. Es gab Dinge, die einen unverwechselbaren Geruch hatten – dazu gehörte auch verbranntes Fleisch. Er sah in die Flammen.

Als Katinka darin herumgestochert hatte, war einer der großen Scheite verrutscht. Die Leiche zwischen dem Holz lag auf dem Rücken, der Kopf hing aus dem Feuer. Der Hauptkommissar konnte sich nur mühsam beherrschen. Katinka hinter ihm war kaum zu beruhigen. Ihre Schreie wollten nicht verstummen. Der schreckliche Anblick würde sie vermutlich ein Leben lang verfolgen.

Georg Lenovi war tot. Sein Mund stand weit offen, die Augen waren trübe und seltsam verdreht, sein Gesicht voller Blut. Die Kopfhaut hatte man ihm von der Stirn bis zur Mitte des Schädels abgetrennt. Sie war zur Seite gerutscht, hing nur noch an ein paar Gewebefasern und sah aus wie ein blutiges Toupet, das nicht mehr richtig saß. Man hatte Georg Lenovi skalpiert.

Heerse konnte es sich nicht erlauben, länger darüber nachzudenken, und brüllte seine Anweisungen, Müller stand neben ihm. Jetzt musste alles schnell gehen, sie hatten einen Job zu erledigen. Unterstützt vom Personal der Security-Firma, das zu Heerses Erleichterung sehr gut geschult war, konnten sie den Tatort räumen und die Überreste von Georg Lenovi bergen. Erst Stunden später gestattete sich der Hauptkommissar eine wärmende Tasse Kaffee in der Villa von Magda Lehringer.

Im geschmackvoll eingerichteten Wohnzimmer hatten sich die Mitwirkenden dieses Dramas versammelt. Katinka, immer noch in ihrem Kostüm, wirkte mit der dicken Theaterschminke wie eine Puppe.

Ihr Blick suchte den von Sascha Pranter, der mit dem Rücken zu ihnen stand und aus einem der bodentiefen Fenster hinaus in die Nacht starrte. Magda Lehringer wirkte gefasst. Die Beine elegant übereinandergeschlagen thronte sie in ihrem großen Ohrensessel, der neben dem antiken Kaminofen stand. An ihrer Seite, auf einem Stuhl, hatte der Mann Platz genommen, der Heerse schon während der Aufführung aufgefallen war. Er stellte sich als Jacques Murcier vor, Immobilienmakler und guter Bekannter von Magda Lehringer.

Rea Klimm und Gunter Morat, der Regisseur, saßen auf dem breiten Sofa, zusammen mit dem Schauspieler Horst Krasmir, der unter anderem die Rolle des Barbiers übernommen hatte. Der Mann war bereits über sechzig, trug einen Vollbart und hatte eine stattliche Körperfülle. Zwei weitere Ensemblemitglieder standen zusammen an dem hohen Bücherregal und verfolgten wachsam, was hier gerade passierte. Es handelte sich um Britta und Klaas Werber. Die beiden waren Mitte zwanzig und seit zwei Jahren verheiratet – sie eine sehr gut aussehende, rassige Dunkelhaarige, er ein attraktiver Mann mit braunem Lockenkopf. Das Ehepaar übernahm zusammen mit dem Barbier die kleinen Nebenrollen, die in dem Stück noch zu besetzen waren.

Ricardo Meier, der Manager, fläzte sich ungerührt von dem, was mit Georg Lenovi geschehen war, auf einem Stuhl und beobachtete das Display seines Handys.

Heerse hatte eigentlich geplant, jeden einzeln zu befragen, aber noch bevor er etwas in der Richtung sagen konnte, funkte ihm Katinka dazwischen.

»Wir sind alle verflucht! Ein Wahnsinniger ist hinter uns her. Er wird uns töten!« Ihre Lippen bebten und die Augen der Frau füllten sich mit Tränen.

Klaas Werber sah sich bemüßigt, auf die junge Schauspielerin zuzugehen, sehr zum Missfallen seiner Frau, die mit einer hektischen Bewegung ihre schwarze Mähne zurückstrich, während sie ihren hübschen Mund ärgerlich zusammenpresste.

»Katinka, alles wird wieder gut!«, sagte Klaas sanft und setzte sich neben seine Kollegin.

»Nichts wird gut!«, stieß diese nun voller Verzweiflung hervor. Dann sprang sie auf, stürzte Richtung Sascha und umklammerte dessen Oberkörper.

Britta Werber quittierte dieses Verhalten mit einem triumphierenden Blick in Richtung ihres Mannes.

Sascha Pranter hingegen schien nicht zu bemerken, wie sich Katinkas Körper an ihn schmiegte. Er wirkte steif wie eine Schaufensterpuppe und reagierte nicht.

Katinka ließ ihn abrupt los, drehte sich zu Heerse um, fixierte ihn mit einem wütenden Blick und rief: »Wie werden Sie uns beschützen? Wie werden Sie *Sascha* beschützen?« Ihr Ton wurde schriller. »Man ist hinter ihm her, das sieht man doch jetzt!«

Noch bevor Heerse darauf etwas antworten konnte, rannte sie jedoch zu Ricardo Meier und schlug ihm wütend das Handy aus der Hand. Mit einem lauten Scheppern flog es gegen die Steinwand. Durch die Wucht sprangen Teile ab.

Ricardo kam sofort auf die Füße. »Spinnst du? Du dämliche Kuh!«, schrie er zornig und stieß sie grob zur Seite.

»Du und diese alte Hexe«, ihr Zeigefinger deutete auf Magda Lehringer, »euch geht es nur ums Geld und die Publicity. Wir hätten nicht weitermachen dürfen, nachdem Sascha angegriffen wurde. Aber ihr habt diese Schmeißfliegen hierhergelockt. Ihr seid schuld, wenn Sascha …«

Ihre Stimme überschlug sich, aber sie wollte nicht schweigen und setzte zur nächsten Schimpftirade an. »Ihr seid Monster, alle, ich hasse euch! Ich …«

Ricardo starrte die Schauspielerin wütend an, aber schließlich war es Magda Lehringer, die mit katzenhaften Bewegungen herüberkam und Katinka eine schallende Ohrfeige verpasste.

»Hör auf damit!«, sagte sie mit einer unüberhörbaren Schärfe in der Stimme.

Heerse glaubte schon, die junge Frau würde zurückschlagen, aber stattdessen rieb sie sich die Wange und schluchzte leise wie ein hilfloses Kind.

»Offensichtlich hatte man heute nicht vor, Sascha zu töten. Georg Lenovi lag skalpiert im Feuer, keiner von uns«, sagte die Lehringer kaltschnäuzig.

Rea Klimm erbarmte sich und führte Katinka zurück aufs Sofa, während sich die Hausherrin mit einem charmanten Lächeln an Heerse wandte: »Sie sehen, wir sind alle mit den Nerven am Ende. Vielleicht könnten wir die Befragungen auf morgen verschieben?«

»Nein, können wir nicht!«, antwortete ihr Heerse hart. »Ein Mensch wurde heute auf brutale Weise ermordet. Das heißt …«

Wieder wurde er unterbrochen, dieses Mal von Sascha Pranter. »Stimmt es, was Katinka sagt? Sind wir alle in Gefahr?« Er hatte sich umgedreht, stand aber weiterhin wie eine Statue unbeweglich vor dem Fenster. Auch er trug immer noch sein Kostüm und den mit künstlichem Blut getränkten Kopfverband. Sein blasses Gesicht mit den dunkelblauen Augen wirkte ängstlich. »Stimmt es?«

Er fing leicht an zu schwanken, Ricardo wollte ihm zur Hilfe eilen, aber Magda Lehringer war schneller und schlang behutsam ihren Arm um seine Hüfte.

Mit unerwarteter Vertrautheit führte sie ihn zu einem der Sessel.

»Sehen Sie, was Sie angerichtet haben?«, schimpfte die Frau in Heerses Richtung.

Der Hauptkommissar hätte diesem »Verein« am liebsten einmal richtig die Meinung gegeigt, aber er schwieg zu dem Vorwurf. Stattdessen teilte er den Anwesenden mit, dass er nun mit den Befragungen beginnen wollte.

Erstaunlicherweise gab es niemanden, der sich einem Einzelgespräch verweigerte. Beinahe schien es, als sei es ihnen allen ein Bedürfnis, die eigene Sicht der Dinge kundzutun.

Die Gespräche waren allerdings wenig ergiebig. Interessant war jedoch, dass die Szene mit dem Scheiterhaufen erst nachträglich von dem Regisseur eingebaut worden war, sozusagen als Überraschung für das Publikum. Das bedeutete aber auch, dass ein Außenstehender eigentlich nichts davon wissen konnte. Glaubte der Mörder also, ein gutes Versteck in dem Holzhaufen entdeckt zu haben, oder sollte der Tote auf so dramatische Weise gefunden werden? War Georg Lenovis Leichnam mit voller Absicht in dem Scheiterhaufen gelandet? Und war er ein ausgewähltes Opfer oder ein zufälliges?

Der Immobilienmakler Jacques Murcier, der gebürtiger Elsässer war, gab an, nichts beobachtet zu haben – außer, und das vertraute er dem Hauptkommissar unter dem Siegel der Verschwiegenheit an, dass diese Künstler allesamt unberechenbare Persönlichkeiten wären. Er habe seine liebe Freundin Magda Lehringer vor solch einem Projekt gewarnt und man würde nun ja sehen, wie richtig er mit seinen Befürchtungen gelegen habe.

Magda Lehringer hingegen behauptete, sie würde beide Hände für die Truppe ins Feuer legen und auch

Ricardo Meier sei ein zuverlässiger Geschäftspartner. Sein Ziel sei nun einmal, das Beste für Sascha und damit auch für das Stück zu erreichen, und das würde er mit aller Kraft versuchen.

»Sie finden demnach nicht, dass er die tragischen Ereignisse ausnutzt, um daraus Kapital zu schlagen?«, fragte Müller vorwurfsvoll dazwischen.

»Junger Mann, würde er das nicht tun, wäre er ein miserabler Manager!«

Der Barbier, Horst Krasmir, konnte keine neuen Erkenntnisse liefern, schien aber ein alter Hase in der Branche zu sein und ließ sich deshalb auch nicht so leicht aus der Ruhe bringen.

Aufschlussreich war die Unterhaltung mit Britta Werber.

»Sie kennen die anderen schon lange?«

»Nein. Gunter Morat, der Regisseur, hat uns dazugeholt. Ich arbeite normalerweise als Model, aber die Schauspielerei ermöglicht es mir, mehr Zeit mit meinem Mann zu verbringen.«

Sie war eine schöne Frau, und das wusste Britta Werber auch. Mit einer fast schon anzüglichen Bewegung beugte sie sich in Richtung Heerse, bevor sie weitersprach: »Aber das, was ich von den anderen bisher weiß, reicht mir vollkommen.«

»Und was wissen Sie?«

Sie genoss es sichtlich, die ungeteilte Aufmerksamkeit der Beamten zu haben, und kostete den Moment aus. »Ich meine, das sind natürlich nur Vermutungen und ich will niemanden in Schwierigkeiten bringen, aber …« Ihre Stimme klang rauchig und sexy. Mit ihren schmalen Fingern strich sie an ihrem Dekolleté entlang und der Hauptkommissar hatte den Eindruck, in einem schlechten Film festzusitzen.

Nichtsdestotrotz blieb er freundlich, um die Frau nicht zu vergraulen. »Wir suchen nach einem gefährlichen Mörder. Sie sollten nicht aus Sentimentalität schweigen. Am Ende bringen Sie sich nur selbst in Gefahr.«

Müller räusperte sich bei den Worten seines Chefs, denn er wusste genau, wie schwer es diesem fiel, nicht aus der Haut zu fahren.

»Na ja«, zog die Frau ihre Aussage nun künstlich in die Länge, »die gute Magda scheint mir doch manchmal etwas zu besorgt um unseren schönen Sascha, aber den stören die Annäherungsversuche seiner Gönnerin nicht.« Sie schenkte Heerse ein unschuldiges Lächeln. »Und dieser angebliche *gute Bekannte* unserer Gastgeberin schleicht doch außergewöhnlich oft hier herum.«

Sie lehnte sich noch ein Stück vor und Heerse ahnte schon, dass sie jetzt zu einem vernichtenden Schlag ausholen wollte. Mit der Zunge befeuchtete sie ihre Lippen.

»Aber unsere kleine Katinka, die hat es faustdick hinter den Ohren. Wenn Sie mich fragen, ist sie Ihre Mörderin.«

Heerse stellte sich begriffsstutzig. »Und warum hätte sie erst Sascha Pranter angreifen, dann aber Lenovi ermorden sollen?«

»Na, das liegt doch auf der Hand«, entgegnete Britta überheblich. »Während einem ihrer unkontrollierten Wutanfälle hat sie sich an dem Objekt ihrer Begierde vergangen, um dann später voller Reue, sozusagen als Wiedergutmachung, Saschas stärkste Bedrohung aus dem Weg zu räumen!«

Heerse war nicht überrascht über diese schweren Anschuldigungen. Aus Britta sprach die Eifersucht, ganz offensichtlich war die Beziehung ihres Ehemanns zu Katinka weitaus mehr als nur kollegiale Freundschaft.

Der hatte nämlich während seiner Befragung Katinka als Täterin vehement ausgeschlossen. Trotzdem war diese Theorie nicht von der Hand zu weisen. Für den Angriff auf Sascha Pranter gab es zwar keine Zeugen, aber auch keine Alibis. Nachdem Katinka einen ihrer Wutanfälle gehabt hatte, war Sascha gegangen und kurz darauf hatten sich auch die restlichen Ensemblemitglieder zurückgezogen. Niemand konnte dem anderen ein einwandfreies Alibi geben. Selbst das Ehepaar Werber, die beiden hatten getrennte Schlafzimmer, war nicht entlastet.

Für den Mord an dem Kritiker Georg Lenovi fehlten ebenfalls die Alibis. Der Gerichtsmediziner ging bislang davon aus, dass Lenovi erst kurz vor Beginn der Aufführung gestorben war. Seinen Körper dann ins Feuer zu wuchten, war sicher keine einfache Aufgabe gewesen, schon gar nicht für eine so zierliche Person wie Katinka – aber Heerse hatte schon erlebt, wie Menschen im Wahn zu vielem fähig gewesen waren. Außerdem bestand natürlich die Möglichkeit, dass sie einen Helfer gehabt hatte.

Als er anschließend Katinka befragte, wiederholte diese ihre Sorge um Sascha, blieb dabei allerdings ganz ruhig, wirkte fast schüchtern und erklärte mit zitternder Stimme, welche Angst sie um dessen Leben hätte.

Ricardo Meier leuchteten die sprichwörtlichen Dollarzeichen in den Augen, als er den Beamten Rede und Antwort stand. Auch er hatte keine neuen Informationen.

Als Letztes sprach Heerse mit Sascha Pranter. Der hatte sich umgezogen und endlich diesen unappetitlichen Kopfverband abgenommen, sodass jetzt wieder eine Schicht weißen Mulls die Wunde verdeckte. Der Schauspieler bemerkte Heerses Blick.

»Es verheilt langsam.«

Der Hauptkommissar nickte und wollte seine erste Frage stellen, aber Sascha kam ihm zuvor.

»Sie verdächtigen jemand vom Ensemble, nicht wahr?« Seine Augen blickten traurig zu dem Beamten.

»Momentan sammeln wir die Fakten.«

Als hätte er die Antwort nicht gehört, fuhr der junge Schauspieler fort: »Sie denken, einer von meinen Kollegen, meinen Freunden, hätte mir das angetan?« Er deutete mit seinem Zeigefinger auf die Stirn. »Einer von ihnen soll das gewesen sein?« Mit einem verzweifelten Blick hob er den Kopf. Tränen liefen ihm über die Wangen. »Man hat mich entstellt! Ich werde jedes Mal, wenn ich in den Spiegel sehe, daran erinnert. Die Menschen werden mich anstarren!«

»Man hat uns gesagt, dass ein plastischer Chirurg eventuell …« Es war ein hilfloser Versuch von Müller, etwas Tröstendes zu sagen.

»Ja, natürlich«, gab Pranter voller Sarkasmus zurück, »man kann das operieren. Aber wer garantiert mir, dass das gelingt, dass ich hinterher nicht noch schlimmer aussehe? Und die Angst, dass so etwas noch einmal passiert, die wird bleiben, die kann mir niemand wegoperieren! Glauben Sie, ich will ständig irgendwelche *Bodyguards* um mich herum haben? Und was ist, wenn eigentlich *ich* dort in dem Feuer hätte liegen sollen?« Geräuschvoll zog er die Nase hoch und wischte sich mit der Hand über das Gesicht. »Entschuldigung, ich sollte mich besser zusammenreißen.«

»Nach dem, was Sie erlebt haben, macht Ihnen sicher niemand einen Vorwurf. Aber leider muss ich trotzdem ein paar Fragen stellen.«

»Natürlich, bitte.«

»In welcher Verbindung standen Sie zu Georg Lenovi?«

Sascha schien verblüfft. »Verbindung? Er hat mich systematisch sabotiert! Ich habe Ihnen doch bereits gesagt, dass er versucht hat, mich zu ruinieren.« Plötzlich lächelte der junge Mann resigniert. »Wenn Sie so wollen, dann hätte ich ein hervorragendes Motiv gehabt, Lenovi umzubringen.«

Heerse antwortete nicht darauf, sondern ließ sein Gegenüber weitersprechen.

»Immerhin ist davon auszugehen, dass er mit seinen Beleidigungen nicht aufgehört hätte.« Kurz überlegte Sascha, zog die Stirn etwas in Falten und sagte schließlich: »Ich kann nicht leugnen, dass ich wenig Trauer über Lenovis Tod verspüre, aber ich bin kein Dummkopf. Derjenige, der das getan hat, ist nicht mein Freund, immerhin wollte der auch mich umbringen.«

»Diese Theorie ist naheliegend«, antwortete Heerse, »deshalb muss ich Sie fragen, ob es möglich wäre, dass Sie und Georg Lenovi gemeinsame Feinde haben?«

»Lenovi hatte sich fast die gesamte Theater- und Filmwelt zum Feind gemacht. Sehr wahrscheinlich gibt es da Überschneidungen. Ich habe Ihnen doch von Marvi M. erzählt, meinem Konkurrenten aus der Castingshow. Den hat Lenovi genauso fertiggemacht wie mich.«

»Sonst noch etwas?«

Sascha Pranters Blick verschleierte sich. Er überlegte, dann sagte er mit fester Stimme: »Ich kann einfach nicht glauben, dass jemand aus der Truppe mir etwas antun wollte.«

Der Hauptkommissar öffnete schon den Mund, um zu antworten, als plötzlich die Tür aufgerissen wurde. Eine völlig aufgelöste Rea Klimm stürzte ins Zimmer, hektische Röte überzog ihr Gesicht.

»Herr Heerse, es fehlt wieder eines!«, rief sie aufgeregt.

Der Hauptkommissar begriff nicht sofort und hakte nach: »Was fehlt?«

Rea machte eine feierliche Miene und antwortete mit erstickter Stimme: »Ein Rasiermesser, es fehlt schon wieder ein Rasiermesser!«

* * *

»Ein wahrer Segen, dass es mehrere von euch gibt. Was sagst du dazu, dass die Verwandtschaft zugeschlagen hat?«

Das Rasiermesser war in ein rotes Samttuch eingeschlagen. Mit äußerstem Zartgefühl, so als wäre es zerbrechlich und könnte allein durch eine unbedachte Berührung in tausend Stücke zerspringen, wurde es nun langsam ausgewickelt und auf den kühlen, hellen Fliesenboden des Badezimmers gelegt.

»Ich würde sagen, das war ein raffinierter Schachzug. Georg Lenovi hat das Zeitliche gesegnet und das auf höchst unschöne Art und Weise.«

Das Messer wurde mit einem Zeigefinger angestoßen und drehte sich nun einmal im Kreis.

»Ihr seid wirklich nützliche, kleine Dinger und so herrlich hinterhältig. Ich wusste ja, dass wir noch viel Spaß haben werden. Ehrlich gesagt bin ich schon sehr gespannt, was als Nächstes passieren wird. Vorerst bist du bei mir jedoch in Sicherheit.«

Der rote Samt umhüllte nun wieder das Schneidwerkzeug mit der scharfen Klinge und verbarg es so vor neugierigen Blicken.

* * *

KAPITEL 4

»Wie soll ich retten, was längst verloren ist? Wie soll ich die Krone tragen, nach der meine Feinde streben?«

Maren Teuber war auf dem Weg zum Präsidium. Am frühen Morgen hatte sie den Anruf erhalten, mit dem Heerse seine Mitarbeiterin aus dem Urlaub zurückbeorderte. Sie wusste, um welchen Fall es ging. Seit Tagen hörte man nichts anderes mehr als die Nachrichten rund um Sascha Pranter und das Attentat, das er nur knapp überlebt hatte. Offensichtlich verschärfte sich die Situation gerade. Ihr Chef hatte ihr bereits mitgeteilt, dass ein namhafter Kritiker, Georg Lenovi, ermordet worden war.

»Ich brauche mein komplettes Team, tut mir leid wegen deines Urlaubs«, waren Heeres Abschiedsworte am Telefon gewesen.

Bevor die Kommissarin ein »Ist schon gut« erwidern konnte, hatte er aufgelegt. Danach war die Einunddreißigjährige in ihre Jeans gesprungen, hatte das schulterlange Haar gekämmt, sich erneut darüber geärgert, dass sie sich zu einem Pony hatte überreden lassen, und sich dann mit einer kurzen Erklärung von ihren Eltern verabschiedet, bei denen sie sich die letzten zwei Wochen verkrochen hatte.

Ein neuer Fall würde ihr guttun, da war sich die Beamtin sicher. Trennungen konnten entsetzlich sein. Aber wem war es schon wohl, wenn er sich eingestehen musste, dass er in Beziehungssachen ein Loser war?

»Tja, ich habe es mal wieder vermasselt«, seufzte sie laut und dachte an den ungläubigen Gesichtsausdruck ihrer Mutter, als sie der von dieser letzten, wieder einmal gescheiterten Beziehung erzählt hatte.

»Kind, für dich muss wirklich erst noch ein Mann gebacken werden.« Das war der Standardsatz von Mutter Teuber in solchen Situationen.

Maren schaltete den Scheibenwischer höher. Ein heftiger Schneeregen schränkte die Sicht ein. Die junge Frau reckte das Kinn nach vorne, verzog entschlossen den Mund und nahm sich fest vor, fürs Erste die Männerwelt zu vergessen und sich stattdessen voll und ganz auf ihren Beruf zu konzentrieren.

In der Dienststelle herrschte Hektik. Maren betrat Rolf Heerses Büro, als dieser gerade eine Standpauke von seinem Vorgesetzten gehalten bekam.

»Heerse, Mann! Sie sind doch ein fähiger Beamter, wie hat denn das passieren können? Erst der Angriff auf diesen Schauspieler, der dafür gesorgt hat, dass ganz Deutschland nach Baden-Baden blickt, und dann ein Mord. Wieder jemand aus diesem Theaterumfeld. Verdammt!«

Heerse blieb ruhig. Er wusste, dass sie von allen Seiten Druck bekamen – sich jetzt mit dem Boss zu streiten, half kaum weiter.

Müller, der ebenfalls anwesend war, nahm die Anschuldigungen allerdings nicht so gelassen hin. »Wie hätten wir bitte den Mord an diesem Lenovi voraussehen sollen?«, blaffte er ungehalten.

Heerse warf seinem Mitarbeiter einen warnenden Blick zu und grüßte gleichzeitig in Marens Richtung, die noch in ihrer dicken Winterjacke steckte.

»Wir werden unser Möglichstes tun, um die Sache schnell aufzuklären«, richtete der Hauptkommissar nun das Wort an seinen Vorgesetzten.

Der schnaubte ungehalten und verließ mit den Worten »Das will ich schwer hoffen!« das Büro.

»Was sollte das denn gerade?« Heerse sah irritiert zu Müller.

Kleinlaut antwortete der: »Sorry, aber der Typ hat mich jetzt so was von genervt. Hat der denn überhaupt eine Ahnung, wie das ist mit diesen Schauspielern? Das sind professionelle Lügner, das ist deren Beruf. Die können uns alles vorgaukeln. Wie will man die durchschauen, geschweige denn eines Mordes überführen?«

Maren sah erstaunt von einem zum anderen. Auch sie hatte Müller noch nie so ungehalten erlebt.

»Und unser Beruf ist es, Lügner zu erkennen«, entgegnete Heerse ruhig. »Genau das werden wir auch dieses Mal tun.« Er wandte sich an die Kommissarin: »Müller soll dich auf den aktuellen Stand bringen, dann sprechen wir alles noch mal durch.«

Während Maren die Berichte studierte, dachte Heerse über Müllers Worte nach. Der Kollege hatte nicht ganz unrecht. Schließlich hatte er selbst das Ensemble in Aktion erlebt. Sie alle konnten leicht in die Rolle eines anderen schlüpfen und diese überzeugend spielen. Es würde sicher nicht einfach werden, sollte einer von ihnen tatsächlich schuldig sein.

Dreißig Minuten später saßen die Beamten zusammen und gingen die Akten durch.

»Das ist ja ein illustrer Haufen«, sagte Maren gerade. »Sascha Pranter hat eine Vorstrafe wegen Drogenbesitzes, Britta Werber wurde vor drei Jahren wegen Prostitution aufgegriffen und diese Katinka ist erst vor vier Monaten zu einer Geldstrafe wegen Körperverletzung verdonnert worden. Sie hat einem Barbesitzer ein Cocktailglas an den Kopf geworfen, die Wunde musste genäht werden. Ricardo Meier ist auch kein unbeschriebenes Blatt. Es gab eine Anzeige wegen Heiratsschwindel, die wurde dann aber zurückgezogen.«

»Nun, das heißt aber noch lange nicht, dass einer von denen auch zu einem Mord fähig wäre«, hielt Heerse dagegen. »Was ist mit dem Regisseur und der Inspizientin?«, wollte er nun wissen.

»Gunter Morat und Rea Klimm sind sauber, das gilt auch für den Mann von Britta, Klaas Werber, und Horst Krasmir, den *Barbier.*« Bei der letzten Bemerkung musste Maren grinsen. »Aber«, fuhr sie ernst fort, »euer Immobilienmakler ist nicht so vornehm, wie er tut. Es gab Ermittlungen wegen Betrugs im großen Stil, allerdings hat es nicht zu einer Anklage gereicht. Sieht so aus, als gäbe es auch außerhalb der schönen Künste einige Bösewichte.« Dieser Kommentar richtete sich an Müller, der jedoch ganz offensichtlich auch seinen Sinn für Humor verloren hatte und nur mit einem undefinierbaren Gemurmel reagierte.

»Über den möchte ich noch mehr erfahren. Müller, das übernimmst du«, sagte Heerse.

Der Beamte stimmte sofort zu und war sichtlich zufrieden mit dieser Aufgabe.

»Mir ist da etwas aufgefallen. Britta Werber hat mehr oder weniger in ihrer Aussage angedeutet, dass das Verhältnis zwischen Pranter und der Lehringer nicht nur platonisch sei, wie es auf den ersten Blick den Eindruck macht. Vielleicht sollten wir das überprüfen.«

Müller hob die Augenbrauen. »Sie ist fast siebzig und er Anfang zwanzig …«

Seine Kollegin zuckte mit den Schultern. »Na und?«

»Maren hat recht. Es schadet nichts, dieser Kunstliebhaberin etwas auf den Zahn zu fühlen.«

Dann gingen sie noch einmal den Bericht der Gerichtsmedizin durch. Wie bereits vermutet, starb Lenovi kurz vor der Aufführung durch ein Rasiermesser.

Die Spurensicherung hatte außerdem Blut des Toten gefunden, es gab große Mengen davon im Schnee. Bei Nacht und im Schein der Fackeln hatten die Zuschauer das allerdings nicht bemerkt, zumal eine feine Schicht Neuschnee die verräterischen Hinweise überdeckt hatte.

Momentan liefen noch die Befragungen der Zuschauer. Das war ein gewaltiger Kraftakt für die Beamten, bis jetzt hatten die Ermittlungen in diese Richtung jedoch nichts ergeben. Niemand im Publikum schien etwas Außergewöhnliches bemerkt zu haben.

»Rea Klimm hatte Zugang zu den Rasiermessern, könnte sie vielleicht unsere Täterin sein?« Maren beugte sich über die Ausdrucke mit Müllers Notizen.

»Das ist zu dünn«, antwortete ihr der Kollege. »Das erste Rasiermesser lag auf der Bühne, also frei zugänglich, um Sascha Pranter damit zu verletzen. Das fehlende zweite Messer, dessen Verschwinden nach dem Mord an Lenovi bemerkt wurde, lag in einer einfachen Kiste, die unbeaufsichtigt im hinteren Teil des Theaters stand. Bei dem Kommen und Gehen vor der Aufführung hätte sich da jeder bedienen können.«

»Und der Angriff auf Pranter erfolgte ohne jede Vorwarnung? Ich meine, der Täter muss entweder gewaltiges Glück gehabt oder ihn über einen langen Zeitraum verfolgt haben, um die Gelegenheit zu bekommen, ihn anzugreifen. Auch das vorhandene Rasiermesser auf der Bühne war doch reiner Zufall. Hat denn niemand etwas bemerkt? Keine Drohungen? Kein gewalttätiger Stalker in der Vergangenheit?«, bohrte Maren weiter.

»Dem gehen wir bereits nach«, antwortete ihr Heerse. »Aber es stimmt, dieser Angriff scheint nicht geplant gewesen zu sein. Niemand konnte wissen, dass Sascha Pranter nachts das Theater aufsucht und ein Rasiermesser auf der Bühne liegt.«

»Also eine Tat im Affekt? Jemand hat spontan die Gelegenheit genutzt?«, fragte die Kommissarin.

Ihre Kollegen teilten diese Einschätzung. Es schien am wahrscheinlichsten.

»Was ist mit dem Motiv? Wer hasst Pranter und Lenovi so sehr, dass er sie umbringen will?«, Maren wandte sich fragend an Heerse.

»Da sehe ich das größte Problem«, erwiderte dieser müde. »Es könnte ein persönliches Motiv geben, eine Verbindung zwischen beiden Taten, oder aber es hat nichts mit den Personen selbst zu tun, sondern ist nur ein Manöver.«

»Aber wozu?«, fragte Müller.

»Man verletzt den Hauptdarsteller, Mord war zu diesem Zeitpunkt vielleicht gar nicht beabsichtigt. Es geht nur darum, Pranter einzuschüchtern. Womöglich ist jemand scharf auf dessen Job. Aber als der Täter bemerkt, dass der Anschlag nichts nützt, sondern im Gegenteil das öffentliche Interesse an Pranter sogar steigert, da bringt er auch noch den Kritiker um und legt ihn sozusagen als Requisite ins Feuer«, schlug Maren vor. »Und dann wartet er darauf, dass Pranter aus Angst das Handtuch wirft. Oder«, führte sie einen anderen Gedanken aus, »geht es darum, das Stück als solches in Misskredit zu bringen? Erst der Anschlag auf einen der Darsteller, dann der tote Kritiker. Der Mörder hofft, dass die Aufführungen deshalb vom Publikum abgelehnt werden. In dem Fall hätte der Täter wieder nicht vorausgesehen, dass sein Handeln genau das Gegenteil bewirken würde.«

»Oder aber er hat genau *damit* gerechnet«, erwiderte der Hauptkommissar nachdenklich.

»Dieselbe Vorgehensweise, aber mit dem Ziel, die öffentliche Aufmerksamkeit zu steigern und so der Aufführung und dem Ensemble zum Erfolg zu verhelfen, und Pranter und Lenovi waren nur Mittel zum Zweck«, nahm Maren die neue Idee auf.

»Ich weiß ehrlich gesagt nicht, welches Motiv mich mehr beunruhigt«, drückte Müller seine Besorgnis aus.

»Da gebe ich dir recht. Und die Ermittlungen werden dadurch auch nicht leichter. Außerdem können wir nicht ausschließen, dass man Sascha Pranter an jenem Abend doch hatte ermorden wollen, der Täter dabei aber gestört wurde«, antwortete Heerse.

»Bekommt Pranter denn Personenschutz?«

»Private Security. Zum Glück arbeiten die mit ausgebildeten Leuten.«

»Und was können wir jetzt machen? Warten, bis wieder etwas passiert?« Müller wirkte frustriert.

»Wir machen unsere Arbeit, wie gewöhnlich«, gab ihm Heerse grimmig zur Antwort.

Am nächsten Tag

Stemmer hatte die Stadt natürlich nicht verlassen, das war nur eine erfundene Geschichte für den Immobilienheini gewesen. Wenn Stemmer hätte untertauchen müssen, wäre er still und leise verschwunden. Aber nein, momentan gab es für ihn keinen Grund, Baden-Baden den Rücken zu kehren und die Geschäfte einem anderen zu überlassen. Zumal er gerade einen richtig dicken Fisch an der Angel hatte.

Mit äußerster Genugtuung wählte er die fremde Handynummer. Es gab nur zwei Sorten von Menschen, die an geheime Handynummern kamen. Das eine waren die Polizisten, die sich dafür durch einen Berg von Formularen und Beschlüssen arbeiten mussten, die andern waren Drogendealer wie Stemmer, die solche Daten von ihren Kunden freiwillig bekamen.

Am Ende der Leitung erklang ein: »Ja, bitte?«

Stemmer musste grinsen. Mit Sicherheit wurde nicht mit seinem Anruf gerechnet. »Wir müssen uns unterhalten«, sagte er jetzt so geringschätzig wie möglich. Von Anfang an sollte nämlich kein falscher Eindruck entstehen. Sein Goldesel musste gleich kapieren, wer hier das Sagen hatte.

»Wer spricht denn da?«, kam es jetzt ärgerlich zurück.

»Wir kennen uns. Du kannst mich Stemmer nennen, so nennen mich alle meine *Freunde*.«

»Stemmer?« Zuerst war da nur Unverständnis, dann schien es zu dämmern. »Stemmer!« Dieses Mal wurde der Name mit einem genervten Unterton ausgesprochen. »Was wollen Sie?«

»Wie schön, du weißt wieder, wer ich bin.«

»Mich interessiert nicht, wer Sie sind.«

»Oh, das wird sich ändern! Du bist in meiner Kundenkartei, hast du das vergessen?«, gab der Drogendealer nun triumphierend zurück.

Durch die Leitung schepperte ein schrilles Lachen.

»Sagen Sie jetzt bloß nicht, Sie wollen mich ernsthaft wegen eines kleinen Drogenkaufs erpressen. Das ist ja lachhaft. Ein Joint für den Eigenbedarf wird wohl kaum meine Existenz bedrohen.« Jetzt wurde die Stimme wieder selbstsicherer.

»Du glaubst, dass mich interessiert, was ihr Filmfreaks konsumiert?« Stemmer machte eine kurze Pause und dachte an das Gesicht auf der anderen Seite der Leitung, bevor er süffisant sagte: »Mich interessiert nur, wer wen umbringt.«

Jetzt war lediglich ein Schnaufen zu hören, bevor Stemmer nachsetzte: »Und ich habe mit großem Interesse und äußerst überrascht zugesehen, wie der ›König‹ dieses ach so fantastischen Machwerks in jener

Nacht beinahe seinen Kopf verloren hätte. Muss ich deutlicher werden?«

Daraufhin herrschte für einen Moment Schweigen.

»Was wollen Sie von mir?«

»Was denkst du denn?« Stemmer spielte dieses Spiel mit Freude.

»Wie viel?«

»Ah, du hast verstanden. Das ist gut …«

Etwas später in der Villa von Magda Lehringer

Sascha Pranter lief im Zimmer auf und ab. Ricardo Meier sah ihm gelassen dabei zu.

»Ricardo, mein Freund, du musst mir sagen, was du an diesem Abend gesehen hast. An dem Abend, als ich angegriffen wurde. Wenn du etwas weißt, bitte …«

Sascha blieb vor dem Manager stehen und betrachtete dessen eigentümliche Aufmachung. Er konnte nicht behaupten, dass er Ricardo sonderlich mochte. Er traute ihm in geschäftlichen Dingen allerdings einiges zu. Außerdem war dieser Typ mit dem altmodischen Schnauzer, den gegelten Haaren und der albernen Sonnenbrille auf dem Kopf der Einzige gewesen, der ihn damals nach Ende der Castingshow beziehungsweise den Dreharbeiten für den Kinofilm unter Vertrag nehmen wollte.

Andere, namhaftere Agenturen waren bei ihren Absagen nicht zimperlich gewesen: »Junge, du bist verbraucht, ausgelutscht wie ein alter Drops!«

Deshalb hatte er auch keine große Auswahl gehabt, aber dieser schmierige Ricardo war gerade dabei, sein damals gegebenes Versprechen zu halten. »Wenn du bei mir unterschreibst, dann bringe ich dich wieder nach oben!«

Allerdings hatte Sascha ebenfalls seinen Beitrag geleistet. Ganz so einfach war es damals nämlich nicht gewesen, Magda Lehringer dazu zu bewegen, ihr Geld in seine Karriere zu stecken. Er hatte Kompromisse machen müssen und dazu gehörte nicht nur der Umstand, dass ihr das Recht oblag, das Theaterstück auszusuchen. Nein, er hatte auch sehr persönliche Kompromisse gemacht. Den Gedanken daran schüttelte der Schauspieler schnell ab und wandte sich erneut an seinen Manager: »Also, was ist? Weißt du etwas? Willst du mir vielleicht etwas sagen?«

Ricardo blickte seinen Schützling mit zusammengekniffenen Augen an. »Was sollte ich denn wissen?«, fragte er amüsiert.

Sascha Pranter wich seinem Blick nicht aus. Eine Weile starrten sich die Männer an.

Schließlich war es Ricardo, der sagte: »Mann, ich bin dein Manager, quasi so etwas wie dein Vater im Showgeschäft. Ich passe auf dich auf, also mach dir keine Sorgen!«

»Ich will wissen, ob du irgendetwas gesehen hast.« Die Stimme des Schauspielers klang ungeduldig.

»Hör zu, ich habe dich gefunden, halb tot, voller Blut. Ich hatte keine Ahnung, ob du überhaupt noch lebst, deshalb habe ich auch sofort den Notarzt verständigt. Also bitte, was willst du nun von mir hören? Dass sich ein unheimlicher Schatten davongeschlichen hat? Dass ich deutlich das Aftershave von Marvi M. gerochen habe?« Ricardo lachte über seinen eigenen Witz. »Du musst zugeben, das wäre ein interessanter Werbegag!«

»Hör auf damit!«, zischte Sascha, »das ist nicht witzig.«

»Ist es nicht?« Ricardos Gesichtsausdruck wurde hart. »Vermutlich ist es besser, wenn *ich* entscheide, was witzig ist und was nicht. So wie du mir grundsätzlich die Entscheidungen überlassen solltest.«

»Ich bin nicht deine Marionette, nur dass das klar ist!«

»Oh Gott, hör auf, die Diva zu spielen«, gab Ricardo ungerührt zurück. »Wir beide wissen doch, wie es laufen wird – also sei friedlich und zerbrich dir nicht deinen hübschen Kopf.« Die letzte Bemerkung sagte er mit einem breiten Grinsen. »Du bist am Leben und dieser Lenovi ist tot. Der Kerl war eine echte Plage, also was solls. Ich werde bestimmt nicht um ihn weinen. Das einzig Gute, was er jemals für uns getan hat, war in diesem mittelprächtigen Stück als Leiche aufzutauchen.«

»Interessiert dich denn nicht, wer das getan hat?«, fragte der Schauspieler angespannt.

»Jemand hat uns allen einen Gefallen getan, belassen wir es dabei.«

»Aber die Polizei wird das nicht so sehen und weiter hier herumschnüffeln …«, erwiderte Sascha gereizt.

»Na und, das ist gute Publicity. Und jetzt lass uns über diesen Termin morgen sprechen. Wenn du es richtig anstellst, ersetzt du vielleicht bald den guten Marvi M. in dieser Fernsehsoap. Das müsste dir eigentlich ein Lächeln aufs Gesicht zaubern.«

Ricardo Meier schlug nun freundschaftlich auf Saschas Schulter. »Das könnte dein Comeback sein! Also keine Fehler, dafür sind wir zu dicht dran. Wir sollten heute Abend ein bisschen Party machen, das entspannt dich vielleicht. Verlass dich auf mich, ich organisiere alles!«

Am Nachmittag in der Villa

Klaas Werber lag bequem auf seinem Bett und dachte über die Zukunft nach. Er hatte zwar nur die Nebenrollen in dem Stück bekommen, aber so, wie sich die ganze Sache jetzt entwickelte, könnte ihn seine Mitgliedschaft in diesem Ensemble berühmt machen. Er hatte Einladungen zu Talkshows so wie seine Kollegen auch. Man wollte ihn auf dem Cover eines Outdoormagazins ablichten und eine Kaufhauskette hatte bereits Interesse an einer Werbekampagne mit ihm bekundet. Für Britta kamen ähnlich gute Angebote, besser konnte es also gar nicht laufen.

Trotzdem war er unzufrieden. Britta und er, das war längst nicht mehr so wie am Anfang. Vermutlich hatten sie zu schnell geheiratet. Er atmete schwer aus. Und dann war Katinka in seinem Leben aufgetaucht. Er kannte sie natürlich aus dem Fernsehen, hatte alle Folgen der Castingshow gesehen und war damals schon begeistert von ihr gewesen. Mit ihr jedoch zusammenzuarbeiten, war einfach fantastisch. Klaas genoss die Nähe zu der Kollegin, auch wenn es so schien, als würde sie die meiste Zeit überhaupt keine Notiz von ihm nehmen.

Sie war so anders als seine Frau. Die wiederum hielt nicht viel von Katinka und bezeichnete sie als durchtrieben und unberechenbar. Britta war eben immer misstrauisch und mochte die meisten Menschen nicht. Für gewöhnlich ging sie hart mit ihrem Umfeld ins Gericht. Klaas hatte sich immer darüber gewundert, dass sie ausgerechnet ihm das Ja-Wort gegeben hatte, denn sie war stark und wäre vermutlich hervorragend ohne einen Mann an ihrer Seite zurechtgekommen.

Seine Gedanken schweiften zurück zu Katinka. Sie war vielleicht anders, komplizierter als gewöhnliche Frauen, aber auch sanfter, empfindsamer und schutzbedürftiger.

Als es an der Tür klopfte, machte sich Klaas nicht die Mühe aufzustehen, sondern rief nur genervt: »Es ist offen!« Vermutlich Britta, die sich wieder einmal über irgendetwas oder irgendwen beschweren wollte.

Überrascht richtete er sich auf, als er Katinka im Türrahmen erkannte. Sein Herz schlug ihm bis zum Hals. Es war, als hätten seine Tagträume die junge Kollegin direkt in sein Zimmer gelockt.

Die Frau wirkte wie ein Zauberwesen, ihre schmale Gestalt verlieh ihr ein kindliches Aussehen. Sie trug nur ein langes, schlabbriges T-Shirt. Die nackten Beine steckten in übergroßen Plüschhausschuhen und ihr Haar hing lose über die Schultern. Katinka trug wie immer wenig Make-up, nur den obligatorischen schwarzen Kajal, der sie in Klaas' Augen ein bisschen geheimnisvoll wirken ließ.

Langsam schloss sie die Tür, sagte kein Wort und trat auf ihn zu.

»Alles in Ordnung?«, fragte Klaas verlegen. »Sag nicht, dass schon wieder etwas passiert ist …« Er fing an zu plappern. Sie würde das bemerken und ihn auslachen.

»Ich bin unentspannt!«, gab sie ihm knapp zur Antwort und machte einen weiteren Schritt auf ihn zu.

Klaas roch ihren zarten Duft und eine leichte Hitze stieg ihm ins Gesicht, als er die körperliche Erregung spürte. Diese Frau brachte ihn um den Verstand. Um sich nicht noch weiter in Verlegenheit zu bringen, schwang er seine Beine aus dem Bett und saß nun auf der Kante.

Katinka starrte ihn an. Sie verzog keine Miene – auch nicht, als sie sich mit einer einzigen Bewegung das T-Shirt über den Kopf streifte. Sie trug keine Unterwäsche, stand nun, bis auf die albernen Hausschuhe, völlig nackt vor ihm. Er starrte auf ihre kleinen, runden Brüste, das glitzernde Bauchnabelpiercing und die unrasierte Scham. Wie ein unerfahrener Teenager streckte er die Hand aus und streichelte sanft mit den Fingern über ihren Oberkörper. Sie wich nicht zurück, sondern blieb unbeweglich. Er tastete sich vorsichtig nach unten. Fuhr zärtlich über ihre Schenkel, schob sie auseinander und berührte sie behutsam. Sie ließ es zu, beobachtete sein Gesicht, während ihn die Wärme zwischen ihren Beinen aufs höchste Maß erregte. Er stöhnte leise, ließ seine Hand immer weiter zwischen Katinkas Schenkel gleiten, wagte aber noch nicht, sie an sich zu ziehen. Er wollte, dass sie seine Berührungen genoss, sich hingab und war unendlich erleichtert, als sie schließlich mit einem leisen Seufzer die Augen schloss.

Klaas kostete diesen intimen Moment aus, verschwendete keinen Gedanken daran, dass weder die Tür abgeschlossen war und jederzeit jemand hereinkommen könnte, noch, dass er seinerzeit Britta die Treue geschworen hatte. Sein Körper schmerzte vor Lust, als Katinka seine Hand nun beiseiteschob, auf ihn zukam und mit geschickten Fingern seine Hose öffnete. Jetzt endlich zog er sie in die Arme. Katinka setzte sich auf ihn, bewegte sich voller Begierde auf und ab. Es war so einfach mit ihr, so harmonisch. Sie mussten sich nichts sagen, alles geschah wie von selbst, ohne Peinlichkeiten und ohne Verstellung. Klaas kam viel zu schnell zum Höhepunkt, aber diesen Moment erlebten sie gemeinsam, zumindest fühlte es sich für ihn so an. Langsam ließen seine Bewegungen nach. Katinkas feuchter Körper schmiegte sich an ihn und er hielt sie fest, so als wollte er sie nie wieder loslassen.

»Was würdest du tun für jemanden, den du liebst?«, fragte sie plötzlich, und es war so, als hätte der Sex zwischen ihnen überhaupt nicht stattgefunden. Als würde sie nicht immer noch auf ihm sitzen, völlig nackt und erschöpft, den Kopf an seine Schulter gelehnt und die Arme um seinen Hals geschlungen.

Er antwortete spontan, ohne nachzudenken. Die Worte waren nicht reiflich überlegt, sondern nur die Folge seiner Gefühle. »Alles!«, sagte er leidenschaftlich, »ich würde alles tun!«

Sie atmete aus. Es klang erleichtert. Dann richtete sie sich auf und sah ihn an.

»Katinka, ich liebe dich«, sagte Klaas, und in diesem Augenblick war das auch die Wahrheit. »Ich werde Britta verlassen, wir beide gehören zusammen!«

»Nein, tun wir nicht«, erwiderte sie ruhig und stand auf.

Es fiel ihm schwer, die Hände nicht erneut nach ihr auszustrecken und sie an sich zu ziehen, aber er wusste, er würde sie damit verschrecken.

»Katinka, hörst du nicht, ich liebe dich!«

Sie zog sich das T-Shirt über, antwortete ihm nicht und machte Anstalten zu gehen.

Jetzt sprang er auf, nestelte umständlich seine Hose zu, holte sie an der Tür ein und verstellte ihr den Weg. Er konnte sie ohne eine Antwort nicht gehen lassen.

Ihr Blick war starr. »Ich gehöre zu Sascha, er braucht mich …«

»Er behandelt dich wie Dreck!« Jetzt fiel es Klaas immer schwerer, ruhig zu bleiben. Am liebsten hätte er sie geschüttelt. Begriff sie denn nicht, dass Sascha nicht gut genug für sie war?

»Das verstehst du nicht. Er ist schwach, er braucht mich!« Ihre Stimme klang fest.

»Und was war dann das zwischen uns eben?«, rief Klaas verzweifelt.

Sie warf ihm ein schüchternes Lächeln zu, küsste ihn sanft auf die Wange und flüsterte: »Das hat mich entspannt. Ich danke dir.« Damit schlüpfte sie an ihm vorbei und trat aus der Tür.

Am anderen Ende des Flurs kam gerade Britta um die Ecke. Katinka hatte Klaas' Frau nicht bemerkt und verschwand in ihrem Zimmer.

Wie eine Furie stürmte Britta nun zu ihrem Mann und schlug ihm dabei beinahe die Tür an den Kopf. Ihre Augen durchsuchten das Zimmer nach Hinweisen. Aber die brauchte sie nicht, der Ausdruck in Klaas' Gesicht war Information genug. Nur ein Narr hätte nicht erkannt, was gerade hier vor sich gegangen war. Der Wut und der Eifersucht folgte ein Gefühl der Verzweiflung. Wenn sie ihn jetzt zur Rede stellen würde, was dann? Sie wusste doch schon lange, dass er Katinka geradezu anhimmelte. Musste sie das auch noch aus seinem Mund hören? Was wäre denn die Konsequenz davon? Klaas war ein Träumer, er würde ihr beichten, was passiert war, und die Trennung vorschlagen. Und dann gäbe es kein Zurück mehr. Aber sie wollte sich nicht von Klaas trennen. Er war gut für sie, hatte ihr ein besseres Leben ermöglicht, weg vom Abschaum, weg vom Milieu. Natürlich hatte er keine Ahnung von der Vergangenheit seiner Frau und das war auch gut so. Klaas war ein Schaf, aber ein liebenswertes und sie hatte nicht vor, ihn sich von dieser durchgeknallten Schlampe wegnehmen zu lassen. Dieses Problem würde sie lösen müssen.

Britta atmete durch. »Wir gehen heute Abend in den Klub. Ricardo meint, es wäre gut, wenn wir uns alle sehen lassen würden. Er sorgt für Blitzlichtgewitter vor dem Eingang. Was hältst du davon? Sollen wir gehen?«

Sie war betont sanft und unterwürfig. Der Plan ging auf.

Klaas' Gesichtsausdruck sprach Bände, er hatte ein schlechtes Gewissen. »Ganz wie du willst, mein Schatz«, antwortete er freundlich und konnte ihr dabei nicht in die Augen sehen.

* * *

KAPITEL 5

»Wer unter euch ist mir ebenbürtig? Verrat oder Angst, einer dieser Gegner wird mich zu Fall bringen.«

Kurz vor Mitternacht im Klub Beeb-One

Stemmer stand am Seitenausgang des Beeb-One, einem angesagten Baden-Badener Klub. Es war eiskalt und bereits kurz vor Mitternacht. So schnell hatte er gar nicht mit den ersten Einnahmen gerechnet, aber je eher, desto besser. Es schien so, dass alle Beteiligten in diesem Theater-Geschäft finanziell nicht schlecht dastanden. Normalerweise bettelten seine Kunden um Aufschub, damit sie Gelegenheit hatten, den geforderten Betrag zu beschaffen. Dieses Mal war es erfreulicherweise anders.

Vor circa zwanzig Minuten hatte Sascha Pranter den Klub betreten. Die Fotografen und Reporter hatten wie eine persönliche Leibgarde Spalier gestanden, Blitzlichter und Geschrei begleiteten das Eintreffen der Schauspieler. Auch Katinka, die Dürre, die immer so krank aussah, war dabei gewesen. Außerdem Britta Werber, die rassige Dunkelhaarige, die etwas Verruchtes an sich hatte und deshalb schon eher nach Stemmers Geschmack war. Das Ensemble war komplett angetreten, alle in Schwarz gekleidet. Entweder eine Werbestrategie oder ein ernst gemeintes Zeichen der Betroffenheit wegen des Todes von Georg Lenovi.

Selbst der Regisseur Gunter Morat, der Schauspieler Klaas Werber, der Mann, der den Barbier spielte, diese grobschlächtige Inspizientin, der schleimige Manager und der alte Drachen, Magda Lehringer, hatten sich diesen Auftritt nicht nehmen lassen. Stemmer war das egal, nur eine Person spielte für ihn eine Rolle – und zwar die des Goldesels.

Wie vereinbart, war er gegen vierundzwanzig Uhr durch einen Seitenausgang des Klubs ins Freie geschlüpft. Der uneinsehbare Platz bei den großen Mülltonnen war hervorragend zur Abwicklung diverser Geschäfte geeignet. Die Mitarbeiter des Klubs taten für gewöhnlich so, als wüssten sie nichts von Stemmers kleinen Drogendeals, schließlich lockte sein Service eine beachtliche Zahl zufriedener und zahlungskräftiger Kunden in das Etablissement. Er wusste also, dass er sich hier ungestört unterhalten konnte.

Endlich öffnete sich die Hintertür – für einen Moment hörte man laute Musik, dann war es wieder still.

Die Außenbeleuchtung flackerte und spendete nur trübes Licht, trotzdem erkannte Stemmer genug, um sich mit einem zufriedenen Grinsen an sein Gegenüber zu wenden. »Sieh an, sieh an, wen haben wir denn da?«

Für diese Bemerkung erntete er einen hasserfüllten Blick.

»Wo ist das Geld?«, fragte Stemmer schnell.

»Wir sollten nicht hier stehen bleiben«, bekam er zur Antwort und musste feststellen, dass sich sein vermeintliches Opfer alles andere als ängstlich verhielt, als es zielstrebig hinter einer der Mülltonnen verschwand.

Er folgte etwas widerstrebend, wollte sich aber keinesfalls irgendeine Spur von Unsicherheit anmerken lassen.

In der dunklen Ecke roch es nach Abfall und Urin. Sie standen an einer Mauer, das Licht erreichte sie kaum.

»Wo ist das Geld?«, wiederholte er seine Frage.

Stemmers Gegenüber antwortete nicht, sondern holte aus und rammte ohne Vorwarnung einen Dolch in den Bauch des Drogendealers.

Der Schmerz ließ den Mann nach Luft schnappen, seine Augen verdrehten sich und er sank auf die Knie. Das Messer wurde zurückgezogen. Die neuerliche Bewegung der Klinge in Stemmers Unterleib verstärkte, falls das überhaupt möglich war, die Qual noch weiter.

»Du willst wissen, wo das Geld ist?« Nur ein Flüstern drang an Stemmers Ohr, während das Messer von hinten an dessen Hals angesetzt wurde. »Ich würde dir so gerne dein hinterhältiges Fell abziehen. So wie bei Lenovi.«

Der Drogendealer röchelte, er konnte nicht antworten oder um sein Leben flehen.

»Aber ich habe es eilig. Es wäre mir wahrhaft eine Freude gewesen, deine dreckige Kopfschwarte von deinem abstoßenden Schädel zu reißen.«

Wieder stöhnte Stemmer und kämpfte dagegen an, das Bewusstsein zu verlieren.

»Bei Lenovi hat es viel Blut gegeben. Wusstest du, dass das Gewebe der Kopfhaut sehr stark blutet? Das Durchtrennen der Schläfenarterie, dazu der Schock des Skalpierens … Es war ein Fest.«

Jetzt schwang bei dem Flüstern eine tiefe Genugtuung mit. »Bei dir werde ich keine Zeit verschwenden. Hauptsache, du stirbst.« Und mit einer schnellen Bewegung wurde der spitze Stahl tief in Stemmers Halsschlagader gestoßen, um ihn so für immer zum Schweigen zu bringen.

»Du hast keine Ahnung davon, zu was man bereit ist, wenn man liebt. Tja, dein Pech! Abschaum wie du kann das eben nicht verstehen.« Die Stimme verstummte.

Geschickt räumten behandschuhte Finger Stemmers Taschen aus. Das Handy des Toten sollte später entsorgt werden. Die übergroße Visitenkarte, die Stemmer bei sich trug, wurde mit einem zufriedenen Grinsen zurück in dessen Mantel gesteckt. Der Dolch konnte getrost bei der Leiche gelassen werden. Jetzt war zumindest ein Problem gelöst.

* * *

Britta hielt es nicht mehr aus, sie wäre am liebsten aus dem Klub gestürmt. Sie erlebte gerade den schlimmsten Abend ihres Lebens, musste aber durchhalten und ihren Plan weiter verfolgen.

Klaas war vorhin beinahe der Sabber aus dem Mund gelaufen. Heute benahm er sich noch auffälliger als sonst. Ihr Ehemann hatte nicht einmal den Versuch unternommen, seine Gefühle für Katinka zu verbergen. Wie ein liebeskranker Kater war er ihr mit den Blicken gefolgt und hatte diese falsche Schlange den ganzen Abend über angeschmachtet. Dann hatte irgendwer vorgeschlagen zu tanzen und die Gruppe war in den Massen der Klubbesucher untergetaucht. Im dichten Gedränge konnte sie die anderen jetzt nicht mehr sehen und strebte deshalb auf den Seitenausgang zu.

Ricardo Meier versuchte, einen der Müllcontainer vor Stemmers Leiche zu schieben.

»Was tust du da?«, sagte plötzlich eine Stimme hinter ihm.

Der Manager zuckte zusammen, er hatte sie nicht kommen hören und mit einem Mal packte ihn die Angst. Schnell drehte er sich um.

»Ich?« Seine Stimme klang panisch. »Was ich hier mache? Dasselbe könnte ich auch dich fragen!«

Britta wedelte zur Antwort mit einer Schachtel Zigaretten, schob sich an ihm vorbei und umrundete den Container. Ricardo trat neben sie und spürte die Wärme, die von ihrem erhitzten Körper ausging.

Kurz schreckte sie zurück, als ihr Blick auf den Leichnam fiel, dann sagte sie überrascht: »Das ist doch dieser Drogentyp, oder?«

»Natürlich ist das der *Drogentyp*«, antwortete ihr Ricardo generv t, »das weißt du doch genau, wir haben schließlich alle von ihm gekauft.«

Britta drehte sich nicht zu ihm um, sondern betrachtete weiter die Leiche.

»Warst du das?«, fragte sie nun ohne jede Gefühlsregung.

»Sag mal, spinnst du?«

Um Menschen wie diesen Stemmer trauerte sie nicht. Und sie ließ auch keine Chance ungenutzt verstreichen, wenn sie eine bekam, also wandte sie sich mit Bedacht an Ricardo.

Den Kopf leicht schräg gelegt, verzog sie ihren Mund zu einem verschwörerischen Grinsen. »Ehrlich gesagt spielt es für mich keine Rolle, ob du ihn umgelegt hast oder nicht. Es ist mir auch egal, dass ich dich dabei erwischt habe, wie du die Leiche verstecken wolltest.«

»Ich wollte nicht, dass er entdeckt wird, solange wir hier sind, damit die Polizei keine Verbindung zu uns herstellen kann. Drogen sind immer eine schlechte Publicity. Du warst doch auch Kundin!«

Britta zuckte mit den Schultern. »Ich habe deswegen keine Angst«, log sie. In Wirklichkeit wollte auch sie nicht in den Fokus der Ermittler geraten, deshalb fragte sie wie nebenbei: »Hast du sein Handy?«

»Nein, das muss der Mörder mitgenommen haben …«

»Heißt das, ich muss jetzt *deine* Taschen durchsuchen?«, entgegnete sie mit gespielter Panik.

»Hör auf damit!«, antwortete er scharf.

Britta machte eine versöhnliche Handbewegung.

»Schon gut. Ich werde niemandem sagen, dass ich dich hier entdeckt habe – wenn du mir einen kleinen Gefallen tust.«

Ricardo entspannte. Britta war der Typ Mensch, mit dem man Gefallen austauschen konnte. Sie würde vernünftig sein. Jedenfalls wollte er nicht mit einem Mord in Verbindung gebracht werden.

»Was willst du?«, sagte er deshalb ruhig.

»Schaff mir Katinka vom Hals!«

Die Mitglieder des Ensembles waren überall im Klub verstreut. Ricardo Meier trommelte sie zusammen und drängte zum Aufbruch. Angeblich hatte er die Fotografen entsprechend instruiert. Niemand stellte seine Anweisungen infrage.

Erst am nächsten Morgen entdeckten die städtischen Mitarbeiter der Abfallentsorgung den Leichnam von Stemmer, dem Drogendealer und Erpresser – steifgefroren hinter dem Müllcontainer unter einer dicken Schicht Neuschnee.

Am nächsten Tag auf dem Weg von Freiburg nach Baden-Baden

Sascha Pranter saß schweigsam neben Ricardo im Auto. Der Termin mit den Produzenten der Fernsehsoap war nach Einschätzung des jungen Schauspielers viel zu schnell beendet gewesen.

»Sie werden mich nicht nehmen«, sagte er eben unglücklich.

»Abwarten. Deine Chancen stehen nach wie vor gut. Du weißt doch, wie das läuft. Die machen immer so ein großes Geheimnis aus der Rollenbesetzung.«

»Die Frau hat mich gewollt, aber die beiden Männer, die mochten mich nicht, das habe ich gleich gemerkt.«

Mit Unbehagen dachte Sascha zurück an den Termin. Er war in Augenschein genommen worden, man hatte kaum direkt das Wort an ihn gerichtet, dafür aber hinter vorgehaltener Hand getuschelt.

»So läuft das eben, das ist das Geschäft. Natürlich wägen sie ab, ob du die Quoten erfüllst oder nicht.«

»Ich dachte, ich bekäme die Hauptrolle. Jetzt wollen sie mich in einer *Gastrolle* neben Marvi M. auftreten lassen, wenn überhaupt.« Die Enttäuschung war ihm deutlich anzuhören.

»Wenn du erst mal den Fuß in der Tür hast, spielst du diesen Marvi an die Wand und schon bald bist du der Star der Serie. Deine Popularität ist momentan von niemandem zu toppen.«

»Ja, aber du hast diesen Produzenten doch gehört: ›Sascha, zurzeit hast du tolle Schlagzeilen – aber wenn das nächste Woche wieder vorbei ist, weiß ich nicht, ob sich der Aufwand lohnt, für dich extra eine Rolle ins Drehbuch zu schreiben.‹«, äffte er nun den Mann nach, der ihm vor einer halben Stunde deutlich zu verstehen gegeben hatte, dass er gegen eine Zusammenarbeit war.

Ricardo seufzte und lenkte den Wagen vorsichtig über die schneebedeckten Straßen. »Aber der entscheidet das nicht alleine. Und wenn es nur um die Schlagzeilen geht, dann müssen wir eben dafür sorgen, dass es weiterhin welche gibt.«

Sascha sah zu seinem Manager und war auf der Hut. Was hatte er vor?

Ricardo bemerkte den Seitenblick, starrte aber weiterhin stur auf die Straße, als er sagte: »Es wäre doch gelacht, wenn wir dich nicht in dieser Soap unterbringen würden.«

Eine ganze Weile schwiegen die beiden Männer, nur das leise Brummen der Scheibenwischer war im Inneren zu hören. Kurz vor der Ortseinfahrt Baden-Baden klingelte Saschas Handy. Katinka wollte wissen, wie der Termin gelaufen war.

Jammernd erzählte ihr der Schauspieler, was man zu ihm gesagt hatte und dass er sich keine Chancen auf den Job ausrechnete. Die junge Frau am anderen Ende der Leitung versuchte, ihn zu beruhigen, und redete ihm gut zu.

Ricardo nahm diese Vertrautheit der beiden mit einem gewissen Widerwillen zur Kenntnis. Auch wenn Sascha nicht wirklich tiefe Gefühle für Katinka empfand, verließ er sich in Krisensituationen und Momenten des Selbstmitleids auf ihren unerschütterlichen Glauben an ihn und die Hingabe, mit der sie alle seine Launen ertrug. Der Manager dachte an seinen Deal mit Britta. Deren Schweigen hatte er sich mit dem Versprechen erkauft, Katinka loszuwerden – das war allerdings nur mit Saschas Einverständnis möglich. Endlich beendete der sein Telefonat und Ricardo beschloss, die Dinge langsam ins Rollen zu bringen.

»Katinka war gut bei der letzten Aufführung, ihre Kritiken erstaunlich, allerdings ein bisschen übertrieben.«

Sascha wurde hellhörig und hakte sofort nach: »Was soll das heißen?«

»Ach, nichts weiter, aber sie hat bei den Bloggern wohl einige Fans. Vergiss es.«

»Nein, ich will es nicht vergessen. Was hast du damit gemeint, die Kritiken wären übertrieben?« Der junge Schauspieler wurde ungeduldig und sogar ein wenig ärgerlich.

Ricardo lehnte sich in seinem Sitz zurück und versuchte, die Zufriedenheit, die er empfand, nicht zu sehr zur Schau zu stellen. Ja, so waren sie, die Mitglieder dieser Truppe. Keiner gönnte dem anderen den

Erfolg. Und Sascha war ein ganz besonders eifersüchtiges Exemplar, ständig getrieben von der Angst, nicht mehr zu gefallen oder von einem Konkurrenten ersetzt zu werden und am Ende mit leeren Händen dazustehen.

»Hör zu, ich wollte dich nicht aufregen. Es wird wohl kaum wichtig sein, was irgendein Lieschen Müller im Internet von sich gibt.«

Sascha versteifte sich und Ricardo wusste, dass er ihn so weit hatte.

»Mich interessiert das sehr wohl. Immerhin ist *Lieschen Müller* ein Fan. Wir Schauspieler leben von dem Wohlwollen unserer Fans. Also spuck's aus. Was genau hat *Lieschen* geschrieben?«, entgegnete Sascha spitz.

»Wenn du es unbedingt wissen willst, irgendwelches Blabla von wegen ›Katinka wäre großartig gewesen und der eigentliche Star des Stückes‹.« Der Manager zuckte mit den Schultern, um seinem Desinteresse Ausdruck zu verleihen, und fügte noch an: »Wir wissen doch genau, dass du der Star bist und Katinka nur Glück mit der weiblichen Hauptrolle hatte. Die hätte jede übernehmen können, selbst Britta. Und die hat nun wirklich nicht viel Erfahrung.«

Ricardo war zufrieden, der Stachel saß. Nun musste er nur noch Magda Lehringer und dem Regisseur Gunter Morat ähnliche kleine Seitenhiebe verpassen und Katinka, die er sowieso nicht mochte, wäre bald Geschichte.

Sascha grübelte über Ricardos Worte nach. Es war ja nicht so, dass er Katinka den Erfolg nicht gönnte – aber ausgerechnet jetzt? Er arbeitete an seinem Comeback und konnte keine Konkurrenz gebrauchen. Für ihn stand zu viel auf dem Spiel und er hatte nur diese Chance, um wieder ganz oben mitmachen zu können.

Vielleicht wäre es besser, wenn sich seine und Katinkas Wege trennen würden. Immerhin war sie unkontrollierbar, neigte zu übertriebenen Wutausbrüchen, schreckte nicht vor peinlichen Auftritten zurück und zog ihn dadurch in unschöne Geschichten mit hinein.

Wo Katinka auftauchte, da gab es immer Ärger. Allerdings war ihm bisher niemals in den Sinn gekommen, dass sie eine Gefahr für seine Arbeit sein könnte. Wäre es möglich, dass Katinka die hysterischen Liebeserklärungen und all die Eifersuchtsszenen nur arrangiert hatte? Ließ sie sich vielleicht nur deshalb so viel gefallen, weil sie aus Berechnung in seiner Nähe bleiben wollte, geleitet von dem Wunsch, über ihn ein Star zu werden? Dieser Gedanke verursachte Sascha Übelkeit. Er beschloss, diese Angelegenheit genau im Auge zu behalten.

Zur gleichen Zeit in der Villa

Maren Teuber sollte mit Magda Lehringer sprechen. Die Zufahrt war vom Schnee befreit, der Rest des Anwesens hingegen lag unter einer dicken weißen Eisschicht. Die Kommissarin musste zugeben, dass sie von dem Gebäude mehr als beeindruckt war. Was man von der Straße nämlich nicht sehen konnte, war die extravagante Bauweise des Haupthauses. Kleine Türmchen und eine mit Zinnen eingerahmte Terrasse ließen das Ganze wie ein verzaubertes Schlösschen erscheinen.

Im Eingangsbereich wurde Maren tatsächlich von einem Hausangestellten in schwarzer Livree in Empfang genommen und in das geräumige Büro der Eigentümerin geführt. Hier brannte ein Feuer im Kamin, aber dafür hatte die Polizistin keinen Blick, denn sie sah mit Begeisterung auf die deckenhohen Bücherregale, die die Wände des Raumes komplett bedeckten. Aber noch bevor sie sich umsehen konnte, trat Magda Lehringer auf sie zu.

Maren studierte das Gesicht der Frau und sah sofort, dass sie zumindest die eine oder andere Botox-Behandlung hinter sich hatte. Falls mehr gemacht worden war, dann konnte man das nicht auf den ersten Blick erkennen. Jedenfalls entsprach die Frau ziemlich genau den Beschreibungen ihrer Kollegen: Mitte sechzig und sehr attraktiv für ihr Alter. Damit wurde eine intensivere Verbindung zwischen ihr und Sascha Pranter zwar nicht logischer, aber doch zumindest nicht gänzlich unmöglich.

»Sie wurden von Herrn Heerse geschickt?«, unterbrach die Frau ihre Gedanken und betrachtete nun neugierig Marens Gesicht mit der leicht schiefen Nase, die ihr gutes Aussehen unterstrich.

»Ja, so ist es«, antwortete ihr die Polizistin gelassen. Seit ihrer letzten Beziehung war sie reichlich in Kontakt mit Mitgliedern der sogenannten High Society gekommen. Jedenfalls hatte sie genug gesehen, um sich von Reichtum und Überheblichkeit nicht mehr einschüchtern zu lassen. Allerdings war ihr Magda Lehringer nicht unsympathisch. Die Frau bot Kaffee an und Maren nahm gerne eine Tasse.

Anschließend saßen sie sich in zwei breiten Ledersesseln gegenüber und die Beamtin machte Notizen auf ihrem Organizer.

»Uns würde interessieren, wieso Ihre Wahl genau auf diese Schauspieler fiel …«, tastete sich Maren langsam vor.

Magda Lehringer nippte an ihrer Tasse, bevor sie antwortete: »Nun, das war wohl Zufall oder Schicksal, wenn Sie so wollen.«

»Und haben Sie nach einem Ensemble gesucht, oder kam die Idee, auf Ihrem Grundstück Theatervorführungen zu veranstalten, ganz spontan?«

Magda Lehringer schien nach den richtigen Worten zu suchen: »Es war sicher nicht spontan, immerhin habe ich eine große Summe investiert, so etwas überlege ich mir natürlich vorher. Aber ich habe diese Idee auch nicht an die große Glocke gehängt.«

»Darf ich fragen, warum Sie nicht einfach ein bestehendes kleines Theater finanziell unterstützt haben, anstatt quasi eines aufzubauen? Ist das nicht eher ungewöhnlich?«

Maren bemerkte, wie der Frau eine leichte Röte ins Gesicht stieg, und fragte sich, was das wohl zu bedeuten hatte.

»Das mag auf den ersten Blick ungewöhnlich erscheinen, aber ich wollte eben nicht nur die Geldgeberin sein, ich wollte auch Anteil am Geschehen haben.«

»Als Schauspielerin?« Maren konnte ihre Verblüffung nicht verbergen.

»Um Gottes willen, nein«, antwortete ihr die Lehringer mit einer entsprechenden Handbewegung, die man für gewöhnlich machte, wenn man ein lästiges Insekt verscheuchen wollte.

»Und wie dann?«, ließ Maren nicht locker.

»Zum Beispiel bei der Auswahl des Stückes!«

Die Art, wie sie das sagte, und das erneute Erröten brachten Maren auf eine Idee. Deshalb hakte sie schnell nach: »Von wem ist denn dieses Stück, das hier aufgeführt wird? Ich nehme doch an, dass Sie den Autor kennen, auch wenn es im Programmheft heißt, der Mann möchte lieber anonym bleiben.«

»Wieso gehen Sie davon aus, dass es sich um einen Mann handelt?«, giftete die Kunstliebhaberin.

Dann bemerkte sie, dass Marens Mund von einem feinen Lächeln umspielt wurde.

Mit einem Seufzer lehnte sich Magda Lehringer in ihrem Sessel zurück. »Sie haben mich überführt, Frau Kommissarin. Ja, ich gebe es zu. Das Stück stammt aus meiner Feder, wie man so schön sagt. Aber ich wollte das nicht offiziell machen.«

»Das heißt, es ging Ihnen vor allem darum, Ihr eigenes Stück aufführen zu lassen?«, antwortete Maren ohne Wertung.

»Wenn Sie es so selbstsüchtig darstellen wollen …«

»Wissen die Schauspieler, dass das Stück von Ihnen ist?«

»Nein, bis jetzt nur der Regisseur. Wir schreiben zusammen die Szenen um und überarbeiten gegebenenfalls einzelne Passagen.«

»Und was ist mit Sascha Pranter? Wieso bekam ausgerechnet er die Hauptrolle?«

»Er schien mir der Geeignetste.«

»In welcher Hinsicht?«

Magda Lehringer kniff die Augen zusammen und war mit einem Mal äußerst wachsam. »Wie darf ich diese Frage verstehen?«

»War er der geeignetste Schauspieler oder hatte seine Eignung eher etwas mit dem intimen Verhältnis zu tun, das Sie zu ihm unterhalten?«

»Das ist impertinent!«, empörte sich die Frau.

Aber da sie es nicht vehement bestritt, fühlte sich Maren in ihrem weiteren Vorgehen bestärkt.

»Wir ermitteln in einem Fall von versuchtem Mord an Sascha Pranter und dem Mord an Georg Lenovi«, erwiderte die Kommissarin mit fester Stimme.

»Mein Verhältnis zu Sascha wird wohl kaum eine Rolle spielen.«

»Das zu beurteilen, sollten Sie uns überlassen. Also bitte, wie stehen Sie zueinander?«

»Hat Ihnen etwa jemand erzählt, Sascha hätte sich auf meiner Besetzungscouch für die Rolle prostituieren müssen?«, rief sie nun schrill. »Ich kann Ihnen versichern, dass es nicht so war. Außerdem handelte es sich nur um ein unverbindliches Arrangement.«

»Sie hatten also Sex mit Sascha Pranter?«

»Und wenn schon. Wäre es umgekehrt und ein alter Kerl hätte ein bisschen Spaß mit einer jungen Frau, dann würde sich doch auch niemand daran stören. Ich denke nicht, dass Sascha einen Schaden davongetragen hat. Ich habe ihn ja nicht dazu gezwungen«, sprach sie aufgeregt weiter.

»Hätte er die Rolle auch ohne dieses *Arrangement* bekommen?«, hakte Maren unerbittlich nach.

Die Lehringer zögerte etwas zu lange mit ihrer Antwort und die Polizistin hatte verstanden. Ganz so harmonisch war diese Beziehung zwischen der Geldgeberin und ihrem Star also nicht.

»Besteht die Beziehung noch?«

»Es ist keine Beziehung, wir haben gelegentlich Spaß miteinander, na und!«, gab die Befragte zornig zurück.

»Wer weiß davon?«

»Von mir hat niemand etwas erfahren. Und Sascha ist ein Gentleman, er würde mich nicht in Verlegenheit bringen.«

Oder sich selbst, dachte Maren, behielt das aber für sich. Vielleicht plante er, damit an die Öffentlichkeit zu gehen? Dann hätte die Lehringer womöglich versucht, ihn zum Schweigen zu bringen. Was, wenn dieser Georg Lenovi von dem Verhältnis der beiden gewusst hatte und darüber in seinem Blog schreiben wollte? Britta Werber ahnte es ja auch, warum hätte es nicht auch anderen auffallen sollen.

»Wie war das mit den restlichen Schauspielern? Wie sind die dazugekommen?«

»Das waren gemeinsame Entscheidungen von mir, meinem Regisseur und Ricardo.«

»Und jetzt laufen die Aufführungen richtig gut? Das war ja vor dem Angriff auf Herrn Pranter nicht so …«

»Damit habe ich nichts zu tun. Da sollten Sie lieber einmal diese Irre befragen.«

Maren stellte sich unwissend, obwohl ihr nach Durchsicht der Berichte längst klar war, wen die Lehringer meinte. Außerdem hatte sie sich zusammen mit Heerse die Aufzeichnungen der Castingshow angesehen. Natürlich im Schnelldurchlauf – aber nichtsdestotrotz war das Material, auch was Katinkas Charakter anging, sehr aufschlussreich gewesen.

»Irre?«, hakte die Polizistin nach.

»Ja, diese schreckliche Katinka. Der traue ich alles zu!«

* * *

»Ich weiß nicht, was hier vorgeht und es beunruhigt mich. Ich muss besser auf meine Umgebung achten und dich« – damit war das Rasiermesser in seiner samtenen Hülle gemeint – »dich muss ich an einem sicheren Ort unterbringen.« Ein ungeduldiges Schnalzen mit der Zunge folgte.

»Dieser verfluchte Stemmer kam mir äußerst ungelegen. Sein Tod war sicher notwendig, ist unserer Sache aber wenig dienlich!«

Eine Hand umschloss nun fest den roten Samt.

»Aber keine Sorge, ich bin mir sicher, dass die Gelegenheit für dich noch kommt. Wir werden warten – und wer weiß, vielleicht tut bald wieder eine scharfe Klinge ihre Arbeit.«

Am nächsten Morgen

»Sehen Sie hier?«

Heerses Augen folgten dem Finger in dem dünnen Plastikhandschuh. Müller, der danebenstand, stieß geräuschvoll die Luft aus.

»Beide Wundwinkel sind spitz. Und unter Berücksichtigung der Tiefe der Einstiche lässt sich eindeutig feststellen, dass der Dolch, den man bei der Leiche gefunden hat, die Tatwaffe ist. Leider keine Fingerabdrücke, die wurden wohl abgewischt. Und es ist anzunehmen, dass der Mörder Handschuhe trug.«

»Sonst noch was?«, fragte der Hauptkommissar und starrte auf den toten Körper.

Wenn Heerse sich die Leichen auf den kalten Stahltischen ansehen musste, dann war im Normalfall ein Verbrechen begangen worden. So war es auch dieses Mal. Gestern hatte man einen Drogendealer namens Mirko Stemmer gefunden. Die Stichwunde am Bauch und die Verletzung am Hals schlossen Suizid eindeutig aus.

Eigentlich hatte sich bereits ein anderes Team mit der Untersuchung befasst, denn auf den ersten Blick schien es keine Verbindung zu Heerses laufenden Ermittlungen zu geben. Und dann war doch der Anruf gekommen. In der Manteltasche des Opfers hatten die Kollegen eine Visitenkarte des Immobilienmaklers Murcier gefunden. Jemand erinnerte sich daran, dass Oberkommissar Müller über diesen Mann Erkundigungen eingezogen hatte. Hinzu kam, dass die gesamte Theatertruppe, und damit die Beteiligten in Heerses aktuellem Fall, am Abend von Stemmers Tod im Klub Beeb-One gewesen waren. Und so landete der Fall am Ende doch bei dem Hauptkommissar.

»Sieht nicht besonders gesund aus, wenn man das über einen Toten überhaupt sagen kann«, merkte Müller an.

Der Gerichtsmediziner hob den Kopf, wohl um sich zu vergewissern, wie das gemeint war.

Da er sich nach einem Blick in Müllers ernstes Gesicht sicher sein konnte, dass der Polizist nicht geschmacklos sein wollte, sondern tatsächlich auf den auffällig schlechten Zustand des Mannes anspielte, gab er bereitwillig Auskunft: »Sie haben recht. Der Mann war Mitte vierzig und hatte die Konstitution eines Siebzigjährigen. Wir können davon ausgehen, dass er wenig Wert auf seine Gesundheit gelegt hat. Alkohol und Drogenmissbrauch, mangelnde Hygiene und zu fettes Essen. In seinem Magen habe ich noch zwei halb verdaute Bratwürste mit Pommes frites gefunden. In zehn Jahren spätestens wäre er vermutlich sowieso hier gelandet.«

»Aber dafür hätte man dann nicht mich gerufen«, warf Heerse nun ungeduldig ein. »Also, Doktor, was ist passiert?«

Der Mediziner streifte sich die OP-Handschuhe ab und ging zum Spülbecken. Während er sprach, reinigte er sich gründlich die Hände. »Man hat ihm von vorne in den Bauch gestochen. Vermutlich ist er dann auf die Knie gefallen. Der tödliche Stich in den Hals wurde von hinten ausgeführt.« Zur Erklärung trat er auf Müller zu, stellte sich hinter den Beamten, legte ihm die Hand auf die Stirn und sagte: »Man drückt den Kopf zurück und stößt zu.«

»Das heißt, wenn das Opfer bereits geschwächt ist oder sogar kniet, ist dafür kein großer Kraftaufwand notwendig?«, hakte der Hauptkommissar nach.

»Nein. Es gibt keinerlei Abwehrverletzungen. Seine Hände und Arme sind unversehrt. Ich denke, er wurde von dem Stoß in den Bauch überrascht.«

»Wann ist er gestorben?«

»Er lag wohl die ganze Nacht im Schnee, erst gestern Morgen hat man ihn gefunden. Der Tod trat irgendwann gegen Mitternacht ein.«

»Und niemand hat etwas gehört? Das geschah doch im Hof eines Nachtklubs?«, fragte Müller ungläubig.

»Da kann ich nicht weiterhelfen«, antwortete ihm der Arzt in einem bedauernden Tonfall. »Wenn das dann alles wäre ...« Mit der Hand deutete er zu einem weiteren Stahltisch, auf dem ein schwarzer Leichensack lag, in dem sich ein menschlicher Körper abbildete.

Die Polizisten verabschiedeten sich schnell. Sie hatten genug von dem typischen Geruch der Desinfektionsmittel, der nicht darüber hinwegtäuschen konnte, dass sie sich in der Gerichtsmedizin befanden und nicht auf einer gewöhnlichen Krankenstation. Vor der Tür atmeten sie deshalb erleichtert die kalte Winterluft ein.

»Was jetzt?«, erklang Müllers Stimme neben Heerse.

Der Hauptkommissar schien seinen Kollegen nicht zu hören, sondern blickte auf den verschneiten Parkplatz. Er mochte diese Jahreszeit nicht besonders. Ja, Weihnachten und Silvester, dazu passten der Schnee und die Kälte, aber danach sehnte sich Heerse nach Wärme und Licht. Die grauen Monate schlugen ihm irgendwann aufs Gemüt. Erst jetzt bemerkte er, dass ihn Müller erwartungsvoll ansah.

»Fahren wir als Erstes zu diesem Monsieur Murcier. Ich bin gespannt, welche Lügen der uns auftischen wird, was seine Beziehung zu diesem Stemmer angeht«, sagte er nun wenig begeistert.

Müller nickte grimmig. »Die Kollegen haben gestern schon im Klub ermittelt. Jede Wette, dass unser Immobilienmakler, genauso wie die Schützlinge der Lehringer, bereits auf dem Laufenden ist. Falls es da überhaupt einen Zusammenhang gibt.«

»Du zweifelst daran?«

»Du nicht?«

Heerse rieb die Hände aneinander, um die Kälte aus den Fingern zu vertreiben. »So viel Zufall kann es nicht geben. Dieser Murcier verbringt seine Zeit oft in der Nähe von Magda Lehringer und den Theaterleuten. Der tote Stemmer hatte eine Visitenkarte des Immobilienmaklers in der Manteltasche. Zumindest von Sascha Pranter wissen wir, dass er Drogen konsumiert, die muss er ja irgendwo herhaben. Auch die anderen sind keine unbeschriebenen Blätter, selbst die Lehringer hat ihren Star um sexuelle Gefälligkeiten erpresst. Und zufällig wird dann ein Drogendealer dort getötet, wo sich beinahe alle aufhalten, die für den Anschlag auf Sascha Pranter und den Mord an Georg Lenovi infrage kommen. Wie bitte kann man da noch zweifeln?«

»Es wäre ja auch zu schön gewesen ...«, brummte Müller vor sich hin. Die beiden Beamten machten sich auf den Weg.

* * *

KAPITEL 6

»Als Narr trat ich mein Erbe an, sah nicht, wie bereits mein Tod gefeiert wurde.«

Auch Jacques Murcier hatte keine Zweifel. Für ihn stand fest, dass dieser abscheuliche Stemmer seine gerechte Strafe bekommen hatte. Nur der Zeitpunkt schien ihm unglücklich gewählt. Er konnte nur hoffen, dass die Polizei keine Verbindung zwischen ihm und dem Drogendealer fand. Eigentlich war Murcier immer vorsichtig gewesen, aber in Sicherheit wiegen konnte er sich deshalb noch lange nicht.

Warum war dieser Mistkerl auch noch in sein Büro gekommen! Biggi hatte ihn gesehen, damit konnte er diese Begegnung auf keinen Fall leugnen. Er hatte die junge Frau sicherlich nicht wegen ihres Scharfsinns eingestellt. Das war auch nicht nötig. Die wichtigen Arbeiten ließ er von einem gewitzten Steuerbüro erledigen. Biggi sollte nur das Telefon abnehmen, Kaffee kochen und ein wenig repräsentieren – dazu reichten Arsch und Titten. Und obwohl er sich manche Reaktionen der jungen Frau nur damit erklären konnte, dass sie kurz vor dem stand, was man gemeinhin als schwachsinnig bezeichnete, wäre es doch sträflich leichtsinnig gewesen, sich darauf zu verlassen, dass ihr löchriges Gedächtnis sich nicht mehr an Stemmer erinnern würde.

Als dann Hauptkommissar Heerse vor der Tür stand und ein paar Fragen hatte, war Murcier bestens vorbereitet. Aalglatt erklärte er dem Beamten, dass er diesen Mann, Stemmer, nur flüchtig kannte. Er sei in seinem Büro aufgetaucht, um sich nach einem Mietobjekt zu erkundigen. Er, Murcier, hätte ihm dann freundlich, aber bestimmt zu verstehen gegeben, dass sein Unternehmen nicht die richtige Anlaufstelle für Kunden wie ihn wäre. An dem Mordabend sei er zu Hause gewesen, Zeugen gäbe es keine.

Die begriffsstutzige Sekretärin bestätigte, dass Stemmer im Büro gewesen war. Was zwischen ihm und Murcier besprochen wurde, wusste sie allerdings nicht.

Die Beamten hatten sich bereits verabschiedet, da überrumpelte Heerse den Immobilienmakler mit einer letzten Frage: »Sagen Sie, kannten die Theaterleute oder Magda Lehringer Herrn Stemmer?«

Murcier blinzelte, überlegte einen Tick zu lange, bevor er eine Antwort gab: »Woher soll ich das wissen?«

Heerse ließ es sich nicht nehmen, mit einem wissenden Lächeln zu reagieren. Wenn so eine Antwort nicht spontan kam, war sie eine Lüge.

Während die beiden Polizisten zum Parkplatz marschierten, fuhr ein ärgerlicher Murcier seine Sekretärin an, sie solle ihm schleunigst ein Glas von dem guten Cognac bringen.

Gerade als Müller ins Auto steigen wollte, knackte es unter seinem rechten Fuß.

»Verdammt!«, fluchte er so laut, dass sich eine Frau, die gerade ihren Hund ausführte, pikiert umdrehte.

»So eine Scheiße!«, schimpfte der Polizist weiter und zog seinen Fuß aus der Pfütze. Das dünne Eis darüber hatte nachgegeben und er war bis zum Knöchel in die kalte, schmierige Brühe getaucht.

»Wir fahren schnell bei dir vorbei, dann kannst du dich umziehen. Gib mir die Schlüssel, ich spiele den Chauffeur – und zieh die nasse Socke aus. Bei der momentanen Ermittlungslage darf keiner meiner Mitarbeiter krank werden«, beruhigte ihn sein Chef.

Sie fuhren nach Geroldsau. Müller und seine Frau Sylvia hatten sich in dem beschaulichen Stadtteil von Baden-Baden niedergelassen, Sylvias Großmutter hatte ihrer Enkelin ein altes Bauernhaus mit Grundstück vererbt. Vor acht Jahren war das Gehöft dann von dem Ehepaar umgebaut und modernisiert worden. Für Müller ein finanzieller Kraftakt, und die Raten schluckten heute noch einen großen Teil seines Gehalts. Aber der Gedanke, jeden Abend in ein warmes Nest zu kommen, war es dem Beamten wert. Heerse konnte das gut nachvollziehen, auch er und Petra hatten sich anfangs mächtig abstrampeln müssen.

Der Hauptkommissar hielt vor dem Haus und blieb im Wagen. Sie hatten sich mit Maren auf dem Revier verabredet, und obwohl Heerse die Umwelt sonst sehr umsichtig behandelte, gestattete er sich dieses Mal, den Motor des Wagens laufen zu lassen, während er auf Müllers Rückkehr wartete, damit die Heizung an bleiben konnte.

Heerse dachte über den Tod von Stemmer nach und bemerkte erst nach knapp zehn Minuten, dass sein Kollege immer noch nicht zurück war.

Mit einem ärgerlichen Grunzen schaltete er nun doch den Motor aus und fing sofort an zu frieren.

»Wo bleibt der denn?«, schimpfte er leise. Er hasste es, zu warten.

Ein Blick auf die Uhr verriet ihm, dass weitere Minuten verstrichen waren.

Umständlich hievte sich der Hauptkommissar aus dem Auto. Ein unangenehmer Schneegriesel hatte eingesetzt, deshalb hastete er schnell zur Eingangstür und bemerkte, dass diese nur angelehnt war. Er trat ein, und noch bevor er weiter darüber nachdenken konnte, hörte er eindeutige Geräusche aus dem ersten Stock.

Heerse stand jetzt im Gang. Die weibliche Stimme, die oben nach »Mehr« rief und ständig »Oh ja!« stöhnte, wurde begleitet von dem stetigen Knarzen eines Bettes.

Hat der denn komplett den Verstand verloren?, dachte Heerse völlig aus dem Konzept gebracht. Sein Blick glitt zur Decke. In der Etage über ihm stöhnte ein Mann »Ich liebe dich!«

Der Hauptkommissar wäre am liebsten aus dem Haus geflohen und mit quietschenden Reifen vom Hof gefahren, da hörte er aus dem Wohnzimmer ein Schluchzen. Was war hier los?

Ohne zu zögern, betrat Heerse den Wohnraum. In einem Sessel, vollkommen in sich zusammengesunken, saß Müller, den Blick auf den verschneiten Garten gerichtet. Sein rechter Fuß steckte immer noch nackt in dem nassen Schuh, die durchweichte Socke hielt er mit spitzen Fingern in der Hand.

Sein Chef rieb sich über das Gesicht und hatte einmal mehr in seinem Leben keine Ahnung, was er nun tun sollte. Daher entschied er sich, auf seinen Bauch zu hören, und der wollte schnellstmöglich von hier weg.

»Los komm!«, sagte er deshalb bestimmt zu seinem Kollegen, packte ihn am Arm und zog ihn hoch. Müller wehrte sich nicht. Vermutlich war er erleichtert, dass jemand da war, der ihm sagte, was zu tun sei. Heerse fackelte nicht lange und schob seinen Mitarbeiter durch den Gang auf die Haustür zu.

Von oben rief plötzlich eine Stimme: »Ist da wer?« Man hörte schnelle Schritte auf dem teuren Dielenboden.

Vermutlich sah Sylvia gerade aus dem Fenster und entdeckte den Dienstwagen, denn jetzt erklang erneut ihre Stimme: »Das ist mein Mann …«

Heerse drängte Müller zum Ausgang, aber der blieb vor der Tür stehen und drehte sich um.

Gerade in diesem Moment erschien eine völlig aufgelöste Sylvia auf der Treppe. Ihr Gesicht war gerötet, das Haar zerzaust und sie hielt sich ein Kleidungsstück vor den nackten Körper. Ihre Brüste waren nur halb bedeckt, als sie ihrem Ehemann jetzt entgegenkommen wollte.

Müllers Blick ließ sie in der Bewegung innehalten. Hinter ihr tauchte ein Mann auf, der sich ganz offensichtlich schnell eine Hose übergezogen hatte, der Gürtel war noch offen, sein Oberkörper unbekleidet.

»Ich …«, stotterte Sylvia, der Typ hinter ihr legte jetzt seine Hände auf ihre nackten Schultern.

Heerse entging nicht, wie sich Müller anspannte. »Los, raus jetzt!«, sagte er deshalb im Befehlston.

Die kalte Luft hatte dieses Mal keine Wirkung auf die Männer. Der Hauptkommissar schloss die Beifahrertür hinter Müller, beeilte sich einzusteigen und startete den Wagen.

Die ersten Minuten sprach keiner von ihnen. Dann gab Heerse über Funk durch, dass sie sich verspäten würden und man die Kollegin Teuber unterrichten sollte. Ihm fiel ein, dass Petra heute auf Schnäppchenjagd in Baden-Baden war, Sonderverkauf nach Weihnachten oder so etwas – also steuerte er den Wagen durch den Michaelstunnel in Richtung Stadtteil Baden-Oos zu seiner Wohnung.

Sie waren schon in der Weststadt, als Müller plötzlich sagte: »Ich hätte ihn erschießen sollen. Ihn und sie, alle beide.«

Zur gleichen Zeit in der Villa von Magda Lehringer

Sascha Pranter fühlte eine unbändige Wut in sich aufsteigen. Die Presseberichte über die gestrige Vorstellung waren enttäuschend. Man befand ihn zwar für gut, aber es fehlten Adjektive wie überwältigend, faszinierend oder brillant. Schwerpunkt der Beurteilungen waren dafür ellenlange Schwafeleien über den Leichenfund von Georg Lenovi bei der vorangegangenen Vorstellung. Man konnte fast den Eindruck gewinnen, einigen Journalisten hätte ein weiteres Todesopfer gefehlt. In einem Internetblog hieß es sogar: »Auf ein mörderisches Highlight hat man vergeblich gewartet.«

Der junge Schauspieler hatte alles gegeben, war mit sich zufrieden gewesen, aber das hatte nicht gereicht. Wenn er momentan große Schlagzeilen bekam, dann als Opfer eines Anschlags oder im Zusammenhang mit dem Tod von Lenovi. Seine Arbeit schien niemanden zu interessieren.

Katinka saß mit angezogenen Beinen auf dem großen Sofa und drehte eine Haarsträhne um ihre Finger. Sie hatte versucht, Sascha zu trösten, aber der war sich nicht sicher, ob er ihr überhaupt noch vertrauen konnte. Er dachte an das, was ihm Ricardo gesagt hatte.

Sein Blick wanderte zu Magda Lehringer. Ihr Augenzwinkern war zweideutig, er zwang sich zu einem Lächeln. Noch war er von ihrem Wohlwollen abhängig – er durfte zum jetzigen Zeitpunkt auf keinen Fall riskieren, sich mit der Alten zu überwerfen. Nicht bevor er ein anderes Engagement hatte. Er brauchte dringend eine Zusage für etwas Großes, denn das, was bisher passiert war, würde ihn nicht mehr lange in den Schlagzeilen halten.

Mittlerweile hatte man diesen Drogendealer tot aufgefunden. Ricardo hatte versucht, allen klarzumachen, dass es besser wäre, wenn die Polizei keine Verbindung zu ihnen entdecken würde. Sascha hätte dem bis heute Morgen noch zugestimmt, aber jetzt war er sich da nicht mehr so sicher. Womöglich wäre die Meldung von Stemmers Tod und eine Verbindung zu dem Mann noch der letzte Kick für seine eigene Karriere? So eine Schlagzeile war immer noch besser als gar keine. Ricardo wusste schließlich auch nicht alles.

Plötzlich sagte Katinka: »Vielleicht wäre es besser, wenn sich die Zuschauer setzen könnten und wir heizen würden?« Die junge Frau sprach mehr zu sich selbst, wickelte sich immer noch die Haarsträhne um die Finger und sah dabei weder den Regisseur Gunter Morat noch einen der anderen Schauspieler an.

Rea Klimm, die Inspizientin, rutschte unruhig auf ihrem Stuhl hin und her. Sie fand Katinkas Vorschlag gar nicht so schlecht, traute sich aber nicht, das zu sagen, als sie das zornige Gesicht des Regisseurs sah.

»Du willst mir vorschreiben, wie ich meine Arbeit zu machen habe?«, rief dieser verärgert.

Die junge Frau sah ihn weiterhin nicht an, sondern zuckte nur mit den Schultern.

Auch Magda Lehringer strafte Katinka mit einem ungehaltenen Blick.

»Ich denke nicht, dass dich das etwas angeht, meine Liebe!«, sagte sie scharf.

»Genauso wenig wie dich.« Die Erwiderung kam ohne Grobheit, sondern ganz sachlich.

Die Lehringer schnappte nach Luft, während sich Ricardo genüsslich zurücklehnte. Die kleine Katinka schaufelte sich gerade ihr eigenes Grab.

»Es reicht!«, mischte sich nun Sascha Pranter ein, »Magda hat recht, das ist die Angelegenheit des Regisseurs.«

Während Britta so tat, als blättere sie konzentriert in einem der Modemagazine, saß ihr Mann Klaas angespannt neben seiner Frau auf dem Sofa.

Mit einem Ruck setzte sich Katinka auf. »Du musst sie nicht in Schutz nehmen. Das hast du nicht nötig!«, sagte sie mit einer Vehemenz, die die anderen erschreckte.

»Katinka, lass es gut sein!«, entgegnete Sascha drohend.

Aber die junge Frau wollte sich dieses Mal nicht den Mund verbieten lassen. Mit einem grazilen Hüpfer kam sie auf die Füße.

»Ich werde es nicht gut sein lassen. Du hast es nicht nötig, dich von dieser alten Gewitterziege gängeln zu lassen.«

»Ich verbitte mir solche Unverschämtheiten!«, fauchte die Lehringer. »Ich werde mir von so einem verkommenen dürren Luder ganz sicher nicht solche Beleidigungen anhören. Schon gar nicht in meinem eigenen Haus.«

»Sie hat es nicht so gemeint«, versuchte Sascha, zu schlichten.

»Doch, das habe ich!« Katinka baute sich nun in der Zimmermitte auf. »Ich habe es satt, länger zu schweigen. Das muss aufhören.« Noch bevor Sascha dazwischengehen konnte, sprach sie zornig weiter: »Du hast es nicht nötig, dich von so einer versauten Greisin ins Bett zwingen zu lassen.«

Wie ein Donnerschlag schmetterte Katinkas letzte Bemerkung durch den Raum.

Selbst Horst Krasmir, der Barbier, schreckte aus seinem Schläfchen hoch, das er in einem der bequemen Sessel im hinteren Teil des Zimmers gehalten hatte.

Bis auf Britta, die sich ein Grinsen nicht verkneifen konnte, hatte ganz offensichtlich keiner der Anwesenden bisher an so eine Verbindung der beiden gedacht. Ricardo Meier machte ein Gesicht, als würde er mit einem Mal zu einer großen Erkenntnis gelangen.

Magda Lehringer war nun auch aufgesprungen. Die Augen zu Schlitzen zusammengekniffen schrie sie: »Du Miststück!«

Aber es war Sascha, der Katinka zuerst erreichte. Er packte sie grob an den Schultern.

»Warum tust du das?« Sein sonst bleiches Gesicht war purpurrot. »Du willst nur alles kaputt machen, wie immer.«

»Nein!« Die junge Frau schien erschrocken. »Ich will dir helfen, du hast es nicht nötig …«

Weiter kam sie nicht, denn er schleuderte sie brutal von sich. Beinahe hätte sie das Gleichgewicht verloren.

»Du willst nicht *mir* helfen, du willst nur *dir* helfen.«

»Was?« Katinkas Stimme zitterte, sie begriff nicht, dass sie zu weit gegangen war. Noch nie hatte die junge Frau Sascha so erlebt. Ja, er hatte sie in der Vergangenheit gedemütigt – indem er mit anderen Frauen geschlafen hatte. Aber niemals hatte er sich in der Öffentlichkeit auf diese Weise gegen sie gestellt.

Sein Blick war hart und anklagend. »Du solltest deine Sachen packen und verschwinden.«

Ungläubig riss sie die Augen auf. Von den anderen konnte sie keine Hilfe erwarten, denen war sie immer schon ein Dorn im Auge gewesen. Eventuell hielt Klaas zu ihr? Sie bemerkte im Augenwinkel, dass er aufstehen wollte, um ihr zur Seite zu stehen, aber Britta war schneller und hielt ihn zurück. Er beließ es dabei.

Vermutlich war ihm bewusst, was ihn seine Loyalität Katinka gegenüber kosten könnte. Während dieser Phase aus dem Ensemble zu fliegen, würde bedeuten, eine große Chance sausen zu lassen.

»Sascha?«, flehte sie leise.

Magda Lehringer war nun neben Pranter getreten und rief triumphierend: »Du hast ihn gehört, verlass sofort mein Haus!« Dabei berührte sie sanft den Arm des jungen Schauspielers. »Verschwinde!«, zischte sie noch einmal.

Katinkas Gesichtsausdruck veränderte sich. Der Kummer wich aus ihren Zügen und mit einem Mal war ihre Miene versteinert. Auch die Stimmlage hatte sich gewandelt.

Obwohl ihr eine vom Kajal schwarz gefärbte Träne über die Wange lief, entgegnete sie angriffslustig: »Ihr könnt mich vielleicht aus dem Haus werfen, aber mein Vertrag läuft noch für die nächsten Vorstellungen und die werde ich auch spielen! Solltet ihr das verhindern wollen, dann Gnade euch Gott!«

Damit machte sie auf dem Absatz kehrt und rauschte davon.

* * *

Rolf Heerse betrachtete seinen Gast und fühlte sich absolut unzulänglich. Vielleicht wäre es doch besser gewesen, wenn Petra diesen Tag zu Hause verbracht hätte. Es war anzunehmen, dass ihr eher tröstende Worte eingefallen wären. Was konnte er schon sagen, ohne dass es banal oder gefühllos geklungen hätte?

Natürlich hatte er einige Trennungen in seinem Arbeitsumfeld miterlebt. Nicht zuletzt waren die unregelmäßigen Dienstzeiten, die fehlenden freien Wochenenden, die Arbeit an Feiertagen, aber auch die tägliche Gefahr, der sich ein Polizeibeamter aussetzen musste, extreme Belastungen für das Eheleben. Gott, was war er froh, dass es Petra in seinem Leben gab und sie ihm stets zur Seite gestanden hatte, auch während schlechter Zeiten. Er wusste, dass es nicht immer einfach für den Ehepartner war, vor allem, wenn der anfing, sich ausgeschlossen zu fühlen. Manche Dinge wollte man eben nicht mit nach Hause bringen. Aber diese Überlegungen halfen ihm auch nicht weiter. Heerse wusste immer noch nicht, was er jetzt sagen sollte.

Da ihm im ersten Moment nichts Besseres eingefallen war, hatte er einen von Petras Kräutertees aufgebrüht und eine dampfende Tasse davon vor Müller gestellt. Dann kam ihm jedoch der Gedanke, dass etwas Stärkeres angebracht sei, und er schob noch einen halb vollen Cognacschwenker neben den Tee.

Müller rührte nichts davon an. Mechanisch zog er das frische Paar Socken und die eine Nummer zu kleinen Schuhe von Heerse an.

Endlich hob er den Kopf. »Weißt du, ich habe es nicht bemerkt. Ich, der Polizist, ich habe es nicht bemerkt.« Den letzten Satz sprach er gedehnt aus, griff zum Cognac und stürzte die dunkle Flüssigkeit auf einen Zug herunter. »Wir hatten viel Streit in letzter Zeit, aber damit …« Er brach ab, hielt sich die Hand vors Gesicht und weinte leise.

Heerse drückte ihm die Schulter, sagte aber nichts. Die Minuten vergingen und der Hauptkommissar nippte vor lauter Hilflosigkeit an dem Kräutertee, den er daraufhin mit einem angewiderten Gesichtsausdruck ins Spülbecken kippte.

»Hör zu«, sagte er, »ihr müsst das klären, aber nicht heute. Du musst auch an deine Kinder denken. Denen zuliebe solltet ihr euch in Ruhe aussprechen und überlegen, wie es weitergeht.«

Müller nickte, blickte aber nicht auf.

»Probleme gibt es in jeder Ehe«, fuhr Heerse nun lahm fort. Er wusste selbst, dass die eigene Frau mit einem anderen Mann im Bett zu erwischen, weit mehr als nur ein Problem war.

In diesem Moment piepte Müllers Handy. Er zog es aus der Tasche und warf es achtlos auf den Tisch.

»Sylvia«, sagte er tonlos.

Heerse ging an den Apparat und meldete sich. Er kannte Sylvia zwar, war aber weit davon entfernt, zu ihrem engsten Freundeskreis zu gehören. Trotzdem hatte er nun dieses Handy am Ohr und hörte ihr Weinen.

»Wo ist er?«, fragte sie mit echter Besorgnis.

»Er ist bei uns zu Hause«, antwortete der Hauptkommissar wahrheitsgemäß. »Er kommt morgen zu dir, dann könnt ihr euch aussprechen. Heute Nacht bleibt er bei Petra und mir.« Mehr wollte er eigentlich nicht sagen und schon gar nicht drängte es ihn nach Informationen.

Sylvia schien das jedoch nicht zu bemerken, denn mit einem lauten Schluchzen begann sie, sich ihren Kummer von der Seele zu reden: »Die vielen Überstunden, die einsamen Abende, die Wochenenden ohne ihn. Seine Arbeit, die immer an erster Stelle steht … ich war einsam, richtig einsam, und immer die Verantwortung für die Kinder … alles schien so sinnlos, und dann … es ist eben passiert. Ich habe doch auch ein Recht auf Glück, oder etwa nicht?« Erst war ihre Stimme schroff, schließlich schluchzte sie erneut.

»Sicher, ihr solltet das klären.« Mehr fiel Heerse nicht ein und er hatte nur noch den dringenden Wunsch, das Gespräch zu beenden.

»Ja natürlich, tut mir leid, ich wollte nicht …«

»Alles ist in Ordnung, sprecht morgen in Ruhe darüber.« Damit legte Heerse auf.

Gab es einen schlimmeren Albtraum, als in solch eine Ehetragödie zu geraten? Müller saß wie ein Häufchen Elend an seinem Küchentisch, während sich Sylvia zu Hause die Augen aus dem Kopf heulte.

»Ich muss aufs Revier«, sagte Heerse nun mit einem Kloß im Hals zu seinem Kollegen. »Du bist entschuldigt, ruhe dich ein wenig aus.«

Aber Müller sprang auf und erwiderte: »Um Gottes willen, lass mich nicht hier. Das halte ich nicht aus. Ich kann jetzt unmöglich allein sein.«

Heerse gab unwillig sein Einverständnis, dann machten sich die beiden auf den Weg.

Wenig später

»Was ist mit Müller?«, fragte Maren, als sie den Wagen zur Villa von Magda Lehringer steuerte.

»Grippe im Anzug, deshalb übernimmt er heute den Papierkram.«

Maren zuckte mit den Schultern. Ihr war das egal, Hauptsache, sie musste sich nicht hinter den Schreibtisch klemmen. Die Kommissarin bevorzugte eindeutig den Außeneinsatz.

Als die beiden Beamten nun vor dem großen Portal der Villa standen, wurde plötzlich die Tür aufgerissen. Eine vollkommen aufgelöste Katinka, beladen mit einer überdimensionalen Umhängetasche und einem klobigen Koffer, den sie unwirsch hinter sich herzog, lief ihnen direkt in die Arme.

»Alles in Ordnung?«, fragte Heerse sofort, dessen Bedarf an häuslichen Dramen für heute eigentlich gedeckt war.

Die junge Schauspielerin sah ihn entgeistert an, dann lachte sie ein wenig hysterisch.

»So etwas kann nur ein Mann fragen. Sieht das hier etwa so aus, als würden Sie ein ›Ja‹ auf Ihre Frage erhalten? Wie hoch stehen dafür wohl die Chancen?«

Unter anderen Umständen hätte Heerse sich über diese direkte Art der jungen Frau amüsiert, aber heute waren seine Nerven zum Zerreißen gespannt.

»Also gut, dann frage ich Sie als Polizist, der eine Mordermittlung leitet, in der Sie zumindest die Rolle einer wichtigen Zeugin spielen: Wo wollen Sie hin? Und warum?«

Sein Ton verfehlte nicht die gewünschte Wirkung.

Katinka ließ die schwere Tasche achtlos fallen und stellte den Koffer ab. »Die haben mich rausgeschmissen, deshalb gehe ich in ein Hotel.«

Wie aufs Stichwort erschien ein Taxi in der Auffahrt.

»Zu dem *Warum* kann ich eigentlich nicht viel sagen. Vermutlich verträgt keiner da drin die Wahrheit.«

»Und was ist die Wahrheit?«

»Nun, ich habe niemanden umgebracht und ich bin auch nicht für Saschas Verletzung verantwortlich. Und lassen Sie sich nicht von denen erzählen, die würden den Toten vom Beeb-One nicht kennen.«

»Sie waren also mit Herrn Stemmer bekannt?«, hakte nun Maren nach.

»Er hat sich im Klub herumgetrieben, wenn wir dort Party gemacht haben. Er war kein Freund oder so, aber er war eben auch dort.«

»Haben Sie ihn an dem Abend als er starb, gesehen?«

»Nein, aber es war ziemlich voll. Gut möglich, dass ich ihn einfach nicht bemerkt habe. Kann ich jetzt gehen? Mein Taxi wartet.«

Heerse bejahte und ließ sich noch den Namen des Hotels geben, was die junge Frau mit dem Satz »Ich habe mir eines der Teuren ausgesucht, da können die richtig blechen« kommentierte.

Als die Schauspielerin in den Wagen gestiegen war, massierte sich Heerse mit den Fingerspitzen die Schläfen. »Das war ja aufschlussreich. Mal sehen, was wir heute sonst noch erfahren.«

* * *

Leider waren die Gespräche mit den Mitgliedern des Ensembles alles andere als befriedigend. Nach einigem Herumdrucksen bestätigte man den Beamten, was sie bereits von Katinka wussten. Man kannte Stemmer, aber keiner wollte den Drogendealer am Abend seines Todes gesehen haben. Zu guter Letzt erfuhren sie auch noch den Grund, warum man die junge Schauspielerin aus dem Haus geworfen hatte. Britta Werber erzählte ihnen mit äußerster Genugtuung von dem Vorfall.

Magda Lehringer begleitete sie dieses Mal persönlich zur Tür.

»Sagen Sie, wie wurde dieses kriminelle Subjekt, dieser Stemmer, eigentlich getötet?«

Heerse horchte auf. Wieso stellte sie ihm diese Frage? Nach kurzem Überlegen hielt er es für vertretbar, dieses Detail auszuplaudern. »Mit einem Dolch«, sagte er, ohne sich eine Gefühlsregung anmerken zu lassen. Innerlich war er angespannt und beobachtete jede Reaktion auf dem Gesicht seiner Gesprächspartnerin.

»Mit einem Dolch«, wiederholte Magda Lehringer nachdenklich seine Worte, sah ihn aber nicht an.

»Fällt Ihnen dazu etwas ein?«, hakte der Hauptkommissar nach. Ihm war natürlich nicht entgangen, dass die Kunstliebhaberin ins Grübeln gekommen war.

»Nein, tut mir leid«, antwortete sie ihm und straffte die Schultern. »Ich habe nur aus Neugierde gefragt. Nicht gerade eine weibliche Tugend, ich weiß«, erklärte sie und schenkte dem Polizisten ein charmantes Lächeln.

»Wann findet die nächste Aufführung statt?«, fragte der, ohne weiter auf ihre letzte Bemerkung einzugehen.

»Heute Abend.«

»Mit Katinka?«

Magda Lehringer verzog das Gesicht. »Gezwungenermaßen!«, gab sie knapp zur Antwort.

»Sie sollten alle sehr vorsichtig sein. Und ich kann auch Sie nur dazu ermahnen, keine Informationen zurückzuhalten.«

»Das würde ich nie tun«, entgegnete ihm die Frau entrüstet.

»Dann bin ich ja beruhigt«, sagte Heerse, obwohl er Zweifel daran hatte, dass man seine Warnung ernst nahm.

Im Auto gab der Hauptkommissar seiner Kollegin die Anweisung, am Abend die Theateraufführung zu besuchen. »Zieh dich warm an, du wirst die meiste Zeit im Freien stehen und frieren!«

Maren blickte etwas überrascht zu ihrem Chef und fragte: »Auf was soll ich achten?«

»Auf alles!«

* * *

Katinka schlang die Arme um sich und hüpfte auf der Stelle. Während der Vorführung hatte sie nicht eine Sekunde gefroren. Keine Gänsehaut, kein Zittern – das gestattete sie sich nicht. Wie jedes Mal war sie ganz in ihrer Rolle aufgegangen und heute hatte sie das Gefühl gehabt, über sich hinausgewachsen zu sein. Nach dem Streit am Nachmittag war das Spielen wie ein Befreiungsschlag gewesen.

All die Wut, die Enttäuschung und der Zorn hatte sie für ihren Auftritt genutzt. Die Energie musste auf die Zuschauer übergesprungen sein, denn heute hatte man sie das erste Mal, seitdem dieses Stück aufgeführt wurde, mit »Bravo-Rufen« belohnt.

Dann, als der letzte Vorhang gefallen war und die Menschen zum Ausgang strömten, hatte sie das Flüstern gehört, das alles verändern sollte. »Wir müssen reden, gleich! Komm zur Talstation!«

Katinka war verblüfft gewesen. Sie hatte nicht damit gerechnet, dass man das Gespräch mit ihr suchen würde. Den ganzen Abend über hatte sie das Gefühl gehabt, für die Truppe nur ein notwendiges Übel zu sein. Einzig der Barbier war so wie sonst erschienen. Rea Klimm, die Inspizientin, hatte sich um einen professionellen Umgang bemüht, was ihr kaum gelungen war, und Klaas hatte ihr nicht in die Augen sehen können. Die anderen hatten keinen Hehl aus ihrer Abneigung gemacht, wenn es dafür auch unterschiedliche Gründe gab.

Die Talstation der Merkurbergbahn war nicht weit von Magda Lehringers Villa entfernt. Dahinter lag der Stadtwald mit seinem vielfältigen Wildbestand. Katinka glaubte, die Tiere zu hören, die sich bei Nacht aus dem Dickicht wagten.

Als die Schauspielerin bemerkte, dass ihre Zehen kalt wurden, ging sie ein wenig auf und ab. Der Mond stand voll am Himmel und lieferte ein diffuses Licht, in dem vereinzelt flauschige Schneeflocken herumwirbelten. Es fing schon wieder an zu schneien.

Endlich hörte sie Schritte hinter sich. Beim Umdrehen erkannte sie den hellen Schein einer Taschenlampe, der sich schnell näherte.

»Es ist kalt!«, sagte die junge Frau, als das Licht sie erreichte, und sah erwartungsvoll zu ihrem Gegenüber.

»Ich gebe zu, deine Einladung zu diesem Treffen hat mich überrascht.«

Mehr als ein Schulterzucken bekam sie nicht zur Antwort.

»Also, was willst du und warum müssen wir hier in der Kälte stehen?«

»Ich muss etwas mit dir besprechen und konnte nicht warten. Lass uns ein paar Schritte gehen.«

»Ein Nachtspaziergang, wie ungewöhnlich! Und dann dein Aufzug …«, entgegnete sie voller Ironie, ließ sich aber darauf ein.

So entfernten sie sich etwas von der Straße und stapften einige Meter einen Wanderweg des Stadtwalds entlang. Der Schnee schluckte das Geräusch der Schritte; es war sehr still hier. Im Schein der Taschenlampe leuchtete ihnen aus einem Gebüsch ein neugieriges Augenpaar entgegen, vielleicht ein verirrtes Reh, und nicht weit entfernt stieß ein Nachtvogel seinen typischen Schrei aus.

»Du warst heute Abend umwerfend. Zumindest schien das Publikum begeistert.«

Katinka ignorierte die Beleidigung, die in der Aussage steckte, und blieb abrupt stehen. »O. k. Was willst du? Ich bin wohl nicht wegen dieser halbherzigen Komplimente hier.«

»Nein, du bist hier, um zu sterben.« Die Worte klangen müde, fast gelangweilt.

Katinka nahm sie nicht ernst und lachte auf. »Was ist das denn …« Dann stockte sie. Im Mondlicht konnte sie das Rasiermesser gut erkennen.

Mit der Taschenlampe wurde ihr ins Gesicht geleuchtet. »Ich sehe, du hast die Situation endlich verstanden.«

Die junge Frau wich einen Schritt zurück. »Du!«, rief sie entsetzt, »du bist das gewesen?«

Ihre Augen hefteten sich auf die Klinge. »Warum?«, hauchte sie ungläubig.

»Weil es das Beste so war.«

»Ich sollte jetzt wohl weglaufen?« Die Schauspielerin war seltsam gefasst, als sie sich schnell umdrehte, um in Richtung Straße zu flüchten.

»Das kannst du natürlich versuchen, aber …«, erklang die Stimme hinter ihr bedrohlich nah.

Bevor Katinka die Chance hatte, sich in Sicherheit zu bringen, durchtrennte die scharfe Klinge mit einem einzigen tiefen Schnitt mühelos den Stoff ihrer Hose und verletzte dabei die Sehnen der linken Kniekehle.

Die junge Frau schrie auf, der Schmerz schoss in Wellen durch ihr Bein. Sie sackte zusammen und spürte den kalten Schnee unter ihren Handflächen.

»Das mit dem Weglaufen wäre damit also erledigt«, drang es gehässig an ihr Ohr.

Sie versuchte, sich aufzurichten, umschloss dabei mit beiden Händen ihr verletztes Knie und humpelte umständlich rückwärts. Der nächste Schnitt ritzte der Schauspielerin die Stirn auf. Ein jämmerlicher Laut entfuhr dabei ihrer Kehle.

»Schöne Katinka, tote Katinka«, hörte sie nun den irren Singsang, der ständig wiederholt wurde.

Ihre Gedanken überschlugen sich, sie würde sterben, hier, heute Nacht, brutal niedergemetzelt. Seltsamerweise hatte sie nie daran geglaubt, ein hohes Alter zu erreichen. Es war ihr schwergefallen, sich selbst als betagte Frau zu sehen. War ihre Zeit nun tatsächlich um?

Das Messer sauste erneut herab, dieses Mal verfehlte es Katinkas Kopf nur knapp.

»Warte!«, schrie sie auf. »Warte, ich werde nicht weglaufen!«, sagte sie nun wesentlich ruhiger.

Ihr Gegenüber stoppte tatsächlich und betrachtete die junge Frau interessiert. »Was wird das?«

Katinka streifte sich ungeschickt die Kleider vom Leib, sie zitterte am ganzen Körper. Schicht für Schicht legte sie ab und versuchte, alles fein säuberlich neben ihrer Handtasche im Schnee zu stapeln.

Ihre Lippen waren bereits bläulich verfärbt, als sie mit brüchiger Stimme sagte: »Ich will nicht, dass mich später ein Fremder auszieht – und jetzt fang an …«

Sie hob die Arme über den Kopf und schloss die Augen. Ihre zarte Gestalt in dieser dem Schicksal ergebenen Pose glich einer Gekreuzigten. Die langen Haare lagen feucht auf ihren Schultern und der verlaufene Kajal wirkte wie ein grobmaschiger Schleier über ihrem Gesicht.

Den Schmerz, als die Klinge ihre Achsel aufschlitzte, spürte sie mit einer Intensität, die es ihr beinahe unmöglich machte, die eisige Luft einzuatmen. Andererseits half die Kälte, die Qualen zu ertragen, die bei jedem Schnitt wie elektrische Stromstöße durch ihren Körper fuhren. Sie lag schon lange auf der Erde, als die Dunkelheit sie endlich wie eine wärmende Decke umschlang.

Der Körper der jungen Frau wurde erbarmungslos und in unbändigem Hass malträtiert. Katinkas Herz hörte auf zu schlagen, bevor man ihr mit brutalen Bewegungen die Kopfschwarte vom Schädel zog. Erst als auch diese letzte grausame Handlung an dem Opfer vollbracht war, wurde das Messer mit einer einzigen lässigen Bewegung zusammengeklappt.

Ein angestrengtes Schnaufen war zu hören, als der geschundene Leichnam ein letztes Mal betrachtet wurde. Katinkas Blut breitete sich auf dem Schneeteppich wie Tinte auf einem Löschpapier aus. Zu den Geräuschen des nächtlichen Waldes mischte sich nun ein tiefer Seufzer – ob Bedauern oder Befriedigung darin lag, würde wohl für immer ein Geheimnis bleiben.

KAPITEL 7

»Und heute wollt ihr, dass ich opfere, was auch immer die Krone fordert. Ihr verlangt mehr, als euch zusteht! Oh verfluchter Ruhm, geboren aus Schande!«

Rolf Heerse hatte eine schlimme Nacht hinter sich. Das lange Gespräch mit Müller, bei dem ihn Gott sei Dank Petra unterstützt hatte, die ungeklärten Mordfälle und die Angst zu versagen, hatten einen erholsamen Schlaf unmöglich gemacht. Um sieben Uhr morgens war der Anruf gekommen.

Nun stand der Hauptkommissar auf dem Waldweg, betrachtete die Blutspuren im Schnee und konnte das Gefühl, einen unendlich großen Verlust erlitten zu haben, nicht unterdrücken. Die entstellte Leiche von Katinka lag immer noch nackt neben einer krumm gewachsenen Tanne.

»Könnt ihr sie nicht wenigstens zudecken«, blaffte er die Männer in den Schutzanzügen an und wusste in der gleichen Sekunde, dass sie es eben nicht konnten, nicht bevor alle Spuren gesichert waren. Er drehte sich um, lief ein paar Schritte in die andere Richtung und atmete tief durch. Der Tod der Schauspielerin ging ihm nahe. Aber wenn er ihr Gerechtigkeit zukommen lassen wollte, musste er sich zusammenreißen und seine Arbeit tun.

Maren Teuber stand einen Meter entfernt. Ihr brauchte er nichts zu erklären. An ihrem blassen Gesicht und den vor Bestürzung zusammengepressten Lippen war deutlich zu erkennen, dass sie die gleichen Gefühle quälten.

Jemand tütete die zusammengefalteten Kleider und die Tasche der Toten ein. Heerse trat neben den Kollegen.

»An der Hose ist Blut und in Höhe der Kniekehle ist der Stoff zerschnitten. Die anderen Wäschestücke sind fast unversehrt, die muss das Opfer vor dem Mord ausgezogen haben – als hätte man die Kleidung nicht besudeln wollen. Die Sachen waren zudem ordentlich aufgeschichtet. Ich kann Ihnen aber nicht sagen, ob das der Täter oder das Opfer selbst getan hat«, sagte der Kriminaltechniker mit einem bedauernden Tonfall. Er blickte in die Handtasche und murmelte: »Papiere und Geld sind noch da.«

Heerse nahm den Ausweis der Toten. »Katinka Weilmann« stand in dem Dokument. Er betrachtete das Passfoto und sah in das ungeschminkte Gesicht einer verletzlichen jungen Frau, die gerade erst das Erwachsenenalter erreicht hatte.

Der Hauptkommissar nahm das Gehörte zur Kenntnis, konnte die Informationen aber noch nicht einordnen.

Maren trat auf ihn zu. »Ich war gestern bei der Aufführung und habe sie gesehen.« Die Beamtin war betroffen und blinzelte heftig. »Die Leute haben ihr zugejubelt, sie war unglaublich.«

Heerse wollte etwas erwidern, wurde aber vom Rufen des Gerichtsmediziners unterbrochen.

»Versuchen wir, ihren Mörder zu finden«, sagte er mit belegter Stimme und ging, gefolgt von Maren, zu Katinkas Leiche.

»Skalpiert wie dieser Lenovi«, sagte der Arzt knapp. »Ihr Gesicht und der Oberkörper sind übersät mit Schnitten, allerdings gibt es keine erkennbaren Abwehrverletzungen an Armen oder Händen.«

»War sie gefesselt?«

»Nein«

»Also hat sie sich einfach abschlachten lassen?«, rief Maren entsetzt.

»Sie war sicher nicht die ganze Zeit bei Bewusstsein, aber ja, so wie es auf den ersten Blick aussieht, hat sie sich nicht gewehrt. Vielleicht helfen uns die Laborbefunde weiter. Es gibt auch keine Anzeichen für eine Verfolgung.« Er deutete auf den Weg. »Dort hat alles stattgefunden.«

»Wo ist der Rest?«, fragte Maren nun vorsichtig.

Heerse hatte diese Frage nicht gestellt. Er wusste, was passiert war, kannte so etwas von anderen Fällen.

Maren Teuber zwang sich dazu, so wie es ihre Pflicht als ermittelnde Beamtin war, sich den Tatort und das Opfer einzuprägen. Der Anblick war entsetzlich. Der rechte Fuß fehlte, im Oberschenkel klaffte ein großes Loch, außerdem war die linke Brust nicht mehr vorhanden.

»Gefressen«, bekam Maren zur Antwort.

Sie schluckte schwer und musste nun doch den Blick abwenden.

»Geht es wieder?«, fragte Heerse besorgt.

Die Beamtin gab ein unsicheres »Ja« von sich.

»Wir sind nicht weit vom Wildgehege entfernt. Hier im Stadtwald leben unter anderem auch Wildschweine. Ich werde mir das noch genau anschauen, aber vermutlich, haben die das verursacht. Noch einen Tag länger und wir hätten nichts außer den Kleidern entdeckt. Ich nehme an, dass wir auch deshalb die abgetrennte Kopfhaut nicht gefunden haben.«

Maren verstand und betrachtete noch einmal die Tote, die aussah, als hätte sie eine blutige Glatze.

»Wann ist sie gestorben?«, fragte Heerse nun ruhig und wechselte nicht nur Maren zuliebe das Thema.

»Vermutlich gestern zwischen zwanzig Uhr und Mitternacht.«

»Die Vorstellung ging bis um zweiundzwanzig Uhr!«

»Das grenzt es weiter ein«, sagte der Arzt, »nach der Autopsie kann ich mehr sagen.«

»Bitte das volle toxikologische Programm. Ich will wissen, ob sie gestern unter Drogen stand und was sie in der Vergangenheit genommen hat. So gründlich wie nur irgend möglich!«

Der Mediziner reagierte mit einem knappen »Ja«, er deutete diese letzte Bemerkung nicht als Beleidigung. Deshalb sah er auch davon ab, den Hauptkommissar darauf hinzuweisen, dass er das automatisch gemacht hätte, von einem gründlichen Vorgehen ganz zu schweigen. Der Arzt wusste, dass Heerse verzweifelt war.

* * *

Müller war nicht im Revier und Maren stellte keine Fragen, sondern nahm automatisch an, dass ihn nun doch die Grippe erwischt hatte. Außerdem waren ihre Gedanken bei der Toten. Fast die gesamte Theatertruppe hatte Katinka bei den Polizisten als mögliche Täterin angeschwärzt und nun lag ausgerechnet sie in der Leichenhalle.

Der erste Bericht der Gerichtsmedizin half ihnen nicht weiter. Die Verletzungen waren fein säuberlich aufgelistet und jede davon hatte unendliche Schmerzen bereitet. Anhand der Blutspuren an Katinkas Hose gingen die Beamten davon aus, dass die aufgeschlitzte Kniekehle die erste Verletzung gewesen war, danach hatte sich das Opfer ausgezogen. Ob freiwillig oder unter Zwang, konnten sie vorerst nicht sagen. Anzunehmen war außerdem, dass die Kleidung des Täters zahlreiche Blutspuren aufweisen musste – im Gegensatz zu den Morden an Lenovi und Stemmer, bei denen laut Gerichtsmedizin die tödlichen Verletzungen von hinten zugefügt worden waren und somit die Kleidung des Täters kaum etwas vom Blut der Opfer abbekommen hatte.

Als eine halbe Stunde später das Telefon klingelte, ging Heerse selbst dran.

»Wir haben die ersten Ergebnisse«, sagte der Gerichtsmediziner, ohne sich mit langen Vorreden aufzuhalten.

»Und?«

»Das wird Sie überraschen.«

»So schlimm?«

»Im Gegenteil!«

Heerse horchte auf. »Was meinen Sie damit?«

»Das Mädchen hat gelebt wie ein buddhistischer Mönch, na ja, wenigstens beinahe.«

»Clean?«

»Vollkommen. Ihre Leber hat wahrscheinlich noch niemals Alkohol gesehen, die Lungen kein Nikotin und laut Labor gab es weder einen Drogenkonsum noch irgendwelchen Medikamentenmissbrauch. Ehrlich gesagt hätte ich das nicht gedacht.«

»Woher hätten Sie das auch wissen sollen?«

»Nein, ich meine, ich habe damals diese Castingshow gesehen und kann mich noch gut an die Kleine erinnern. Also nach dem zu urteilen, hätte ich Stein und Bein geschworen, dass diese junge Frau auf jeden Fall irgendetwas konsumieren würde.«

»Machen Sie sich nichts daraus, ich hatte dieselben Vorurteile. Diese Katinka steckte offensichtlich voller Geheimnisse.«

»Ja«, entgegnete der Arzt auf der anderen Seite der Leitung. »Wäre gut, wenn Sie den, der das getan hat, bald kriegen würden.«

»Das werden wir«, erwiderte Heerse und schwor sich insgeheim, nicht zu ruhen, bis er den Täter zur Strecke gebracht hatte.

Wenig später in der Villa von Magda Lehringer

Dieses Mal war Rolf Heerse nicht in der Stimmung für höfliche Konversation. Kaum dass einer der Hausangestellten das Portal geöffnet hatte, schob sich der Hauptkommissar, gefolgt vom Team der Spurensicherung und weiteren Beamten, in die Eingangshalle.

»Holen Sie Frau Lehringer, und zwar sofort«, bellte er unfreundlich in Richtung des Mannes.

»Frau Lehringer ist noch nicht aufgestanden«, stotterte dieser. Als der Polizist nun bedrohlich einen Schritt auf ihn zu machte, fügte er jedoch hastig an: »Aber ich werde die gnädige Frau sofort wecken.« Dann blickte er unsicher auf die zahlreichen Beamten und bemerkte noch: »Unter diesen Umständen ist das wohl das Beste.«

Dem Angestellten war es offensichtlich gelungen, die Umstände angemessen darzustellen, denn die Hausherrin erschien kurz darauf streitlustig in der Halle. Ihr Haar war nur notdürftig frisiert, ein dicker Bademantel ließ sie kleiner erscheinen, als sie in Wirklichkeit war.

»Was geht hier vor?«, rief sie aufgebracht und starrte auf das Papier, das ihr Heerse vor die Nase hielt.

Im ersten Moment schien es, als wollte sich die Frau querstellen, doch irgendetwas an der Art, wie der Hauptkommissar ihr entgegentrat, ließ sie verstummen.

»Bitte sorgen Sie dafür, dass sämtliche Bewohner des Hauses sich im Wohnzimmer versammeln. Vielen Dank!«

Damit fertigte Heerse Magda Lehringer ab und wandte sich an die Kollegen, um entsprechende Anweisungen zu geben.

Innerhalb kürzester Zeit verwandelte sich die alte Villa in einen wuselnden Ameisenhaufen. Die Kriminaltechniker stellten behutsam das Anwesen auf den Kopf.

Im Wohnzimmer erschien das Ensemble. Heerse stellte nicht zum ersten Mal fest, dass man zu keiner Zeit bessere Einblicke in die Seele eines Menschen bekommen konnte, als direkt nach dessen Aufstehen. Ungeschminkt und durch den Zustand des Halbschlafes noch nicht in der Lage, alle Hässlichkeiten, sowohl die äußeren als auch die inneren zu verbergen.

Britta Werber zum Beispiel sah ohne Make-up atemberaubend aus, gleichzeitig entging dem aufmerksamen Betrachter aber nicht der harte Zug um ihre Augen, so als hätte sie in ihrem Leben stets kämpfen müssen.

Rea Klimm, die Inspizientin war weit davon entfernt, atemberaubend auszusehen. Sie war verschlafen und das lange blonde Haar lag matt auf ihren Schultern. Dadurch ging von ihr aber eine Wärme und Gelassenheit aus, die die Frau sehr sympathisch machte. Der Regisseur Gunter Morat wirkte mitgenommen, so als hätte er die ganze Nacht ein schweres Problem gewälzt. Klaas Werber, Brittas Mann, hatte dunkle Ringe unter den Augen und Horst Krasmir schien einfach nur müde. Ricardo Meier trug als einziger Straßenkleidung. Er musste schon eine ganze Weile auf den Beinen sein. Im Vergleich zu den anderen wirkte Sascha Pranter vollkommen entspannt. Er fläzte sich auf einem der großen Sessel, während er ein Sofakissen hinter den Nacken schob. Seine Haut hatte die rosige Farbe eines frisch gebadeten Babys und auf seinem Gesicht lag ein zufriedener Ausdruck. Über der Narbe auf seiner Stirn klebte ein breites Pflaster.

Offensichtlich schien er nicht mit schlechten Nachrichten zu rechnen, im Gegensatz zu den anderen, die nervös zu Heerse blickten.

»Es tut mir leid, Sie alle auf diese Weise um Ihren Schlaf zu bringen«, sagte der Hauptkommissar und es gab keinen Zweifel daran, dass das eine Lüge war. Er sah sie alle der Reihe nach an.

Irgendwo im Haus fiel etwas scheppernd zu Boden. Die Lehringer schnalzte daraufhin verärgert mit der Zunge, kommentierte das Missgeschick, das eine Folge der Hausdurchsuchung war, aber nicht.

Heerse wollte ihnen die Neuigkeit schonungslos beibringen, deshalb sagte er nun: »Katinka Weilmann ist tot. Man hat sie gestern Nacht ermordet! Ihre Leiche lag im Stadtwald, nicht weit von hier, in der Nähe der Talstation der Merkurbergbahn.«

»Um Gottes willen«, stöhnte Krasmir und ballte die Hände zu Fäusten. Betroffenheit machte sich auf den Gesichtern von Rea Klimm und Gunter Morat breit. Die Lehringer trat hinter Sascha und legte ihm eine Hand auf die Schulter, das Gesicht versteinert.

Sascha Pranter richtete sich nun auf, sah ungläubig zu Heerse und begann, den Kopf zu schütteln, erst leicht, dann immer stärker.

»Das ist nicht wahr!«, murmelte er leise. »Das ist nicht wahr!«, wiederholte er seine Worte lauter. Plötzlich sprang er auf und schrie: »Was ist das für ein krankes Spiel, das Sie hier mit uns treiben? Katinka ist nicht tot, Sie lügen!« Die letzten Worte schleuderte er voller Zorn in Richtung Heerse.

Der Schauspieler machte einen Schritt auf den Beamten zu und Maren stand schon parat, um gegebenenfalls einzugreifen. Aber dazu kam es erst gar nicht.

Klaas Werber war ebenfalls aufgesprungen. Britta wollte ihn zurückhalten, aber er schüttelte ihren Arm ab und stürmte in Richtung Sascha.

»Du wagst es, so zu reden? Du wagst es, so zu tun, als hätte sie dir irgendetwas bedeutet?«, schrie er wie von Sinnen, sodass feine Speicheltröpfchen auf dem Gesicht seines Gegenübers landeten.

Maren sah fragend zu ihrem Chef, der schüttelte kaum merklich mit dem Kopf. Diese Vorstellung wollte er sehen.

»Du hast nicht das Recht zu trauern!«, brüllte Klaas aus vollem Hals.

Sascha verzog sein Gesicht voller Abscheu. »Was bildest du dir ein, du Versager?«

Während Klaas nach Luft schnappte und Britta kerzengerade auf dem Sofa saß, gingen die Beleidigungen weiter.

»Du bist hinter ihr her gewesen, warst besessen von ihr. Glaubst du, das hat niemand bemerkt? Oh Gott, Klaas, du bist ein so schlechter Schauspieler, das ist wirklich unglaublich«, sprach Sascha weiter und fing an, hinterhältig zu lachen.

»Du hast sie nicht geliebt«, erwiderte Klaas und kämpfte gegen die Tränen an. »Du hast sie niemals geliebt!«

Sascha erwiderte eiskalt: »Trotzdem hätte ich *alles* von ihr bekommen und du wärst immer leer ausgegangen!«

Keine Sekunde später donnerte Klaas' Faust auf Sascha Pranters Kinn. Der kam ins Taumeln, stürzte rückwärts, fiel dabei über einen der Hocker und krachte zu Boden.

Klaas stand unbeweglich da, die Faust immer noch geballt, schwer atmend und mit Tränen in den Augen.

Als Sascha sich aufrappelte, seine blutende Lippe betastete und wütend über seinen Kontrahenten herfallen wollte, griff Heerse ein und gab seinen Kollegen ein Zeichen. Nur mit Mühe ließ sich der Schauspieler in ein anderes Zimmer bringen, sein Manager Ricardo eilte wie ein Schoßhündchen hinterher. Klaas Werber blieb in der Mitte des Raumes zurück, den Kopf nun gesenkt und unfähig, einen klaren Gedanken zu fassen.

Britta litt unter der Demütigung, ließ sich aber nichts anmerken, sondern trat auf ihren Mann zu und führte ihn wie ein kleines Kind zurück zum Sofa.

»Wir fangen jetzt mit den Befragungen an«, teilte Heerse den anderen mit und suchte den Raum auf, den ihnen Magda Lehringer dafür zur Verfügung gestellt hatte.

Doch kaum war der Hauptkommissar in der Empfangshalle, kam ein Kollege der Spurensicherung atemlos ins Haus gerannt und rief: »Wir haben etwas!«

Sie standen in dem Nebengebäude, das als Theater genutzt wurde. Mit allergrößter Vorsicht hatten die Kriminaltechniker einen schwarzen, bodenlangen Mantel auf einer Folie ausgebreitet.

»Da ist jede Menge Blut dran«, klärte einer der Beamten Heerse auf.

Der dachte sofort an die Worte des Gerichtsmediziners. Nach dessen Einschätzung musste die Kleidung des Täters nach dem Mord an Katinka blutbeschmiert gewesen sein.

»Und das ist noch nicht alles«, sagte der Mann von der Spurensicherung triumphierend und hob eines der Plastiktütchen hoch, in denen die Beweisstücke archiviert wurden.

»Ein blutiges Rasiermesser«, stellte Maren fest, die nun hinter Heerse getreten war.

»Das Messer war in der Manteltasche. Ich wette, wir haben die Mordwaffe gefunden.«

»Sieht so aus, als hätten wir einen Volltreffer! Wem gehört der Mantel?«, fragte die Polizistin.

»Wenn mich nicht alles täuscht, dann ist das das Kostüm des Barbiers, Horst Krasmir«, antwortete ihr Heerse.

»Den hätte ich jetzt nicht ganz oben auf die Verdächtigenliste gesetzt«, erwiderte Maren verblüfft.

»Ich auch nicht«, entgegnete ihr Chef nachdenklich. »Allerdings gehe ich davon aus, dass dieser Mantel von jedem hätte genommen werden können. Bringt das sofort ins Labor, ich brauche dringend Gewissheit.«

Noch während die Spurensicherung den Rest des Anwesens durchsuchte, konnte das Labor bestätigen, dass das Blut auf dem Mantel und dem Rasiermesser von Katinka stammte. Zwar gab es auf dem Messergriff keine Fingerabdrücke, dafür hatten sie aber noch eine andere Übereinstimmung: Auf der Klinge waren auch Rückstände von Georg Lenovis Blut. Allerdings sah es nicht so aus, als hätte man dieses Messer auch für den Anschlag auf Sascha Pranter benutzt. Trotzdem waren sie damit ein gutes Stück weiter. Heerse vermutete mittlerweile, dass er den Täter innerhalb der Villa suchen musste.

Pranter war das erste Opfer gewesen, der Anschlag schlug allerdings fehl. Dann hatte man den Kritiker Georg Lenovi skalpiert und ins Feuer gelegt. Mirko Stemmer wurde mit einem Dolch erstochen und Katinka wieder mit einem Rasiermesser getötet.

Aber was war das Motiv? Erpressung war naheliegend. Vielleicht hatten alle Opfer, bewusst oder unbewusst, Kenntnis von etwas, das jemand unbedingt geheim halten wollte und dafür sogar bereit war, einen

Mord zu begehen. Eifersucht konnte sich Heerse auch vorstellen. Seine Erfahrung lehrte ihn, dass Missgunst und Neid gelegentlich ausarteten. Die Gedanken des Hauptkommissars wurden unterbrochen, als man Horst Krasmir, den Barbier, hereinführte.

Der Mann machte nicht den Eindruck, als hätte er eine schwere Schuld auf sich geladen. Heerse ermahnte sich und dachte an Müllers Worte – er hatte es mit Schauspielern zu tun, die ihren Job beherrschten und, ohne mit der Wimper zu zucken, die Rolle des Mörders oder des Heiligen spielen konnten.

»Bitte setzen Sie sich«, begann er das Gespräch.

Während der folgenden Minuten fragte der Beamte ganz allgemeine Dinge, bis die Sprache auf Krasmirs Alibi für den gestrigen Abend kam.

»Ich habe mich nach der Vorstellung gleich zurückgezogen, hatte das Gefühl, dass eine Erkältung im Anmarsch sei.«

»Und die anderen?«

Der beleibte Mann sah offen zu dem Polizisten und antwortete: »Normalerweise hätten wir noch zusammengesessen und gefeiert. Die Jüngeren wären wahrscheinlich in diesen Klub mit dem eigenartigen Namen gegangen.«

»Das Beeb-One?«, warf Heerse ein.

»Ja. Vielleicht wäre ich sogar mit, trotz Erkältung. Die Vorstellung war nämlich grandios. Katinka war einzigartig. Wir hatten Bravo-Rufe. Sogar ich bekam welche.« Er atmete geräuschvoll aus. »Was ich damit sagen will«, er zögerte kurz, bevor er weitersprach, »wir hätten allen Grund gehabt, so richtig die Sau rauszulassen. Wir hatten es verdient.«

»Aber?«, hakte Heerse nach.

»Aber der Streit am Nachmittag hatte allen die Laune verdorben. Nach der Vorstellung sind wohl die meisten in ihren Zimmern verschwunden.«

»Verstehe«, erwiderte Heerse freundlich. »Wer trägt eigentlich alles Ihr Kostüm?«

Krasmir schien verwirrt und strich sich mit der Hand über seinen buschigen Bart. »Warum?«

»Beantworten Sie bitte die Frage!«

»Also, ehrlich gesagt, ist der Mantel sehr dick, und weil er bis zu den Füßen reicht, schützt er hervorragend vor der Kälte. Das gute Stück ist bei allen äußerst beliebt. Vor allem während der Proben, da geht er von Hand zu Hand. Manchmal ist es im Theater schweinekalt.«

So etwas hatte Heerse befürchtet. Der Täter oder die Täterin hatten sich den Mantel sicher bewusst als Schutzkleidung herausgesucht. Die Kriminaltechnik würde zweifellos DNA-Material von mehreren Personen finden, und damit wäre es unmöglich, einen der Träger des Kleidungsstücks eindeutig als Mörder zu überführen.

Mit seiner nächsten Frage hatte der Zeuge offensichtlich nicht gerechnet, denn er war sichtlich schockiert, als der Hauptkommissar sie stellte: »Können Sie sich erklären, wie Katinkas Blut an Ihren Bühnenmantel gekommen ist?«

»Was?«

»Und warum sich die Mordwaffe in der Tasche des Mantels befand?«

Jetzt hob Horst Krasmir abwehrend die Hände. »Herr Hauptkommissar, bitte, Sie glauben doch nicht, dass ich der kleinen Katinka etwas antun könnte?«

»Das ist keine Frage des Glaubens.« Heerse beobachtete jedes Zucken auf dem Gesicht seines Gegenübers.

Krasmir lehnte sich jetzt vor und sprach mit flehender Stimme: »Ich bin im Vergleich zu den anderen ein altes Schlachtross. Ich hatte gute Jahre, sehr gute sogar, und schlechte. Zugegeben, es waren mehr schlechte als gute, aber heute habe ich meinen Weg gefunden. Ich kann immer noch arbeiten und meine Figur«, er klopfte sich auf den mächtigen Bauch, »prädestiniert mich geradezu für manche Rollen. Ich bin gut gebucht, erwarte keinen Oscar mehr und gönne mir den Luxus, das zu tun, was mir Spaß macht.« Nun blickte er betreten zu Boden, bevor er weitersprach: »Ich hatte keinen Grund, dem Mädchen etwas zu tun. Und Eifersucht auf ihren Erfolg, das trauen Sie mir doch nicht ernsthaft zu. Wie gesagt, ich hatte meine Zeit und außerdem wäre ich erfreut gewesen, wenn Katinka ihren Weg gemacht hätte. Letzten Endes wäre es ihr gelungen. Jetzt erst recht.«

»Wie meinen Sie das?«

»Na ja, wäre es zu einer Trennung von Sascha gekommen, hätte sie sich vielleicht endlich auf die Schauspielerei konzentriert, so wie gestern Abend. Meiner Meinung nach hat er sie blockiert.«

Der Hauptkommissar wagte sich weiter vor: »Sagen Sie, was halten Sie von Ihren Kollegen?«

»Das sind gute Leute. Die Film- und Theaterbranche ist hart. Und wenn man es als junger Mensch nicht schafft, wird es immer schwerer. Natürlich gibt es auch Ausnahmen, aber die kann man an zwei Händen abzählen. Jeder denkt, wir Schauspieler, Regisseure oder Stückeschreiber verdienen uns eine goldene Nase, aber die Realität sieht anders aus. Heute verdienen sie vierzigtausend und dann bleiben die Aufträge aus. Nach Abzug von Steuern und Versicherung ist das nicht mehr als ein durchschnittliches Jahresgehalt, nur muss es vielleicht drei Jahre reichen. In unserem Job sind Geldsorgen und Existenzängste tägliche Begleiter. Und wir stehen letztendlich alle in Konkurrenz zueinander. In meinem Alter sieht man das vielleicht anders, aber …« Er hob entschuldigend die Hände.

»Trauen Sie jemanden aus der Villa einen Mord zu?«

Der Barbier schwieg eine Weile. Heerse drängte ihn nicht.

Endlich antwortete der Mann: »Ich wünschte, ich könnte Ihnen mit einem ehrlichen ›Nein‹ antworten.«

* * *

Mit einem Gefühl der Erleichterung wurde an das Rasiermesser gedacht. »Was für ein Glück, dass ich dich an einem sicheren Ort versteckt habe.«

Die Erinnerung war noch frisch. Erst vor Kurzem war das mörderische Instrument mit seiner blutroten, samtenen Hülle vorsichtig in eine dicke Plastiktüte gesteckt worden. Das Ganze dann an einem geeigneten Ort zu verscharren, war ein einfaches Unterfangen gewesen.

»Man sollte sich eben immer auf seinen Instinkt verlassen. So wie das eine Rasiermesser vergraben worden war und deshalb nicht diesen neugierigen Polizisten in die Hände hatte fallen können, war das andere leicht zu finden gewesen. Im Mantel des Barbiers, was für ein vorhersehbarer und gleichzeitig auch genialer Platz.«

Die Lippen kräuselten sich bei diesem Gedanken zu einem schäbigen Lächeln. Es war ein wunderbares Gefühl, den anderen einen großen Schritt voraus zu sein.

* * *

Heerse nervten die Befragungen, die sich als zäh und unerfreulich herausstellten. Er bekam ausweichende Antworten und keine Alibis. Niemand wusste etwas. Über den Tod von Katinka äußerten sich die Mitglieder des Ensembles mehr oder weniger mit Bedauern. Der Beamte war sich darüber im Klaren, dass die meisten von ihnen Katinka nicht wirklich gemocht hatten.

Gerade, als sich der Hauptkommissar eine kleine Unterbrechung gönnen wollte, streckte ein Mitarbeiter der Spurensicherung seinen Kopf durch die Tür. »Rolf, ich denke, das solltest du dir ansehen …«

Heerse erhob sich schnell von seinem Stuhl, Maren sprang ebenfalls auf.

Erwartungsvoll folgten sie dem Mann in den obersten Stock. Überrascht stellten sie fest, dass diese Etage als privater Ausstellungsraum genutzt wurde. Es war, als würden sie sich in einer Kunstgalerie aufhalten. An den Wänden hingen ausgesuchte Gemälde, die mit kleinen Strahlern ins rechte Licht gerückt wurden. Bizarre Skulpturen teilten sich den Platz mit alten Ritterrüstungen. An einer Wand stand ein schmales Regal. Die Buchrücken darin wirkten edel, vielleicht bewahrte die Hausherrin hier ein paar kostbare Erstausgaben auf. Aber zur weiteren Begutachtung der Kunstwerke blieb keine Zeit, denn der Kriminaltechniker führte Heerse und seine Mitarbeiterin zu einer Vitrine, die auf einem kleinen Tisch stand.

»Sieht so aus, als würde einer fehlen«, meinte der Mann nun mit hochgezogenen Brauen.

Der Hauptkommissar verstand und Maren an seiner Seite fragte leise: »Ein weiterer Treffer?«

Heerse betrachtete die Sammlung verschiedener Dolche. Es waren vier Stück, die alle in speziellen Halterungen steckten. Die fünfte Halterung war leer.

Man konnte aber in dem weichen Filz immer noch den Abdruck der Stichwaffe erkennen, die hier noch bis vor Kurzem gelegen haben musste.

»Die Kiste geht komplett ins Labor!«, bestimmte der Hauptkommissar verärgert. »Und schafft mir die Lehringer her. Mal hören, was die Dame dazu zu sagen hat.«

Magda Lehringer, die sich zwischenzeitlich angezogen und zurechtgemacht hatte, kam mit unbewegter Miene auf Heerse zu, der mittlerweile wie ein wütender Stier neben der Vitrine stand.

»Werfen Sie einen Blick hier rein!«, blaffte er unwirsch. »Fällt Ihnen etwas auf? Und sagen Sie jetzt nicht, die Sammlung wäre noch nicht komplett gewesen.«

Die Frau schwieg zwar, aber an dem Zucken ihrer Kiefermuskeln erkannte der Polizist, dass sie sehr wohl verstanden hatte. Magda Lehringer suchte fieberhaft nach der richtigen Strategie.

Heerse kam ihrer Antwort zuvor: »Ich will die Wahrheit hören. Was war das hier für ein Dolch und seit wann fehlt er?«

Die Lehringer legte den Kopf etwas schräg, befeuchtete mit der Zunge die Lippen und lächelte versöhnlich, aber der Hauptkommissar war noch nicht fertig. »Glauben Sie bitte nicht, dass ich zögern würde, eine über Sechzigjährige in Untersuchungshaft zu stecken. Es gibt keine Altersbegrenzung für Gefängnisse.«

Maren hatte den Eindruck, die Frau wollte aufbegehren, aber Heerse schnitt ihr das Wort ab. Sein Ton war grob und laut. »Wir haben hier das Zurückhalten von Informationen in einer polizeilichen Ermittlung. Und was noch weit schlimmer ist, Beihilfe zum Mord.

Glauben Sie mir, kein Richter wird Sie da mit Arbeitsstunden davonkommen lassen. Dafür werden Sie einfahren, *gnädige Frau.*«

Für einen Moment fiel die Maske und Entsetzen machte sich auf dem Gesicht von Magda Lehringer breit.

»In Ordnung, ich gebe es zu, ich habe Ihnen nicht gesagt, dass uns ein Dolch abhandengekommen ist. Aber ich sah keine Verbindungen zu den Todesfällen.« Obwohl sie versuchte, selbstsicher aufzutreten, konnte ihre brüchige Stimme nicht über die Mühe hinwegtäuschen, die sie das kostete.

»Keine Verbindung?« Heerse kochte innerlich. »Sie haben mich nach der Mordwaffe im Fall des Drogendealers Stemmer gefragt – ich nehme doch an, dass Ihr Dolch zu dieser Zeit bereits verschwunden war. Oder haben Sie ihn etwa selbst benutzt?«

Das Gesicht der Befragten färbte sich dunkelrot.

»Also, was ist nun?«, fuhr sie der Polizist an.

»Ja, der Dolch war zu diesem Zeitpunkt verschwunden. Aber ich weiß nicht genau, wann das passiert ist. Ich kontrolliere die Sachen nicht jeden Tag.«

Jetzt lag etwas Flehentliches in ihrem Blick. Offensichtlich schien sie sich nicht sicher zu sein, ob ihr dieser aufgebrachte Beamte gleich Handschellen anlegen würde. »Ich habe nichts mit den Morden zu tun, das schwöre ich!«

Der Hauptkommissar reagierte nicht auf ihre Beteuerungen. Die Vitrine war unverschlossen, das hatte Heerse bereits festgestellt. Irgendwer hatte sich diesen Dolch geholt und damit wahrscheinlich Stemmer erstochen. Magda Lehringer kam dafür genauso infrage wie der Rest der Villenbewohner oder ein Besucher, der mit den Örtlichkeiten vertraut war, so wie Jacques Murcier.

Die Hausherrin musste eine Beschreibung des Dolches abgeben, anhand der schnell klar wurde, dass sie mit einer Übereinstimmung rechnen konnten.

Trotzdem sagte Heerse: »Sie werden mit Kommissarin Teuber zu unserer Dienststelle fahren und den Dolch in Augenschein nehmen.«

»Eine Frage noch«, hielt Heerse die Zeugin zurück, als diese gerade mit Maren aufbrechen wollte. »Warum? Warum haben Sie mir nicht gesagt, dass der Dolch fehlt?«

Wieder schoss der Frau die Röte ins Gesicht.

»Ehrlich gesagt hatte ich befürchtet, dass Sie das Haus auf den Kopf stellen würden und wir vielleicht die Aufführungen stoppen müssten.«

»Und dafür haben Sie in Kauf genommen, dass weitere Menschen sterben?« Dieses Mal klang Heerse nur noch frustriert.

»Ich dachte nicht …«, wollte sich die Frau erklären, aber der Hauptkommissar hatte sich schon abgewandt, um mit dem Kriminaltechniker zu sprechen.

* * *

Als Letztes vernahm Heerse Sascha Pranter. Im Gegensatz zu heute Morgen war sein Zustand erbärmlich. Seine Augen sahen aus, als hätte er geweint, und sein Gesicht war um den Mund herum geschwollen. Das Pflaster auf der Stirn erweckte zusätzlich den Eindruck, dass der Mann eine schlimme Zeit durchlebte.

»Ich muss mich entschuldigen«, sagte der Schauspieler anstatt einer Begrüßung, als er das Zimmer betrat. »Ich hätte Sie nicht so anfahren dürfen. Und auch bei Klaas habe ich mich danebenbenommen, ich weiß das.«

Er sah zu dem Beamten. »Ich kann nicht fassen, dass sie tot ist. Das ist so …« Mitten im Satz brach er ab, schlug die Hände vors Gesicht, versuchte, ein Schluchzen zu unterdrücken, was ihm nicht gelang, und sprach schließlich weiter: »Es ist so ungerecht. Ich kann mich nicht mehr mit ihr aussprechen.«

Obwohl Saschas Tonfall etwas von dem Nörgeln eines Kindes hatte, verstand Heerse, was er meinte. Er hatte das oft bei den Angehörigen eines Verstorbenen erlebt. Meist kam zu dem endgültigen Verlust das unerträgliche Gefühl, keine Chance mehr zu haben, die Dinge zu klären.

»Ich hätte nicht so hart mit ihr ins Gericht gehen dürfen. Sie hat mich immerhin geliebt.«

Heerse ließ ihm ein paar Minuten Zeit, um sich wieder in den Griff zu bekommen, dann stellte er seine erste Frage: »Aber diese Liebe ist einseitig gewesen? Da habe ich Sie doch richtig verstanden?«

»Ja, schon. Ich mochte sie sehr, aber mehr eben nicht.«

»Sie hatten aber trotzdem ein sexuelles Verhältnis?«

»Ja, das hatten wir.«

»Was war mit Klaas Werber?« Heerse hatte bereits mit Werber gesprochen, der sich beharrlich weigerte, seine Zuneigung zu Katinka mit etwas anderem als Freundschaft unter Kollegen zu bezeichnen. Der Hauptkommissar konnte ihm das nicht glauben.

»Der hat Katinka angebetet.«

»Und wie stand sie zu ihm?«

»Ich glaube nicht, dass sie Klaas überhaupt bemerkt hat. Das hört sich jetzt vielleicht übertrieben eitel an, aber sie hatte nur Augen für mich.«

»Und was ist mit Britta Werber? Wie hat die auf das Verhalten ihres Mannes reagiert?«

Sascha Pranter lehnte sich zurück und entspannte etwas. »Britta. Die schöne Britta. Ehrlich gesagt habe ich keine Ahnung, was sie an diesem Weichei Klaas findet. Ich hätte angenommen, sie würde sein Gewinsel nach Katinka nicht dulden.«

»Denken Sie, Britta Werber hat Katinka ermordet?« Heerse stellte die Frage völlig harmlos, so als hätte er sich nach der Uhrzeit erkundigt.

Der Schauspieler schreckte zusammen, hob abwehrend die Hände und erwiderte: »Nein, so habe ich das nicht gemeint.«

Der Hauptkommissar beobachtete, wie Pranter sich wand.

»Sie erscheint vielleicht kaltblütig, aber einen Mord?« Der junge Mann fing angestrengt an zu überlegen, fügte aber nichts mehr hinzu.

»Was ist mit Magda Lehringer?«

Dieses Thema war dem Schauspieler sichtlich unangenehm. »Was soll mit ihr sein?«, fragte er gereizt.

»Nun, Katinka hat ausgeplaudert, dass zwischen Ihnen und Frau Lehringer eine sexuelle Beziehung besteht oder bestand. Woher wusste sie das überhaupt?«

Sascha stieß geräuschvoll die Luft aus. »In einem schwachen Moment habe ich ihr davon erzählt. Deshalb war ich auch so sauer, ich dachte, Katinka behält das für sich.«

Der Hauptkommissar glaubte, einen Ausdruck von Verzweiflung im Gesicht seines Gegenübers zu erkennen, deshalb schien es ihm angebracht, seine Hilfe anzubieten. »Herr Pranter, Erpressung ist eine Straftat, auch und vor allem im Zusammenhang mit sexuellen *Gefälligkeiten.* Dabei spielt das Geschlecht des Opfers und das Alter des Täters keine Rolle. Sollten Sie sich in dieser Weise bedroht fühlen, dann wenden Sie sich an mich oder meine Kollegen.«

Sascha Pranter lachte. Es war ein seltsames Glucksen und der Hauptkommissar nahm ihm die Unbeschwertheit nicht ab. Er kannte solche Reaktionen. Aus Schamgefühl spielten die Opfer Übergriffe dieser Art herunter.

Der Schauspieler setzte zu einer Erklärung an: »Sicher würde ich mir Magda nicht als Lebenspartnerin aussuchen. Die Frau ist nun wirklich nicht mein Typ, vom Alter ganz abgesehen. Aber ich bin jemand, der gerne experimentiert. Auch, wenn mir das anschließend manchmal peinlich ist. Und gelegentlich ist der Alkohol ein schlechter Ratgeber. Jedenfalls habe ich Magda nichts vorzuwerfen.«

Der Hauptkommissar war nach wie vor hin- und hergerissen. Der Vortrag war glaubhaft, wenn auch die Körperhaltung des Mannes nach Heerses Meinung etwas anderes sagte.

»Aber über Katinkas Indiskretion haben Sie sich geärgert?« Es war eigentlich mehr eine Feststellung als eine Frage.

»Natürlich, weil es vollkommen unnötig war, Magda bloßzustellen. Vermutlich hatte Katinka nur wieder einen ihrer Eifersuchtsanfälle.«

»Und Magda Lehringer, war die umgekehrt auch eifersüchtig?«

»Auf Katinka? Nein«, Pranter zögerte und relativierte seine Worte, »ich denke nicht. Warum? Glauben Sie, Magda hat Katinka getötet? Aus Eifersucht?« Er riss ungläubig die Augen auf.

Heerse antwortete ihm nicht, aber der Schauspieler machte sich nun ernsthaft Gedanken über den Täter und spann den Faden weiter. »Aber dann hätte es *doch* Britta oder auch Rea Klimm sein können. Alles Frauen, die auf die eine oder andere Art in Katinkas Schatten standen.«

»Wieso die Inspizientin?«, hakte Heerse interessiert nach. Es war immer gut, Spontanäußerungen von Zeugen ernst zu nehmen. Meistens kam dabei sehr viel zum Vorschein.

»Nun, sie hat es als Schauspielerin nicht geschafft, vielleicht ist ihr Hass auf die Erfolgreichen der Grund …«

»Und die Männer?«

»Horst, unser Barbier? Der wäre das typische stille Wasser. Gunter Morat, der Regisseur, konnte Katinka nicht ausstehen, weil sie schwierig war und es außerdem wagte, seine Arbeit zu kritisieren. Aber eigentlich wäre Klaas der perfekte Kandidat. Er hat sie geliebt, sie hat ihn zurückgewiesen. Das typische Verbrechen aus Leidenschaft.«

»Und Ricardo Meier, Ihr Manager?«, fragte Heerse.

Pranter zuckte mit den Schultern. »Ricardos Motive sind eher gewinnorientiert. Er sagt mir nicht alles, vielleicht gab es etwas zwischen ihm und Katinka, von dem ich nichts wusste«, sprach er nachdenklich weiter.

Mit einem Mal hielt Sascha Pranter inne. Seine Gesichtszüge verhärteten sich, seine Stimme war nur noch ein heiseres Flüstern. »Bin ich vielleicht derjenige, der Schuld an Katinkas Tod hat?« Seine Augen füllten sich mit Tränen. »Geschieht das alles meinetwegen? Schließlich hat man als Erstes versucht, mich umzubringen … Und als das nicht geklappt hat, mussten die Menschen um mich herum sterben. Erst Lenovi, danach dieser Stemmer und am Ende meine Katinka. Wenn mir der Mörder Angst machen will, dann ist ihm das gelungen.«

Heerse wählte seine nächsten Worte mit Bedacht. »Dieser Gedanke ist natürlich nicht von der Hand zu weisen, allerdings können wir bisher kein konkretes Motiv entdecken. Vielleicht hatten Sie einfach Glück und jetzt hat der Täter das Interesse an Ihnen verloren. Trotzdem rate ich zur Vorsicht. Wenn das nämlich nicht der Fall ist, sind Sie weiterhin in Gefahr.«

»Ja, ich weiß und ich danke Ihnen für Ihre Offenheit«, entgegnete der junge Mann. »Ricardo hat einen Sicherheitsdienst engagiert.«

Der Hauptkommissar erwiderte: »Gut. Sie sollten sich keine Vorwürfe machen – Schuld an Katinkas Tod hat der, der das Messer geführt hat.«

* * *

KAPITEL 8

»Die Liebe sollte mich lehren, die Sterne und den Mond zu sehen, aber stattdessen sah ich nur die düstere Nacht und fühlte ihre Kälte.«

Trotz Heerses massiver Versuche, die Vorstellungen zu stoppen, bis die Ermittlungen abgeschlossen waren, gingen die Aufführungen weiter.

»Wir beugen uns dem Druck von oben«, teilte ihm sein Vorgesetzter mit.

Ricardo Meier und Magda Lehringer schienen also die richtigen Verbindungen zu haben.

Natürlich wollte auch niemand vom Ensemble etwas davon wissen, die Villa zu verlassen.

Wie zu erwarten, überschlugen sich die Medien. Gunter Morat wurde zum gefeierten Regisseur, die Lehringer hatte jetzt, nachdem das Stück so bekannt wurde, ihre Autorenanonymität aufgegeben, was ihr diverse Fernsehauftritte einbrachte, und Pranter war präsenter als jemals zuvor. Das Marketing hatte seine Arbeit hervorragend erledigt.

»Sascha Pranter steht auf der Todesliste eines Wahnsinnigen!«, hieß es zum Beispiel oder »*Wer mordet sich durch Pranters Leben?*«

Es gab ein Bild – Heerse hatte keine Ahnung, ob es der Schnappschuss eines aufdringlichen Fotografen oder ein gestelltes Foto war –, das man der Presse zugespielt hatte. Darauf sah man den Schauspieler, wie er bei der Beerdigung von Katinka an deren Sarg zusammenbrach.

Wenige Tage nach Katinkas Beisetzung liefen die Vorstellungen weiter. Es war nicht weniger kalt, aber die Menschen drängten nach Baden-Baden. Weitere Termine waren bereits anberaumt. Katinkas Rolle wurde von

Britta übernommen, während Rea Klimm dafür einige der Nebenrollen spielen durfte.

Der Tod war eben lediglich in der Lage, das Leben der Zurückgebliebenen zu unterbrechen, nicht aber, es aufzuhalten.

* * *

Sascha fiel Ricardo vor Freude beinahe um den Hals. »Wirklich? Die wollen schon in drei Tagen drehen?«

»Ja! Die haben dich kurzfristig eingebaut. Und das ist mehr als nur ein Gastauftritt, das könnte die Hauptrolle werden …«

»Hast du ein Drehbuch?«

»Auszüge, bitte bediene dich.« Der Manager wedelte mit ein paar Seiten Papier.

Eilig überflog der junge Schauspieler den Text.

»Das ist genial!«, rief er begeistert. »Ich spiele einen alten Freund von Marvi M. Zuerst sind wir die besten Kumpels, schwelgen in Erinnerungen und dann verliebe ich mich in seine Verlobte. Wir werden zu Feinden, wobei ich den Guten spielen darf.«

»So sieht es aus!« Ricardo war äußerst zufrieden mit sich. Nach dem Mord an Katinka und dem ganzen Presserummel wollten die Produzenten der Soap Sascha nun doch lieber gestern als heute haben. Den Job als Manager beherrschte Ricardo, er hatte für seinen Schützling einen guten Deal ausgehandelt. »Es gibt sogar eine Szene, in der dich Marvi M. aus Eifersucht ermorden will. Das ist auch der erste Dreh. Er soll versuchen, dich zu skalpieren. Zurück bleibt dann eine Narbe!« Verschwörerisch zwinkerte der Manager Sascha zu.

Dieser hatte ein mulmiges Gefühl bei Ricardos Worten. »Dann brauchen sie mir die Narbe künftig nicht zu überschminken«, entgegnete er nachdenklich.

»Das ist sicher auch ein Aspekt, aber viel mehr zählt der Effekt für die Zuschauer. Das ist beinahe Reality-TV!«

»Wir drehen schon in drei Tagen … Was ist mit dem Vertrag bei der Lehringer?«

Ricardo grinste anzüglich. »Ich habe keinen Zweifel daran, dass sie dir einen Drehtag gestattet, auch wenn du laut Vereinbarung noch einen Monat exklusiv an sie gebunden bist.«

»Das ist nicht witzig!«, giftete Sascha zurück. »Diesen Exklusivvertrag hast du mir eingebrockt!«

»Ja, weil wir es uns zu der Zeit nicht aussuchen konnten«, antwortete ihm Ricardo gelangweilt, so als hätten sie dieses Thema schon unendlich oft besprochen. »Hör auf zu schmollen und rede mit ihr, oder was du sonst so machst.«

»Was soll das heißen?«, zischte Sascha wütend.

Es gab eigentlich keinen Zweifel daran, dass Ricardo auf sexuelle Gefälligkeiten anspielte. Dennoch wollte es der Manager nicht übertreiben, als er die Wut seines Schützlings bemerkte. Schließlich war Sascha zurzeit der Star in seiner Kartei, deshalb sagte er unschuldig: »Na, schlage ihr vor, dass sie dich zum Dreh begleiten kann. Versprich ihr, sie mit wichtigen Leuten bekannt zu machen. Magda ist eitel, und seit die Welt die Stückeschreiberin in ihr verehrt, wird sie mit aller Kraft versuchen, in den Medien präsent zu sein. Oder soll ich vielleicht mit ihr sprechen?«

»Nein, ich werde das tun«, sagte Sascha und klang wenig begeistert.

»Na dann, starten wir durch!«, entgegnete der Manager fröhlich und hängte sich wieder ans Handy, um alles zu arrangieren.

Sascha nahm einen großen Schluck Gin Tonic. Er stand auf das Zeug, auch wenn es nicht unbedingt Kultstatus hatte. Jedenfalls half es, schnell die Sinne zu benebeln. Der Joint im Aschenbecher glomm vor sich hin und verströmte einen süßlichen Duft im Zimmer.

»Das riecht wie Weihrauch und verbranntes Gras«, hatte Katinka einmal mit gerümpfter Nase bemerkt.

Der Gedanke an die junge Frau stimmte ihn traurig. Irgendwie vermisste er sie, aber jetzt war es für solche Gefühle zu spät.

Als es an der Tür klopfte, trank er sein Glas in einem Zug aus, bevor er öffnete. Er tat, was von ihm erwartet wurde.

»Magda!« Seine Stimme nahm einen schmeichelnden Ton an und heuchelte Überraschung.

»Ich hoffe, ich störe dich nicht?«, säuselte Magda Lehringer und lehnte sich gegen den Türrahmen.

Eine überflüssige Frage. Ihr Besuch war schließlich kein Zufall, Sascha hatte sie bereits erwartet, nachdem er mit ihr über den Vertrag gesprochen hatte. Das Licht war gedimmt und auf dem Nachttisch standen brennende Kerzen.

»Nein, nein, überhaupt nicht«, stotterte der Schauspieler ein wenig, weil sie es mochte, wenn er den Schüchternen gab.

Sie rauschte an ihm vorbei und ließ sich elegant auf einen Sessel fallen.

»Willst du etwas trinken?«, fragte Sascha höflich.

Natürlich wollte sie. Magda war nicht wie Katinka, die weder an Alkohol noch an Drogen interessiert gewesen war – etwas, das kaum jemand von ihr gewusst hatte.

»Du errätst, was ich will?«, wisperte sie nun anzüglich und er mixte ihr mit einem verstehenden Grinsen einen Gin Tonic. Sie trank das Glas gierig aus.

Sascha griff sich den Joint, zog daran und beugte sich dann zu ihr herunter. Während sie leicht den Mund öffnete, blies er langsam den Rauch zwischen ihren Lippen hindurch. Magda inhalierte tief und stieß dann mit einem Seufzer eine kleine Wolke aus.

»Ist dir nicht warm?«, fragte sie nun unschuldig.

Auch das kannte Sascha schon. Er wusste um seinen gut trainierten Körper mit dem Sixpack-Bauch, den wohlproportionierten Oberschenkeln, dem knackigen Hintern und den muskulösen Oberarmen. Sein Äußeres hatte ihm schon viele Türen geöffnet, allerdings war er bisher nur bei der Lehringer so weit gegangen.

Magda beobachtete mit halb geschlossenen Lidern, wie sich der Schauspieler auszog. Ohne den Blick von ihm zu lassen, griff sie nach der Fernbedienung der Musikanlage und wählte einen Jazz-Sender.

Zufrieden betrachtete sie die gut ausgebildete Männlichkeit ihres Liebhabers und erhob sich grazil. Mit einer lässigen Bewegung streifte sie den knielangen Seidenbademantel ab. Magda Lehringer war sich durchaus ihres Alters bewusst – allerdings hatte sie ihren Körper immer gut behandelt, sodass sie mit reizvoller Wäsche und im sanften Kerzenschein ausgesprochen attraktiv wirkte.

Sascha beobachtete, wie sie sich lasziv auf dem Bett rekelte. Es war nicht so, dass er sich dadurch nicht erregen ließ. Vielleicht war genau das der Punkt. Warum machte ihn dieses Spiel so an? Er ekelte sich vor sich selbst, weil er sich vor dieser Frau prostituieren musste und gleichzeitig schoss ihm das Blut in den Unterleib, weil es ihn antörnte, wie sie ihn für ihre Zwecke missbrauchte. Wenn er mit Magda ins Bett stieg, dann empfand er pure Geilheit und blanken Hass gleichzeitig.

»Na komm schon!«, flüsterte sie und spreizte die Beine. Das schwarze Seidenneglige, das sie unter dem Bademantel trug, behielt sie an. Es verdeckte ihre intimsten Stellen, und als er auf ihr lag, konnte er den kühlen Stoff auf seiner Haut spüren.

Sie gab das Tempo vor, wusste genau, was sie wollte – und er gehorchte. Seine Bewegungen wurden schneller und er hörte ihr verhaltenes Stöhnen. Er hätte zu gerne einmal die Kontrolle übernommen, aber das gestattete sie ihm nicht. Wieder ärgerte er sich über seine eigene Begierde. Wieder hasste er Magda dafür, dass sie ihn dazu brachte, sich mit Genuss zu verkaufen. Er stellte sich zwar vor, er spiele nur eine Rolle, aber es war mehr als das. Schließlich konnte er sich nicht länger zurückhalten.

Magda genoss seine Gefügigkeit und kam gleichzeitig mit ihm zum Höhepunkt. In diesem Moment der höchsten Lust wünschte er sich, die Lehringer würde an Katinkas Stelle unter der Erde liegen.

Als er sich von ihr herunterwälzte, fühlte er sich schlecht. Nicht nur psychisch, sondern auch körperlich. Die Mischung aus Gin und Cannabis machte sich bemerkbar, ihm war übel.

Magda hingegen schien zufrieden. Mit einer langsamen Bewegung stand sie auf und schlüpfte in ihren Bademantel. Zum Abschied drückte sie ihm einen Kuss auf die Wange und flüsterte: »Ich freue mich schon auf den Dreh, Liebling.«

Der Schauspieler schenkte ihr ein charmantes Lächeln, während er sie im Stillen als Hexe verfluchte. Als sie unter dem Türrahmen stand, hob er zum Abschied die Hand. Sie tastete mit den Augen noch einmal seinen nackten Körper ab, bevor sie mit einem fröhlichen Lachen das Zimmer verließ.

Keine Minute später stürzte Sascha ins Bad und musste sich übergeben.

* * *

Zur gleichen Zeit traf Britta auf Ricardo. Saschas Manager stand in der Küche der Villa und steckte mit dem Kopf in dem großen Kühlschrank. Er trug immer noch seinen Anzug und Britta fragte sich, ob dieser Mann überhaupt etwas anderes in seinem Schrank hatte. Sie zog ihren langen Bademantel fester zu und gab ein lautes Räuspern von sich.

Ricardo drehte sich um, schien aber nicht erschrocken und sagte ohne besonderes Interesse: »Hallo Britta!«

»Was tust du da?«

»Ich suche etwas zu essen.« Seine Antwort war knapp und ohne jede Freundlichkeit.

»Ich wollte mir ein Glas Wasser holen«, erklärte sich Britta, was Ricardo, der immer noch in den Kühlschrank starrte, lediglich ein leises Brummen entlockte.

Ganz offensichtlich hatte er keine Lust auf ein Gespräch.

Allerdings störte das Britta Werber wenig. »Ich warte schon die ganze Zeit auf eine Gelegenheit, mit dir alleine zu reden«, sagte sie nun.

Endlich drehte er sich zu ihr um und schloss genervt den Kühlschrank, ohne etwas daraus entnommen zu haben.

»Was willst du dieses Mal?«

»Was ich will? Gar nichts!«, antwortete ihm die Frau patzig.

»Und worüber sollen wir dann sprechen?«

Seine überhebliche Art schreckte Britta nicht ab. »Warst du es?«

»Was?« Ricardo verzog keine Miene.

»Katinka, was denn sonst«, wisperte Britta und sah automatisch zur Tür.

»Warum sollte ich, schließlich hat sie ja mit *deinem* Alten herumgemacht.«

»Das ist nicht wahr«, stieß die Frau daraufhin ärgerlich hervor.

»Ansichtssache!«, gab Ricardo gelassen zurück und machte Anstalten, zur Tür zu gehen.

»Warte«, rief ihm Britta hinterher.

Der Manager blieb stehen, verschränkte die Arme vor der Brust und verzog den Mund zu einem überheblichen Grinsen.

»Ich möchte nur sagen, als ich damals gemeint habe, du sollst mir Katinka vom Hals schaffen … Da wollte ich nicht, dass du sie umbringst!«

Ricardo sah die Frau einen Moment an, dann ging er einen Schritt auf sie zu. Sein Gesichtsausdruck war hart, fast brutal. Als er mit der Hand ausholte, dachte sie schon, er wolle sie schlagen. Aber er machte nur eine ausladende Geste, um seine folgenden Worte zu unterstreichen.

»Hör zu, du durchgeknallte Schlampe, ich weiß genau, was du hier versuchst. Du willst mir den Mord an Katinka anhängen, aber das wird nicht funktionieren. Wage es ja nicht, irgendwelche Andeutungen zu machen, sonst stecke ich deinem Penner von Mann, dass du seine Geliebte loswerden wolltest.« Jetzt kniff er die Augen zusammen und zischte: »Vermutlich bist du es gewesen! Aber ehrlich gesagt interessiert mich das einen Scheiß, solange du mir nicht auf die Eier gehst. Verstanden?«

Britta nickte. Das Letzte, was sie gebrauchen konnte, war Streit. Die Karriere ihres Mannes Klaas lief momentan vielversprechend, es fehlte lediglich ein gutes Management. Ricardo konnte dabei noch nützlich sein, vielleicht nahm er Klaas unter Vertrag und verschaffte ihm genauso wie Sascha eine Rolle beim Film. Also übte sie keinen weiteren Druck auf ihn aus, sondern schwieg.

»Freut mich, dass wir uns in diesem Punkt einig sind«, sagte ihr Gegenüber frostig und verließ mit raschen Schritten die Küche.

* * *

Die Presse hatte an Sascha Pranter Gefallen gefunden. Seit Magda Lehringer auch offiziell die Autorin des Stückes war, wurde dessen Inhalt regelrecht seziert. Man verknüpfte die Morde mit der Handlung des Dramas. Pranter wurde zum König hochstilisiert, den ein wahnsinniger Mörder vom Thron stürzen wollte.

»Wer ist der Barbier?«, hieß eine der Schlagzeilen, in Anlehnung an das Bühnenwerk und das Rasiermesser als Tatwaffe.

Das führte dazu, dass andere Theater sich ebenfalls für das Stück und dessen Aufführung interessierten – ein Erfolg für Magda Lehringer, mit dem niemand gerechnet hätte.

Heerse und seine Kollegen jedoch waren weit davon entfernt, über Erfolge zu sprechen.

Müller hatte sich von seiner »Grippe« erholt, sodass er wieder arbeiten konnte. Er sah jedoch erbärmlich aus. Als er vor zwei Tagen ungepflegt und mit Alkoholfahne erschienen war, hatte ihn Heerse zurechtweisen müssen.

»Ich bin vorerst in eine Pension gezogen, weil Sylvia Abstand braucht. Ist das nicht der Witz des Jahrhunderts?« Er hatte aufgelacht und sich über das müde Gesicht gerieben. »Sie lässt sich von einem anderen vögeln und jetzt braucht *sie* Abstand? Und ich, ich bin nicht nur der betrogene Ehemann, ich bin auch noch der

Idiot, der in vier Quadratmetern haust und jede Nacht besoffen vor dem Fernseher einschläft!«

Heerse hatte stirnrunzelnd geschwiegen und seinen Kollegen traurig angesehen.

»Schon gut, ich weiß, ich muss mich zusammenreißen, schon wegen der Kinder. Sie will, dass wir zu einer Eheberatung gehen.«

»Das wäre immerhin ein Anfang«, hatte der Hauptkommissar erwidert.

»Tja, oder der Anfang vom Ende!«

Heerse widerstrebte es, seine Mitarbeiter ermahnen zu müssen. Vor allem, wenn er wusste, welche privaten Probleme hinter deren Verhalten steckten. Aber wie es schien, hatte es bei Müller geholfen, der sich seither bemühte, seine Arbeit wie gewohnt zu erledigen, auch wenn der Hauptkommissar wusste, wie schwer ihm das fiel.

An diesem Morgen sprachen die drei Beamten den Fall noch einmal durch.

»Ich bin mir ziemlich sicher, dass der Mörder in der Villa wohnt«, begann Maren das Gespräch.

Heerse ging darauf ein und sagte: »Alle in der Villa könnten persönliche Gründe haben, sowohl Sascha Pranter als auch Georg Lenovi und Katinka zu töten. Und wenn es nicht um Neid, Rache oder Eifersucht ging, hat sich vielleicht einer von denen dazu entschieden, der Publicity wegen zum Mörder zu werden. Dieser Manager, Ricardo Meier, sticht einem da natürlich als Erster ins Auge. Aber mehr als eine fragwürdige Moral können wir ihm bislang nicht vorwerfen. Und würde er wirklich seinen eigenen Mandanten angreifen? Um es ganz hart zu sagen: Riskieren, die eigene Ware zu beschädigen?«

Der Hauptkommissar schüttelte nachdenklich den Kopf. »Wir haben jedenfalls keine Beweise gegen den Mann. Und wie gesagt, von der Aufmerksamkeit der Medien profitieren sie alle. Was mich außerdem stutzig macht, ist der Mord an Stemmer. Der will da nicht so recht reinpassen. Außerdem war die Tatwaffe bei ihm eine andere. Allerdings stammte sowohl der Dolch als auch das Rasiermesser im Mantel des Barbiers und vermutlich auch das Messer mit dem Pranter verletzt wurde, aus der Requisite beziehungsweise der Villa«, führte Heerse seine Überlegungen weiter aus.

»Wir haben noch den Immobilienmenschen, diesen Jacques Murcier. Der wohnt zwar nicht in der Villa, ist aber oft dort gewesen und hätte auch Gelegenheit gehabt, den Dolch oder die Rasiermesser zu nehmen. Und was die Visitenkarte in Stemmers Tasche betrifft: Vermutlich hatte Murcier einfach keine Zeit gehabt, die Leiche zu durchsuchen. Es wäre sicher auch kein Problem für ihn gewesen, den Mantel des Barbiers mitgehen zu lassen, die schließen doch die Hälfte der Zeit nichts ab«, warf Müller ein.

»Und der Wachdienst?«, hakte nun Maren nach.

Heerse runzelte die Stirn. »Soviel ich weiß, werden die nur sehr halbherzig eingesetzt. Offensichtlich bevorzugt man deren Anwesenheit vor allem in der Öffentlichkeit wegen des Show-Effekts.«

»Aber was hätte Murcier für ein Motiv?«, fragte Maren ihre Kollegen.

»Ich denke, an dieser Stelle sollten wir noch einmal ansetzen«, erwiderte Heerse entschlossen.

* * *

Biggi hatte an diesem Morgen früher als sonst angefangen, weil ihr Chef, Jacques Murcier, zeitig am Vormittag ein Meeting mit wichtigen Kunden hatte. Ihre Aufgabe war es, nun dafür zu sorgen, dass sich das Immobilienbüro von seiner besten Seite präsentierte. Für diesen Zweck hatte sie sich eine Checkliste angefertigt.

»Kaffeegeschirr richten - fertig, Teilchen beim Bäcker bestellen - fertig. Frische Blumen - fertig, Lüften - fertig ...« Erleichtert stellte die junge Frau fest, dass sie alles erledigt hatte. Nun schob sie noch die Broschüren im Wartebereich zu einem akkuraten Fächer zusammen und hakte auch diesen letzten Punkt ab.

Eigentlich wollte sich Biggi eine kurze Pause gönnen, aber noch bevor sie sich einen Espresso aus der Maschine lassen konnte, klingelte es an der Tür.

Der Mann, der sich als Oberkommissar Müller vorstellte, kam der Sekretärin bekannt vor. Sie beglückwünschte sich zu ihrem phänomenalen Gedächtnis, als ihr wieder einfiel, dass der Polizist schon einmal hier gewesen war. Zusammen mit einem kleineren, älteren Mann, der nun ebenfalls im Türrahmen erschien. Nach dem letzten Besuch der beiden war Murcier ziemlich ungehalten gewesen.

Sie begrüßte die Beamten deshalb ein wenig verunsichert und sagte nervös: »Monsieur Murcier ist noch nicht im Büro. Kann ich etwas ausrichten?«

Heerse schien das eine gute Gelegenheit. Er hatte sogar darauf gehofft, die junge Frau alleine anzutreffen.

Mit dem Hauch eines schlechten Gewissens sagte er: »Oh, das macht nichts. Vielleicht können Sie uns die Auskünfte geben, die wir brauchen. Dann wird es womöglich nicht mehr nötig sein, Ihren Chef zu belästigen.«

Biggi hielt das für eine gute Idee. Auf ihrem Gesicht zeichnete sich ein Ausdruck tiefster Zufriedenheit ab.

Natürlich, diese Angelegenheit konnte sie alleine klären, dafür hatte man sie ja eingestellt. Immerhin war sie nicht nur eine einfache Sekretärin, nein, auf ihren Visitenkarten stand »Assistentin der Geschäftsleitung«. Etwas, das sie mit Stolz erfüllte und das sie auch gerne einmal ungefragt und wie nebenbei mitteilte, wenn sich eine Möglichkeit dazu ergab.

Geschäftsmäßig streckte sie die Hand aus und deutete auf die kleine Sitzgruppe gegenüber dem Empfangstresen. »Bitte nehmen Sie doch Platz.«

Sie selbst ließ sich ebenfalls auf den Polstern nieder und versuchte dabei erfolglos, ihren etwas zu kurz geratenen Rock über die Knie zu ziehen.

»Was kann ich für Sie tun, meine Herren? Sie wissen ja vermutlich, dass ich die Assistentin der Geschäftsleitung bin, also von Monsieur Murcier. Das heißt natürlich auch, dass ich nicht den ganzen Tag Zeit habe.«

Ihr Ton war sehr affig und Heerse bemühte sich um einen neutralen Gesichtsausdruck. Im Gegensatz zu Müller, der im Moment sowieso nicht allzu gut auf Frauen zu sprechen war und daher die Selbstüberschätzung von Biggi mit einem vielsagenden Augenrollen kommentierte.

»Das dachte ich mir schon, dass Sie die rechte Hand von Monsieur Murcier sind. Vermutlich ist er ohne Sie aufgeschmissen«, entgegnete Heerse freundlich.

Biggi setzte sich noch etwas aufrechter, die Schmeicheleien wirkten. »Das mag schon sein«, gab sie selbstsicher zur Antwort.

Der Hauptkommissar begann die Befragung mit etwas Unverfänglichem. Er informierte sich darüber, wie lange Biggi denn nun schon in der Firma wäre, wann das Büro in Baden-Baden eröffnet worden war, und ob Jacques Murcier verheiratet sei.

Offensichtlich fühlte sich die junge Frau, als hätte sie einen Test bestanden, denn mit einem triumphierenden Blick konnte sie auch die letzte Frage beantworten: »Nein, Monsieur Murcier ist ledig. Er hat mir einmal gesagt, er würde nur für seine Arbeit leben.« Biggi hatte das zwar nicht wirklich in der Form aus seinem Munde gehört, aber sie nahm einfach an, dass das zuträfe.

»Sagen Sie, weiht Ihr Chef Sie eigentlich auch in seine Geschäfte ein, oder ist das nicht vorgesehen?«

Der Hauptkommissar traf anscheinend einen wunden Punkt, denn Biggi machte ein beleidigtes Gesicht, als sie antwortete. »Er weiß, wie viel ich zu tun habe, und will mich nicht überlasten«, sagte sie ausweichend.

»Wirklich? Nun, dann wissen Sie vermutlich nichts von seinen Kontakten zu Magda Lehringer?«, hakte Heerse unschuldig nach.

Müller starrte mit offenem Mund zu der blonden Frau und konnte nicht glauben, dass die sich so leicht austricksen ließ.

Biggi schenkte dem Hauptkommissar ein überhebliches Lächeln. »Natürlich kenne ich Magda Lehringer«, entgegnete sie gereizt.

»Ist das denn eine Freundin von Herrn Murcier?«

»Freundin? Wohl kaum.« Die Sekretärin ließ sich Zeit.

»Wie darf ich das verstehen?«, fragte Heerse nun behutsam nach.

Biggi erinnerte sich an einen der Lieblingssprüche ihres Chefs und zitierte ihn, ohne mit der Wimper zu zucken: »Nun, wir leben hier letztlich nicht von Freundschaften, sondern vom Geldverdienen.«

»Und Frau Lehringer ist jemand …«, Heerse suchte nach den richtigen Worten, »mit dem man Geld verdienen kann?«

Biggi lehnte sich etwas zurück. Sie hatte eigentlich überhaupt keine Ahnung davon, was zwischen Murcier und Magda Lehringer vorging, aber dieser dümmliche Polizist hatte sie eben beleidigt. Zumindest fühlte es sich so an. Natürlich weihte sie Murcier nicht in seine Geschäfte ein, aber das würde noch kommen. Außerdem schnappte sie gelegentlich etwas auf – und auch wenn sie vieles wieder vergaß, hatte sie doch eines behalten.

»Jacquo-Drom GmbH.«

»Jacquo-Drom GmbH?«, mischte sich nun Müller ein. »Sie meinen Jacquo, wie Jacques Murcier?«

Biggi kicherte. »Ja, ist das nicht ein witziger Firmenname?« Beinahe wäre ihr herausgerutscht, dass sie ihn sich auch nur deshalb gemerkt hatte, aber sie konnte gerade noch verhindern, sich diese Blöße zu geben.

»Es gibt also eine Firma namens Jacquo-Drom GmbH?«

»Genau!«

»Und was macht diese Firma?«

»Na, Geschäfte mit Frau Lehringer«, gab Biggi nun spitz zurück, als läge das doch auf der Hand.

»Und was für Geschäfte?«

»Künftige Geschäfte, die sehr lukrativ sind, das sind Monsieur Murciers Worte.«

Heerse wusste, dass die Blondine mit ihrem Latein am Ende war. Mehr würden sie hier nicht erfahren.

»Nun gut«, sagte er und stand auf, »Sie haben uns sehr geholfen.«

Biggi hatte sich ebenfalls erhoben und wackelte auf ihren High Heels hin und her.

»Soll ich Monsieur Murcier etwas ausrichten?«, fragte sie unsicher. Offensichtlich dämmerte der Frau langsam, dass sie vielleicht doch zu viel verraten hatte.

»Nein, danke, Sie haben uns bereits weitergeholfen. Es wird vorerst nicht nötig sein, Ihren Chef zu stören.«

Biggi war erleichtert und außerdem zufrieden mit sich, hatte sie doch Monsieur Murcier entlasten können. Allerdings hielt sie es nicht für nötig, ihren Arbeitgeber, der nur knapp zwanzig Minuten nach den Polizisten eintraf, über deren Besuch zu unterrichten. Sollte es ihm doch nicht recht gewesen sein, dann musste man ihm das ja nicht auf die Nase binden. Außerdem, so beruhigte Biggi ihr Gewissen, war Murcier ja selbst schuld. Wenn er nicht wollte, dass sie über etwas sprach, musste er sie eben besser informieren.

»Mein Gott! Dumm und arrogant«, platzte Müller im Auto heraus, »das sind mir ja die Liebsten!«

»Mir auch«, erwiderte Heerse mit einem Grinsen. »Und das meine ich ernst. Wenn wir Glück haben, hält die Assistentin von Murcier den Mund. Dann ist er nicht vorgewarnt, wenn wir wiederkommen.«

»Jacquo-Drom GmbH« Müller machte mit den Lippen das Geräusch eines schnaubenden Pferdes nach. »Will sich der Kerl ein Denkmal setzen? Was denkst du, was hinter dieser Firma steckt?«

»Vermutlich etwas, von dem die Lehringer nichts weiß. Ich habe da so eine Ahnung.«

* * *

Zur gleichen Zeit stand Sascha Pranter in seinem Zimmer vor dem Spiegel. Ricardo Meier war bei ihm, sie besprachen die Einzelheiten für den Drehtermin am nächsten Tag.

»Wir sollten alle mitnehmen, nicht nur die Lehringer«, schlug der Manager gerade vor.

»Warum? Das ist meine Rolle«, antwortete ihm Sascha störrisch.

»Ach!«, stöhnte Ricardo nun gekünstelt, »du hast das immer noch nicht verstanden, oder?«

Der junge Schauspieler blickte misstrauisch zu ihm.

»Sieh mal, die ganze Welt weiß, dass es direkt in deiner Nähe einen Mörder gibt. Neben der Version vom fehlgeleiteten Stalker und der geheimnisvollen Frau aus deiner Vergangenheit spekulieren die Journalisten doch jeden Tag aufs Neue, ob nicht einer aus der Truppe der Schuldige sein könnte. Wie viel interessanter würde dein Dreh wohl morgen werden, wenn dieses wahnsinnige Monster eventuell dabei wäre?« Mit lässigen Schritten marschierte der Manager im Zimmer auf und ab, die Hände in den Hosentaschen und die unvermeidliche Sonnenbrille ins Haar geschoben. »Wir sollten den Medien diese Information jedenfalls nicht vorenthalten, es sei denn, du möchtest da morgen lieber ohne deine Kollegen hin.« Ricardo grinste breit und hob fragend die Hände.

Sascha Pranter hatte verstanden. »Gut, meinetwegen!«, lenkte er ein. Dann blickte er wieder in den Spiegel und betastete die Narbe. Sie war nicht so groß wie erwartet, aber trotzdem veränderte der dünne, geschwollene Streifen unter dem Haaransatz sein Äußeres.

»Ich hoffe, die können bald den Eingriff machen …«

»Du willst immer noch zu einem plastischen Chirurgen?«, fragte Ricardo so, als wäre das etwas vollkommen Abwegiges.

»Glaubst du, ich will ewig so entstellt bleiben?«, erwiderte der Schauspieler jetzt aufgebracht.

Offensichtlich störte sich der Manager nicht an dem Ton seines Schützlings.

Er antwortete völlig emotionslos: »Du solltest diese Narbe nicht als Makel, sondern als Markenzeichen betrachten.«

Der junge Schauspieler beobachtete im Spiegel das Gesicht von Ricardo, der nun hinter ihn getreten war und ihm kameradschaftlich auf die Schulter klopfte. Einen Moment sahen beide schweigend auf das gespiegelte Abbild des anderen.

»Hast du eigentlich keine Angst vor dem Mörder?«, fragte Sascha leise.

Der Manager verzog den Mund zu einem schiefen Lächeln und entgegnete in einem eigenartigen Tonfall: »Warum sollte ich.«

* * *

KAPITEL 9

»Mein Verzicht wäre nicht euer Sieg, dem seid gewiss. Mit welchem Eifer verfolgt ihr das Ziel? Täuscht euch nicht in der Kraft, die sich gegen euch stellen wird.«

Am Abend statteten die Beamten dem Büro von Jacques Murcier einen erneuten Besuch ab. Die Telefonate mit dem Registergericht und den verschiedenen Behörden waren äußerst aufschlussreich gewesen.

Als sie das Haus erreichten, öffnete sich gerade die Tür und Biggi kam ihnen entgegen.

»Ich habe bereits Feierabend«, sagte sie noch, bevor sich die Polizisten erklären konnten.

»Ist Monsieur Murcier oben?«, fragte Heerse, ohne auf ihre Aussage einzugehen.

»Ja, aber …«, weiter kam sie nicht, denn die Beamten schoben sich bereits an ihr vorbei.

Jetzt drehte sich Heerse doch noch einmal um. »Sie hätten uns ja schlecht aufhalten können, schließlich haben Sie bereits Feierabend. Keine Sorge, wir verraten nicht, wie wir hereingekommen sind.«

Biggi war erleichtert und zog ohne ein weiteres Wort die Tür hinter sich zu.

Müller schnaufte verächtlich. »Dumm, arrogant und auch noch faul. Mit der hat Murcier genau die Angestellte, die er verdient.«

Heerse stimmte seinem Kollegen zu und bemerkte erfreut, dass dieser langsam wieder anfing, mit seinen erfrischenden Einschätzungen Heerses Blick fürs Wesentliche zu schärfen.

Vor der Tür des Immobilienbüros angekommen, drückten die Beamten kräftig auf den Klingelknopf. Murcier öffnete wenig später höchstpersönlich. Es war ihm anzumerken, dass er weder die Störung noch die, die sie verursacht hatten, sehr schätzte.

Nur widerwillig ließ er die beiden Männer überhaupt herein, offensichtlich wollte er selbst gerade aufbrechen. Heerse hätte ihn mit dem Wort »herausgeputzt« beschrieben: Unter dem anthrazitfarbenen Anzug trug der Immobilienmakler ein rosa-weiß gestreiftes Hemd mit reinweißem Kragen und Manschetten, an denen goldene Knöpfe mit Initialen befestigt waren. Auf Hochglanz polierte Schuhe lugten unter den exakt fallenden Hosenaufschlägen hervor. Sein Haar war frisch geschnitten und ähnelte, da es wie eine zweite Haut am Kopf klebte, der Frisur einer Plastikpuppe.

»Was wollen Sie?«, fragte er unhöflich. »Ich habe noch einen Termin.«

»Was Sie nicht sagen«, entgegnete Heerse gelassen, »und stellen Sie sich vor, diesen Termin haben Sie mit uns.« Der Hauptkommissar bemerkte die Zornesfalte, die sich zwischen Murciers gezupften Augenbrauen bildete, und fuhr schnell fort: »Hier, oder auf dem Revier.«

Der Immobilienmakler gab sich geschlagen. »Gehen wir in mein Büro.«

Dort angekommen bot er den beiden Besuchern notgedrungen einen Sitzplatz an.

»*Monsieur* Murcier oder *Herr* Murcier? Was ist nun eigentlich korrekt?«, fing Heerse das Gespräch an, sich durchaus bewusst, dass er die Geduld seines Gegenübers damit auf die Probe stellte.

»Ich bevorzuge Monsieur, wegen meiner französischen Wurzeln, aber wenn Ihnen Herr lieber ist …«, antwortete der Befragte und machte eine ungeduldige Handbewegung.

»Gut, Monsieur Murcier«, Heerse betonte jede Silbe, »sagen Sie uns doch bitte, wie Sie zu Magda Lehringer stehen.«

»Das habe ich doch bereits getan«, erwiderte der Immobilienmakler ärgerlich.

»Nein, das haben Sie nicht!« Plötzlich schwang in Heerses Stimme eine gefährliche Schärfe mit.

Murcier war alarmiert.

»Was haben Sie uns zu der Jacquo-Drom GmbH zu sagen?«

Wenn die Polizisten nun einen reumütigen Zeugen erwartet hätten, dann wären sie bitter enttäuscht worden.

Murcier machte zwar aus seiner Überraschung keinen Hehl, aber schuldbewusst wirkte er wahrhaftig nicht. »Schön, Sie haben es herausgefunden, na und?«

»Na und?«, dieses Mal war Müller dran. »Ist Ihnen eigentlich klar, dass Sie dadurch ein erstklassiges Mordmotiv haben?«

Endlich hatten sie den Mann aus der Reserve gelockt.

»Moment einmal. Sie glauben, ich hätte diese Leute umgebracht?«

»Ja!«, antwortete ihm Heerse hart.

»Ich will einen Anwalt.«

»Bitte!« Heerse machte mit der Hand eine Bewegung Richtung Telefon.

Murcier wollte bereits den Hörer abheben, überlegte es sich dann aber anders.

»Also schön«, sagte er nun und schien eine neue Strategie zu verfolgen, »wenn ich Ihnen die Wahrheit sage, wäre es dann möglich, dass Sie sich gegenüber Frau Lehringer diskret verhalten?«

Müller wollte schon aufbegehren, aber Heerse hielt ihn mit einem entsprechenden Blick zurück.

»Wir werden sehen«, sagte der Hauptkommissar unverbindlich. »Dann erzählen Sie bitte.«

Die Beamten hatten schnell herausgefunden, dass Jacques Murcier ein Bauprojekt in Millionenhöhe plante. Zur Umsetzung war die Jacquo-Drom GmbH gegründet worden. Die Sache hatte nur einen Haken: Die Luxus-Appartementanlage schloss das Grundstück von Magda Lehringer mit ein. Murcier hatte bereits die Nachbargelände erworben und hätte nur noch das Lehringer-Anwesen benötigt, um mit diesem ehrgeizigen Projekt starten zu können.

Der Immobilienmakler machte nun kein Geheimnis mehr aus seinem Ärger: »Magda hatte mir das gesamte Gelände mehr oder weniger schon zugesagt. Sie wollte verkaufen und an die Cote d'Azur ziehen. Und dann fällt dieser blöden Kuh ein, auf ihrem Grundstück Theater zu spielen.«

»Damit ist Ihr Geschäft geplatzt?«, hakte Heerse nach.

»Ja. Ich hatte schon eine Menge investiert, da darf man sich doch auch mal aufregen.«

»Wusste Frau Lehringer, was Sie mit der Villa und dem Grundstück vorhatten?«

»Um Gottes willen nein, das hätte nur unnötig den Preis hochgetrieben. Wenn die wüsste, wie sehr ich dieses Gelände brauche, würde sie mich ausbluten lassen.«

Er nahm seine Brille ab und rieb sich mit Daumen und Zeigefinger über den Nasenrücken.

»Und dann dachten Sie, mit ein paar Todesfällen vergeht es Frau Lehringer vielleicht und sie verkauft doch«, warf Müller ein.

Ruckartig hob Murcier den Kopf. »Jetzt hören Sie aber auf! Ich bin doch kein Killer.«

Müller ignorierte diesen Einwand und sprach anklagend weiter: »Erst dachten Sie, es reicht, den Hauptdarsteller schwer zu verletzen. Als das aber nicht dazu geführt hat, dass die Aufführungen gestoppt wurden, brachten Sie mal eben einen der Kritiker um. Haben Sie geglaubt, dass Magda Lehringer zusammenklappt und lieber heute als morgen Baden-Baden hinter sich lassen will? Aber das hat nicht funktioniert, oder?«

Murcier kam nicht dazu, ihm eine Antwort zu geben. Müller schleuderte ihm schon den nächsten Vorwurf entgegen: »Der Drogendealer, dieser Stemmer, war der Ihnen im Weg, wusste er etwas? Wollte der Mann Sie erpressen? Was war mit der jungen Schauspielerin, Katinka? Ein weiteres Opfer, um Ihr Bauprojekt doch noch realisieren zu können?«

Der Immobilienmakler sprang erregt auf. »Schluss damit, ich habe mit den Morden nichts zu tun«, rief er wütend. »Wenn ich jemand hätte töten wollen, dann hätte ich mir die Lehringer vorgenommen. Das wäre doch viel einfacher gewesen. Vermutlich würden deren Erben einem Verkauf bereitwillig zustimmen.«

»Tja, aber das wäre dann zu offensichtlich gewesen«, entgegnete Heerse kalt.

Eigentlich glaubte er tatsächlich nicht, dass Murcier hinter den Morden steckte. Aber völlig unschuldig war der Mann keinesfalls, deswegen ließ der Hauptkommissar auch nicht locker.

Der Immobilienmakler sank zurück auf seinen Stuhl. Die Fassade fing an zu bröckeln und es gelang ihm nicht mehr, seine Angst zu unterdrücken.

»Was haben Sie mit dieser Sache zu tun?«, setzte Heerse nach.

Murcier stieß hörbar die Luft aus. »Also gut. Ich gebe zu, dass ich diesen Stemmer gekannt habe.«

»Er war also kein interessierter Mieter?«

»Nein. Ich wusste, dass der Mann Drogen verkaufte.«

Heerse entging nicht die Wortwahl seines Gegenübers. Murcier war trotz allem sehr vorsichtig.

»Jedenfalls habe ich ihn mehr oder weniger gebeten, in Kontakt mit der Schauspieltruppe insbesondere mit Sascha Pranter zu treten. Ich hoffte, Magda käme, wenn sie erst einmal bemerken würde, dass ihre ach so geliebten Künstler nur durchgeknallte Drogenabhängige sind, zur Vernunft.«

»Und? Wie hat sie reagiert?«

Murcier verzog das Gesicht. »Es war ihr egal. Ich glaube, es gefällt ihr sogar, mit solchen Leuten zusammen zu sein.«

»Sie kannten Stemmer also, haben ihn mit der Schauspieltruppe zusammengebracht, dann war er bei Ihnen im Büro und nun ist er tot.« Heerse war sehr sachlich bei der Auflistung der Ereignisse, was den Immobilienmakler erst recht aus dem Konzept brachte.

»Ich habe ihn nicht umgebracht!«, stieß der nun zornig hervor und schlug mit der Hand auf den Tisch.

»Und wer war es dann?«

»Ich habe keine Ahnung, aber dieser Kerl war der letzte Abschaum, ein Krimineller.«

»Mit dem *Sie* Geschäfte gemacht haben!« Müller konnte sich die Bemerkung nicht verkneifen.

Murcier verstummte, überlegte kurz und fuhr dann ruhiger fort: »Der Mann war ein Erpresser. Er wollte mich auffliegen lassen, wenn er kein Geld von mir bekäme. Angeblich hätte ich ihn durch den Kontakt mit den Schauspielern in den Fokus der Polizei gebracht. Das war nach dem Attentat auf diesen Pranter.«

»Und, wie haben Sie reagiert?«

»Ich habe ihm ein paar Scheine gegeben und gesagt, er solle es nicht übertreiben. Und nein, ich habe ihn deshalb nicht umgebracht. Sie können mir glauben, meine Herren, ich wäre auch anders mit diesem Stemmer fertig geworden. Und was das Bauprojekt betrifft … Ich werde eben umdisponieren müssen, das passiert mir nicht das erste Mal in meinem Leben. Bisher habe ich das jedoch stets ohne Mord bewerkstelligt.« Etwas von der alten Überheblichkeit kehrte zurück.

»Könnte Stemmer etwas über die Vorfälle in der Villa gewusst haben?«

»Gut möglich, der Mann war wie eine Küchenschabe, hat sich überall Zugang verschafft.«

Der Hauptkommissar hatte genug gehört und erhob sich. »Wenn wir weitere Fragen haben, melden wir uns!«, sagte er schlicht zum Abschied und war schon fast aus der Tür, als Murcier ihm und Müller hinterherrief: »Und? War es das jetzt?«

Heerse blieb stehen und drehte sich langsam um. »Monsieur Murcier, ich empfehle Ihnen dringend, keine allzu großen Umwege in Richtung Pfad der Tugend zu machen. Nehmen Sie das als gut gemeinten Rat an.«

Murcier blieb nach dem Gespräch mit den Polizisten schweißgebadet in seinem Büro zurück. Er war noch einmal davongekommen, das hoffte er zumindest. Immerhin konnte man ihm nichts vorwerfen, schließlich hatte er fast alles erzählt. Einzig bei der Sache mit dem Bauprojekt hatte er die Wahrheit überstrapaziert, denn das mit dem Umdisponieren war leider nicht so ohne Weiteres möglich. Die Sache stand und fiel mit dem Grundstück der Lehringer. Aber dieser Heerse und sein übellauniger Kollege hatten ihn auf eine Idee gebracht. Was, wenn Stemmer tatsächlich etwas gewusst hatte?

Und was, wenn er einfach so tun würde, als hätte ihn Stemmer eingeweiht? Er müsste dazu nur ein paar entsprechende Bemerkungen in Gegenwart der Ensemblemitglieder fallen lassen. Eigentlich sollte es ihm so gelingen, den Mörder oder die Mörderin aufzuschrecken … Und dann? Dann würde er sein Schweigen gegen eine Gefälligkeit verkaufen.

In der folgenden Nacht
Burgruine des Alten Schlosses in Baden-Baden

Sascha Pranter kniete im Schnee, die Hände auf den Rücken gefesselt. Marvi M. beugte sich über seinen Rivalen, packte ihn an den Haaren und riss ihm den Kopf zurück. Dabei hielt er Sascha das Rasiermesser an die Stirn und schrie mit hassverzerrtem Gesicht: »Du verdammter Scheißkerl, jetzt bringe ich dich um!«

»Schnitt!«, brüllte der Regisseur und im Hintergrund klatschten die wenigen zugelassenen Zuschauer.

Einer Eingebung folgend hatte sich der Hauptkommissar dazu entschlossen, den Dreharbeiten beizuwohnen. Müller war gerne bereit gewesen, ihn zu begleiten.

Heerse entspannte sich. Die Szene war gespenstisch gewesen. Trotz der riesigen Scheinwerfer, der großen Reflektoren, der schwarzen Kabelstränge, die sich kreuz und quer durch den Schnee schlängelten, und den Produktionsmitarbeitern am Set hatte er für einen kurzen Moment den Eindruck gehabt, er würde einen Mord beobachten.

Aufmerksam betrachtete er Marvi M. Der Konkurrent von Sascha Pranter war etwas kleiner als sein Kollege, hatte dunkle Haare und einen olivfarbenen Teint.

Jetzt trat er zur Produktionsassistentin und ließ sich einen Becher heißen Kaffee geben. Sein Gesichtsausdruck war wieder ganz normal. Er hatte angenehme Züge, konnte aber mit Pranters Attraktivität nicht mithalten.

Müller tauchte neben Heerse auf und flüsterte: »Meinst du, er hasst ihn wirklich?«

»Schwer zu sagen, aber die Szene sah ziemlich echt aus.«

Müller wollte etwas erwidern, als Marvi M. die beiden Polizisten erkannte und auf sie zukam.

»Sie sind doch der Kommissar, der mich wegen des Angriffs auf Sascha befragt hat«, bemerkte er freundlich und streckte dem Beamten die Hand hin. »Bin ich immer noch verdächtig? Oder sind Sie einfach zum Schutz unserer Primadonna hier?«, scherzte er mit einem sympathischen Lächeln.

»Ist es denn notwendig, Sascha Pranter zu beschützen?«, antwortete Heerse schlagfertig.

Marvi sah den Hauptkommissar beinahe ehrfurchtsvoll an, dann sagte er begeistert: »Sie würde ich gerne einmal spielen, das wäre sicher eine Herausforderung!«

Müller senkte den Kopf, um sein Grinsen zu verbergen, und Heerse fragte sich erneut, ob er je in der Lage sein würde zu begreifen, was in diesen Künstlern vor sich ging.

»Sie haben so etwas Undurchsichtiges, Brutales und dann wieder …«

»Ich denke, das ist zu viel der Ehre. Ich glaube kaum, dass meine Figur die Kinosäle füllen könnte.«

Der Einwand schien an Marvi abzuprallen »Wenn ich mal die Rolle eines Polizisten spielen sollte, würde ich sie nach Ihrem Vorbild anlegen. Vielleicht dürfte ich Ihnen dann bei der Arbeit über die Schultern sehen?«

Heerse schickte im Stillen ein Stoßgebet an den Fernsehgott, er möge es niemals so weit kommen lassen, nickte aber gutmütig und wechselte schnell das Thema. »Wie geht es hier jetzt weiter?«

»Oh, gleich kommt die Szene mit dem Streit, die findet in diesem verfallenen großen Raum ohne Dach statt.«

»Der ehemalige Rittersaal?«, warf Müller ein.

»Genau. Und danach sind wir für heute fertig.«

Die Visagistin rief nach dem Schauspieler und der verabschiedete sich.

Die Beamten entfernten sich von den anderen. Heerse wollte sich bei der Kälte ein wenig die Beine vertreten, Müller begleitete ihn.

Flüsternd sagte der nun: »Die sind alle hier, die ganze Truppe samt Lehringer – bis auf den Barbier, den hat nun wirklich die Grippe erwischt. Ist das nicht ungewöhnlich? Schließlich hat das ja nichts mit dem Theaterstück zu tun.«

»Siehst du die Presseleute? Ich denke, Pranters Kollegen frieren für ein bisschen Werbung.«

Ein kalter Wind blies durch die alte Ruine und streifte unangenehm ihre Gesichter, als sie hinter einer Mauer hervortraten. Heerse kannte die verfallene Burg natürlich von zahlreichen Ausflügen, aber bei diesen Temperaturen hätte es ihn nicht hier heraufgezogen, schon gar nicht mitten in der Nacht. Sie kamen an mehreren kleinen nebeneinanderliegenden, in den Stein gehauenen Räumen vorbei, die wie altertümliche Mönchszellen aussahen. Aus Gewohnheit leuchtete Müller mit der Taschenlampe in einen hinein. Auf dem kalten Steinboden lag aufgeschichtetes Holz und in der Ecke stand ein altes Weinfass.

Bei Tag hatte man vom »Alten Schloss« eine herrliche Aussicht. Und vor allem im Sommer lohnte sich der Blick auf den Fremersberg und die bewaldeten Hügel. Heerse konnte sogar bis nach Oos sehen, dem Stadtteil, in dem er wohnte. Mehrere Treppen führten durch die Ruine und wer an Höhenangst litt, für den waren die Aussichtsplattformen über den steilen Abhängen eine echte Herausforderung. Trotzdem fuhr Heerse mehrmals im Jahr die Serpentinen hinauf und genoss die besondere Atmosphäre, die hier oben herrschte. Die Natur kämpfte sich durch die gemauerten Überbleibsel der Vergangenheit, gewährte dem Besucher aber immer noch großzügige Einblicke in die Geschichte dieses Ortes. Er hatte zu Hause ein Foto von Petra, wie sie vor einer Schießscharte stand, neben der ein beeindruckender Hagebuttenstrauch wuchs.

Heute Nacht gab es allerdings nur das undefinierbare Graubraun der Mauern und den weißen Schnee im grellen Scheinwerferlicht. Die Stufen, die im Gemäuer nach oben führten, waren vereist und die nächtlichen Geräusche alles andere als beruhigend.

Heerse hielt sich schon viel zu lange in der Kälte auf, seine Glieder fühlten sich steif an und trotz der dicken Stiefel waren seine Zehen nur noch Eiszapfen. Sie erreichten wieder das Filmteam.

»Was machen die denn jetzt?«, murmelte Müller neben ihm.

»Keine Ahnung, das war vorhin das Gleiche«, brummte Heerse zurück.

Die Mitarbeiter der Crew standen in kleinen Grüppchen zusammen. Es sah so aus, als wüssten sie nicht, was sie mit sich anfangen sollten. Alles wirkte planlos und erinnerte ein wenig an den Pausenhof einer Gesamtschule. Der Hauptkommissar hatte bisher noch nicht herausfinden können, ob da nun Methode dahintersteckte oder ob es sich tatsächlich um ein gemeinsames Warten handelte. Die Schauspieler waren bereits geschminkt. Irgendwer schob die Beamten sachte zur Seite, weil ein weiteres Kabel gelegt werden musste.

Aus dem Augenwinkel sah Heerse Britta und Klaas Werber. Sie standen abseits der anderen und schienen heftig zu diskutieren, das Licht der aufgestellten Scheinwerfer ließ Brittas schwarzes Haar funkeln. Mit einem Ruck drehte sich Klaas von ihr weg und stapfte davon, vermutlich hatten die beiden Streit. Britta Werbers Gesichtsausdruck war schwer zu deuten. Als nun Magda Lehringer auf sie zutrat, ließ sich die junge Frau jedenfalls nichts anmerken. Rea Klimm drehte alleine ihre Runden um das Set und der Regisseur Gunter Morat war aus Heerses Sichtfeld verschwunden. Ricardo Meier stand bei Sascha Pranter, der den Kragen seiner Winterjacke hochgestellt hatte und dicke, wattierte Fäustlinge trug. Ihm wurde gerade mit einem breiten Pinsel die Stirn gepudert.

»Wir müssen nochmals für zehn Minuten unterbrechen«, rief einer der Produktionsassistenten.

Es folgte ein kurzes Gemurmel und die Menschen liefen auseinander.

Die Polizisten wechselten verdutzt einen Blick.

»Ich nahm an, wir wären bereits in einer Unterbrechung …«, sprach Müller leise aus, was sie beide dachten.

Heerse, der mit den Füßen aufstampfte, um seine Durchblutung anzuregen, kommentierte das nicht. Sie würden eben warten müssen.

»Jetzt kann ich mich vielleicht endlich in Sylvia hineinversetzen«, sprach Heerses Mitarbeiter weiter, »die unterstellt mir nämlich, dass ich dafür nicht genug Feingefühl besäße. Weißt du, was sie behauptet hat?«

Heerse wusste es nicht und wollte es eigentlich auch nicht wissen, aber ihm war klar, dass Müller jemanden zum Reden brauchte. Selbst wenn die Gespräche zwischen ihnen für gewöhnlich sehr »satzarm« waren. Ein Wort, das Petra benutzte, um Männer und deren Kommunikationsfähigkeit zu beschreiben. Heerse verkniff es sich dann, darauf hinzuweisen, dass er und seine Geschlechtsgenossen eben dazu in der Lage waren, das Wesentliche auf wenige Worte zu begrenzen, und Männer hervorragend miteinander schweigen konnten.

»Ich würde sie ausschließen, hat sie gesagt. Sie könnte deshalb meine Polizistenwelt nicht begreifen. So ein Unsinn!« Müller knirschte mit den Zähnen, bevor er weitersprach: »Zu dieser Film- und Theaterbranche habe ich auch keinen Zugang, aber so ist das nun mal. Jeder hat seine Berufung, was macht das schon, wenn man nicht alles versteht.«

»Vielleicht würdest du es anders sehen, wenn Sylvia Schauspielerin wäre?«

»Ja, vielleicht. Aber ehrlich gesagt wäre es mir lieber, ich würde nichts von dem begreifen, was sie beruflich tut, aber dafür hätte sie auf einer Bühne geschauspielert und nicht in unserer Ehe!«

Heerse seufzte mitfühlend und Müller war ihm dankbar, dass er nichts Abgedroschenes sagte.

»Ach übrigens, habe ich dir schon erzählt, dass meine Kinder mich mittlerweile hassen?«

»Wieso das?«, fragte Heerse ehrlich besorgt nach.

»Weil ich ihnen nicht Sascha Pranter vorstelle.«

Noch bevor der Hauptkommissar darauf etwas erwidern konnte, kam eine Gestalt auf sie zu. Sie erkannten den Immobilienmakler Jacques Murcier und Heerse bemerkte interessiert, dass der Mann eine große Aktentasche dabei hatte.

»Meine Herren …«, begrüßte sie Murcier unsicher.

Offensichtlich hatte er nicht mit der Anwesenheit der Polizei gerechnet. Rolf Heerse registrierte das mit einer gewissen Genugtuung.

»Monsieur Murcier«, gab Heerse den Gruß zurück, »so sehen wir uns wieder.«

Der Immobilienmakler sah sich genötigt, eine Erklärung abzugeben. »Der Produzent sucht noch Räumlichkeiten für einen Dreh. Ich habe ein paar Exposés von geeigneten Objekten zusammengestellt.«

»Wo haben Sie die denn her?«, fragte Müller überrascht. Ihm war gerade eingefallen, dass er sich noch nie Gedanken darüber gemacht hatte, wo eigentlich die ganzen Szenen eines Spielfilms gedreht wurden.

Murcier lächelte selbstgefällig. »Nun, das sind ganz normale Privathäuser oder Wohnungen von Kunden, die bereit sind, sie einem Filmteam zur Verfügung zu stellen.«

»Einfach so?«

»Natürlich gegen ein entsprechendes Entgelt. Selbstverständlich müssen die Räumlichkeiten anschließend wieder in den Originalzustand versetzt werden.«

Müllers Neugierde schien befriedigt und er dachte gerade darüber nach, wie es wäre, das eigene Wohnzimmer einmal in einem Krimi zu sehen.

»Ich muss jetzt weiter«, riss ihn Murcier aus seinen Gedanken.

Die Polizisten beobachteten, wie sich der Mann entfernte.

»Sehr geschäftstüchtig, der Herr Immobilienmakler. Kommt mitten in der Nacht hierher«, überlegte Heerse laut.

»Meinst du, dass er doch etwas mit den Morden zu tun hat?«

Bevor Müller eine Antwort bekam, wurde ihr Gespräch von der lauten Stimme des Produktionsassistenten unterbrochen. Die nächste Szene sollte gedreht werden.

Die Mitglieder der Filmcrew hatten schnell ihre Positionen eingenommen. Das Licht war auf den Schauplatz ausgerichtet, dahinter verschwand alles im Dunkeln. Heerse konnte die umstehenden Zuschauer nicht mehr erkennen. Gerade trat Marvi M. in den Spot des Scheinwerfers, als ein schrecklicher Schrei alle Anwesenden zusammenfahren ließ.

»Hilfe, warum hilft mir denn keiner!«

Heerse brauchte fünf Sekunden, dann hatte er die Richtung, aus der die Rufe kamen, lokalisiert. Das waren Angstschreie, daran gab es keine Zweifel. Während die anderen noch ihre Köpfe hin- und herdrehten und überlegten, was zu tun sei, spurtete Heerse los, Müller folgte ihm. Hinter sich hörten sie das Trampeln schwerer Stiefel, weitere Personen schlossen sich ihnen an.

»Hilfe! Ich kann mich nicht mehr halten, ich stürze ab!«

Der Hauptkommissar hatte Saschas Stimme bereits erkannt, als er sich dem Felsvorsprung über dem steilen Abhang näherte.

»Licht!«, schrie er noch im Rennen.

Der Strahl von Müllers Taschenlampe suchte die Gegend ab. Um einen herausstehenden Felsen waren nackte Hände geschlungen, die verzweifelt nach Halt suchten.

Heerse ging, so schnell er das auf dem rutschigen Untergrund konnte, auf die Stelle zu.

»Halten Sie durch! Wir sind hier, wir ziehen Sie hoch. Versuchen Sie, mit den Füßen Halt zu finden.«

»Ich kann nicht«, krächzte der junge Mann.

Der Hauptkommissar konnte schon fast die Hand des Schauspielers berühren. Neben ihm tauchte Müller auf. Die Finger fingen an, sich vom Gestein zu lösen.

»Ich kann nicht mehr, ich rutsche ab!«, rief Pranter in Panik.

In diesem Moment griffen Hände nach dem Verunglückten. Müller hatte seine Lampe fallen lassen und beherzt zugepackt. Gemeinsam mit Heerse und weiteren Helfern konnten sie Sascha Pranter bergen.

»Das war knapp«, sagte Müller, als sie alle keuchend im nassen Schnee saßen.

»Was ist passiert?«, fuhr Heerse den Schauspieler ungeduldig an.

Mittlerweile versammelten sich immer mehr Menschen um die kleine Gruppe. Jemand brachte eine Decke und legte sie Pranter um die Schultern.

»Kommen Sie, Sie müssen sich aufwärmen«, sagte ein Produktionsmitarbeiter und half dem Hauptkommissar hoch.

Fünf Minuten später saßen Heerse, Müller, Sascha Pranter und Ricardo Meier in einem der kleinen Produktionsbusse. Hier war es leidlich warm, aber es gab heißen Kaffee und langsam löste sich der Schock von den Männern.

Der Hauptkommissar wiederholte seine Frage: »Was ist da eben passiert?«

Saschas Hände zitterten, als er den Kaffeebecher zum Mund führte. Er stellte ihn zurück, ohne davon getrunken zu haben.

Mit erstickter Stimme sagte er: »Ich wurde gestoßen.«

Heerse warf Müller einen Blick zu – der verstand, erhob sich, das Handy schon am Ohr, und führte die entsprechenden Telefonate, während er sich erneut zu dem Felsvorsprung aufmachte. Er musste den Tatort sperren, auch wenn das vermutlich jetzt, nachdem so viele Menschen dort herumgetrampelt waren, nur noch wenig Sinn machen würde. Er beorderte ein Team der Spurensicherung zu der Burgruine und sprach mit einer verschlafenen Maren Teuber, die erstaunt dem knappen Bericht lauschte.

Im Inneren des Busses vernahm Heerse Sascha Pranter, der große Mühe hatte, die Geschehnisse wiederzugeben.

»Ich wollte mich auf die nächste Szene vorbereiten, noch ein paar Minuten alleine sein. Deshalb habe ich abseits der anderen meine Runde gedreht, ich konnte doch nicht ahnen …« Er brach ab und Ricardo legte ihm die Hand auf die Schulter.

»Was ist dann passiert?«, bohrte Heerse weiter. Er brauchte die Aussage, solange die Eindrücke des Zeugen noch frisch waren. Jede Kleinigkeit, an die sich das Opfer erinnerte, konnte entscheidend sein.

»Ich stand einfach nur da, vielleicht zu nahe am Abhang, und hing meinen Gedanken nach. Ging im Kopf den Text durch. Und dann spürte ich den Stoß …« Der Schauspieler kämpfte gegen die Tränen an und hatte anscheinend Mühe, nicht komplett die Nerven zu verlieren. »Ich fiel, schlug um mich, und als ich über den Abhang gerutscht bin, bekam ich den Felsvorsprung zu fassen. Ich weiß nicht, wie ich das Gefühl beschreiben soll. Es war furchtbar. Ich habe den Boden nicht mehr gespürt. Meine Beine traten ins Leere … Und dann diese schreckliche Dunkelheit unter mir! Wer tut mir so etwas an? Wer hasst mich so?« Er senkte den Kopf und sein Körper bebte.

»Herr Pranter, bitte versuchen Sie, sich zu erinnern. War da vielleicht etwas, das Ihnen vertraut vorkam? Eine Stimme, ein Geruch, irgendetwas?«

Der Schauspieler überlegte angestrengt und blickte den Hauptkommissar fast entschuldigend an. »Nein, es ist so schnell gegangen. Ich hörte die Stimmen vom Set und habe um Hilfe gerufen.«

»Ich denke, Sascha sollte sich jetzt etwas ausruhen«, warf Ricardo sachlich ein.

Heerse stimmte zu und sagte: »Ja, fahren Sie nach Hause. Wenn Ihnen noch irgendetwas einfällt, rufen Sie mich an.«

Ricardo half seinem Schützling, sich aufzurichten.

»Sagen Sie, Herr Meier«, wandte sich Heerse nun an den Manager, der nur widerwillig stehen blieb.

»Ja?«

»Wo waren eigentlich die Sicherheitsleute?«

Ricardo sah mit einem undurchdringlichen Blick zu dem Polizisten, aber es war Sascha, der für ihn antwortete: »Ich hielt es nicht für nötig, jemanden mitzunehmen.«

»Das war sehr leichtsinnig«, entgegnete Heerse und beobachtete dabei den Manager.

Dieser erwiderte nichts und machte sich zusammen mit dem Schauspieler auf den Rückweg zur Villa.

Alle anderen durften die Burgruine jedoch noch nicht verlassen. Heerse und seine Kollegen führten die Befragungen durch, bei denen sie allerdings nur auf durchgefrorene Zeugen trafen, die weder etwas gesehen noch gehört hatten und jetzt schnellstens nach Hause wollten.

Marvi M. hielt seine Meinung, was Sascha Pranter anging, auch nach dem erneuten Angriff auf diesen nicht zurück: »Ich wette mit Ihnen, dass die das wieder richtig ausschlachten werden.«

»Das wird sicher automatisch passieren, immerhin ist die Presse hier«, entgegnete Heerse ohne Wertung.

Marvi M. beobachtete genau die Mimik des Beamten, bis der fragte: »Was ist?«

»Oh, ich studiere Sie. Tut mir leid, ich wollte nicht aufdringlich sein.«

Heerse ließ das unkommentiert, stellte dem Schauspieler seine letzten Fragen und verabschiedete sich.

Anschließend fand noch ein Gespräch mit dem Produktionsleiter statt, der bereits seine Anwälte aus dem Bett geklingelt hatte.

»Solche Zwischenfälle können uns eine Menge Geld kosten. So etwas hat schon besser aufgestellte Unternehmen ruiniert.«

Auf Heerses fragenden Blick hin erklärte der Mann, dass Klagen und Strafen wegen Sicherheitslücken ordentlich ins Geld gehen konnten. Als der Polizist eine entsprechende Andeutung wegen einer gezielt verursachten Werbeaktion machte, schüttelte sein Gegenüber genervt den Kopf.

»Glauben Sie mir, ein Profi käme niemals auf solch eine dämliche Idee, das wäre der Schachzug eines Idioten. In unserem Haus wird dafür Sorge getragen, dass unsere ›Schätzchen‹ alle gesund und munter den Drehort verlassen. Ganz abgesehen davon, was so ein Abbruch wie heute für Kosten mit sich bringt.«

* * *

»Vielleicht sollte ich dich aus deinem Versteck holen. Zeit für den finalen Einsatz. Ich befürchte, ich werde dich bald brauchen, mein hinterhältiger Freund.«

Noch war das Rasiermesser sicher vergraben, aber um seinen Zweck zu erfüllen, konnte es dort nicht ewig bleiben. Der heutige Angriff auf Sascha Pranter war eine spontane Handlung gewesen. Vielleicht zu spontan? Die Dinge durften keinesfalls außer Kontrolle geraten, damit war der Sache nicht gedient.

»Zurück zu den Anfängen, damit die anderen auch weiterhin im Dunkeln tappen!«, krächzte eine heisere Stimme. Die raue Kehle war ein erstes Anzeichen dafür, dass auch die Kälte der Nacht ihre Opfer fordern konnte. Genauso, wie es das kleine Rasiermesser gelegentlich tat.

* * *

KAPITEL 10

»Einen Weg musste ich wählen, wohl wissend, dass ich nie erfahren werde, ob es der richtige gewesen war.«

Am nächsten Morgen saßen die Mitglieder des Ensembles in dem behaglich eingerichteten Wohnzimmer der Villa. Magda Lehringer hatte sie zusammengerufen. Blass und gezeichnet von der langen Nacht begann sie, mit einem leisen Hüsteln zu sprechen.

»Ich frage mich, ob wir die heutige Vorstellung nicht ausfallen lassen sollten.«

Als wäre eine Bombe geplatzt, starrten sie die anderen entsetzt an, dann begann ein aufgeregtes Durcheinanderschnattern.

»Ich halte das für keine gute Idee«, warf Gunter Morat, der Regisseur, ein. »Die Leute wollen uns sehen, wir sind ausverkauft, Programmänderungen bringen selten etwas Gutes.«

Rea Klimm nickte bestätigend und drehte sich schnell weg, weil sie niesen musste.

Auch der Barbier, dessen Gesicht gerötet war und der immer noch mit seiner Erkältung kämpfte, widersprach Magda Lehringer: »So gefragt wie jetzt werden wir nie wieder sein!«

»Die meisten von euch sind angeschlagen«, hielt sie dagegen und fluchte schließlich wenig damenhaft über die eisige Kälte, die ihnen letzte Nacht ordentlich zugesetzt hatte.

»Krank sein können wir, wenn wir ohne Engagement sind«, äußerte sich Klaas Werber mit kratziger Stimme und seine Frau Britta stimmte ihm zu.

»Wir müssen auch an das denken, was gestern mit Sascha passiert ist. Ich könnte eine entsprechende Erklärung abgeben. Eine Pressekonferenz, hier in der

Villa«, antwortete die Lehringer mit einem scheinbar zärtlichen Blick in Richtung des Schauspielers.

Der hatte sich bisher nicht geäußert. Er lag wieder in dem bequemen Sessel, ein Schemel unter den Füßen und einen Becher mit Magdas Spezialgetränk in der Hand, das sie extra für ihn zusammengebraut hatte. Es schmeckte ganz fürchterlich und der großzügig bemessene Alkohol darin brannte im Rachen. Aber es half, ihm zu entspannen.

Ricardo übernahm es, für seinen Schützling zu sprechen. An Magda gewandt sagte er überheblich: »Wenn du dich unbedingt in einer Pressekonferenz zur Schau stellen musst, dann suche dir einen anderen Grund dafür. Wegen deines Bedürfnisses, ein Interview zu geben, sollte nicht die Vorstellung heute Abend abgesagt werden. Die Leute wollen ihre Stars sehen. Hast du nicht in die Zeitungen gesehen?«

Gebieterisch hob sie die Hand. »Verschone mich mit deinen abgeschmackten Marketing-Manövern. Ich habe die Berichte gelesen, gesehen und gehört – in der Zeitung, im Netz, im Radio und im Fernsehen.«

»Na also!«, entgegnete Ricardo, die Augen nun zu Schlitzen verengt. »Außerdem darf ich dich vielleicht daran erinnern, dass meine angeblich so abgeschmackten Marketingbemühungen erheblich zu dem Erfolg dieses Klamauks aus deiner Feder beigetragen haben.«

»Wie kannst du es wagen …«, schnappte die Lehringer. Die angebliche Sorge um Sascha war für den Moment vergessen. »Mein Stück ist erfolgreich, weil es gut ist. Das bestätigen mir auch die Kritiken.«

»Ja, nachdem Georg Lenovi tot ist, läuft es gut für dich!«

»Was willst du damit sagen?« Magda Lehringers Augen sprühten giftige Funken in Ricardos Richtung.

»Für uns alle läuft es gut, seit diese Made gegrillt wurde.«

Niemand widersprach.

»Und damit es so bleibt, sorge ich für das richtige Marketing. Unterstehe dich, meine Arbeit zu kritisieren. Ich bin nur Saschas Manager – aber ihr alle könnt euch nicht beklagen, denn ihr habt ausreichend von dem, was ich tue, profitiert. Oder etwa nicht?«

Auch dieses Mal gab es keine Widerworte.

»Wir dürfen nicht streiten«, machte Rea Klimm einen zaghaften Versuch, die Gemüter zu beruhigen.

Die Lehringer sah wütend zu der Inspizientin, verzichtete aber auf einen Kommentar.

»Vielleicht sollten wir Sascha entscheiden lassen. Immerhin ist er das Opfer gewesen«, schlug Britta mit einem unschuldigen Augenaufschlag vor.

Die Blicke wanderten nun zu dem jungen Schauspieler, der immer noch in sich zusammengesunken im Sessel saß. Zuerst schien es, als hätte er gar nicht begriffen, dass alle auf seine Entscheidung warteten. Dann, mit einem Ruck, richtete er sich auf, kam auf die Füße, knallte den Becher geräuschvoll auf den Tisch neben sich und schrie wütend: »Ich bin niemandes Opfer!« Eine Ader an seinem Hals pochte heftig. »Und niemand wird mich daran hindern, heute Abend aufzutreten.« Er trat zu Magda. »Ganz gleich, was du sagen willst, vergiss es! Wir werden spielen und dem Publikum eine fantastische Show liefern.« Damit stürmte er, ohne sich noch einmal umzudrehen, aus dem Zimmer.

»Bravo«, rief ihm Krasmir hinterher, während hingegen Klaas Werber mit einem abfälligen Schnaufen auf Saschas Auftritt reagierte. Etwas, das ihm einen warnenden Blick seiner Frau einbrachte.

Zur gleichen Zeit,
Burgruine des Alten Schlosses in Baden-Baden

An den unfreundlichen Temperaturen hatte sich auch heute Morgen nichts geändert. Jetzt, bei Tageslicht, erinnerte jedoch kaum mehr etwas an die Schrecken der vergangenen Nacht.

Sie hatten sich die Stelle, an der Sascha Pranter gestern beinahe sein Leben verloren hätte, noch einmal genau angesehen.

»Der hat verdammtes Glück gehabt«, sagte Maren gerade nachdenklich. »Den Sturz hätte er nicht überlebt.«

Sehr vorsichtig war sie bis zur Felskante vorgegangen und wagte nun einen Blick in den tiefen Abgrund. Das typische Ziehen vom Magen abwärts bis in die Waden bewies ihr wieder einmal, dass sie nicht für große Höhen geschaffen war.

»Keinesfalls etwas für schwache Nerven, was?« Müller stand neben ihr und beugte sich weiter vor. »Dort unten gibt es einen kleinen Vorsprung, da hätte er sich vielleicht mit den Füßen abstützen können. Aber das muss man erst einmal wissen.«

»Ja, und dann bei Nacht, in der Panik … Wenn er sich nicht hier hätte festhalten können, wäre es das gewesen.« Maren betrachtete den Felsvorsprung.

Heerse schien ihre Überlegungen nicht zu teilen, denn er starrte grübelnd auf die im Nebel liegende Winterlandschaft und hing seinen eigenen Gedanken nach. Irgendetwas hatte er gestern Nacht bemerkt, irgendetwas hatte nicht zusammengepasst. Aber was?

»Ich habe das Gefühl, der Mörder verarscht uns«, brummte er schlecht gelaunt und bedeutete seinen Mitarbeitern, zurück zum Wagen zu gehen.

»Tun sie das nicht immer«, entgegnete Müller unbeeindruckt, »zumindest bis zur Verhaftung?«

Heerse musste wider Willen schmunzeln. Sein Kollege hatte recht, es brachte nichts, einen Umstand zu beklagen, an dem man nichts ändern konnte.

»Wir haben ziemlich viele Verdächtige«, mischte sich nun Maren ein. »Normalerweise hätte sich das Feld doch schon längst lichten müssen.«

»Ja, das macht es nicht einfacher. Ich kann niemanden ausschließen«, bestätigte ihr Heerse.

»Vielleicht den Barbier, der war gestern nicht am Set«, schlug Müller vor.

»Das nicht, aber er hätte sich herschleichen können, schließlich gibt es keine Überwachung.«

»Die Villa zu observieren, würde auch nicht viel bringen«, sagte Maren. »Bei der Größe hat man genug Möglichkeiten zu verschwinden, ohne dass es jemand mitbekommen würde.«

»Vielleicht hört der Täter auf, wenn die Vorstellungen enden«, ging Müller einem anderen Gedanken nach.

»Das wäre aber erst in knapp vier Wochen. Dann sind die geplanten Vorstellungen auf dem Gelände der Lehringer vorbei. Aber erstens könnten danach noch weitere Aufführungen folgen, und zweitens gäbe es die Möglichkeit, dass das Stück auf Tournee geht«, entgegnete Maren.

»Ja, aber ohne Sascha Pranter. Der bekommt nämlich einen Vertrag für die Fernsehsoap«, unterbrach sie der Hauptkommissar. »Die Lehringer hat mit den Schauspielern nur kurzfristige Verträge abgeschlossen.«

»Hat wohl selbst nicht geglaubt, dass ihr Geschreibsel jemandem gefällt«, überlegte Müller. »Will sie den Pranter vielleicht jetzt dazu zwingen, länger zu bleiben?«

»Möglich, oder sie ist froh, dass er verschwindet.« Die anderen sahen Maren fragend an, was diese zum Weitersprechen veranlasste. »Ich meine, sie ist diejenige, die das Stück geschrieben hat, und jetzt ist sie, dank Pranter, ganz oben. Womöglich braucht sie ihn nicht mehr und hat eigene Pläne ...«

»Und die wären? Immerhin ist er der Hauptdarsteller und ihr Liebhaber«, hakte Müller nach. In seiner Stimme schwang deutlich die Missbilligung mit.

»Vielleicht hält sie Ausschau nach jemand Neuem. Jetzt, wo sie weiß, wie man einen jungen, gut aussehenden Mann ins Bett kriegen kann.«

»Das ist ekelhaft«, regte sich Müller auf.

»Das ist das Leben und geschieht jeden Tag in allen möglichen Branchen, da hat die Kunstwelt kein Exklusivrecht drauf. Nur«, und jetzt verzog Maren ihren Mund zu einem schiefen Lächeln, »ist es für gewöhnlich umgekehrt. Erfolgreicher Mittfünfziger sucht sich knackige Zwanzigjährige und verlässt Frau und Kinder.«

Müller antwortete ihr nicht mehr. Sie hatten den Wagen erreicht und er setzte sich auf den Beifahrersitz, Heerse übernahm das Fahren. Die ganze Zeit über starrte Müller aus dem Seitenfenster und dachte unglücklich an sein eigenes Beziehungsdesaster. Gestern war der Termin bei der Eheberatung gewesen und er hatte nicht das Gefühl gehabt, dass noch Hoffnung für seine Partnerschaft bestehen würde. Er sah es seiner Frau an. Alles, was jetzt noch an halbherzigen Rettungsversuchen unternommen wurde, war eine Folge von Sylvias schlechtem Gewissen. Eigentlich wollte sie die Trennung, das konnte er spüren.

»Müller? Hörst du mir noch zu?«, sagte hinter ihm Maren und stupste den Kollegen mit dem Finger an. »Ich habe gesagt, dass ich bei meinem Gespräch mit der Lehringer den Eindruck hatte, dass sie sehr berechnend sein kann.«

»Und wie steht sie deiner Meinung nach zu Sascha Pranter?« Heerse ließ Müller außen vor, denn er bemerkte, dass der mit seinen Gedanken woanders war.

»Ich habe keine Ahnung. Aber Priorität haben ganz klar ihre eigenen Ziele.«

Zwei Tage später, gegen 23.00 Uhr im Nachtklub Beeb-One

Britta ließ sich von ihrer Nervosität nichts anmerken, sondern lächelte charmant in die Handykameras, machte den zehntausendsten Kussmund, um sich mit einem Fan ablichten zu lassen, und ertrug die Tatsache, dass sie die meisten der Besucher eigentlich überhaupt nicht kannten. Zumindest nicht aufgrund ihrer Theaterrolle. Die wenigsten der jungen Frauen, die heute hier anwesend waren, hatten das Stück gesehen. Wenn überhaupt, dann kannten sie Britta, Klaas, Gunter Morat, Horst Krasmir oder Rea Klimm von den zahlreichen Interviews, die sie seit den Morden in allen möglichen Medien gegeben hatten. In den sozialen Netzwerken kursierten zwar kleine Handyfilme von den Aufführungen, aber interessanter war für die Fans der Klatsch über die Kollegen von Sascha Pranter auf diversen Blogs und Internetplattformen.

Gekommen waren sie alle nur wegen Sascha. Den kannten sie von der Castingshow und seinem Debüt in dem anschließenden Kinofilm, der seit den Morden bereits zwei Mal im Fernsehen wiederholt worden war, offensichtlich mit hervorragenden Quoten.

Ricardo hatte dieses Fantreffen organisiert und das Beeb-One war gerne bereit gewesen, seine Räume für die Stargäste zur Verfügung zu stellen. Britta saß im VIP-Bereich und beobachtete mit einer Mischung aus Befriedigung und Eifersucht, dass die weiblichen Fans die Nähe zu Klaas suchten. Sie war sich sicher, dass ihr Mann Sascha auf jeden Fall das Wasser reichen konnte.

Jemand wollte ein Autogramm und sie gab es bereitwillig. Es war ein ständiges Kommen und Gehen und die Schauspielerin verfluchte die Menschenmassen, die ihr den Blick auf die Seiten- und Hinterausgänge versperrten. Heute war es unmöglich, alle Mitglieder des Ensembles im Auge zu behalten. Irgendwo ganz hinten erkannte sie die Lehringer, die mit ihrem albernen schief sitzenden Hütchen aus der Menge herausstach. Jetzt war auch Klaas wieder verschwunden. Es schien wie verhext. Normalerweise war Britta gut darin, zu beobachten, daraus die richtigen Schlüsse zu ziehen und die erlangten Erkenntnisse zur rechten Zeit zu nutzen. Aber heute Abend verwehrten ihr die zahlreichen Fans die Möglichkeit, ein gefährliches Geheimnis aufzudecken.

Etwas später in einem Luxusanwesen in der Innenstadt von Baden-Baden, ungefähr zehn Gehminuten vom Beeb-One entfernt.

Jacques Murcier war zufrieden. Heute hatte es die ersten Probeaufnahmen in dem Objekt gegeben. Die Dreharbeiten würden dann in drei oder vier Wochen beginnen. Natürlich war wieder das ganze Sascha-Pranter-Ensemble nebst Magda Lehringer erschienen und hatte sich in Szene gesetzt. Die Presse war zu diesem Event eingeladen worden und der Eigentümer des dreistöckigen Villengebäudes, der sich momentan in der Schweiz aufhielt, war hocherfreut gewesen, den

Zuschlag bekommen zu haben. Nur Marvi M. war der ganze Rummel sichtlich auf die Nerven gegangen. Er hatte keinen Hehl daraus gemacht, wie sehr ihn die Anwesenheit seines Konkurrenten ärgerte.

Jetzt war Murcier allein in dem hell erleuchteten Haus, er erwartete noch einen wichtigen Gast. Die Stimmung des Immobilienmaklers war sehr gut, beinahe euphorisch. Wie es aussah, hatte er die Lösung für sein Bauprojekt gefunden. Beschwingt durchquerte er den großen, offenen Wohnbereich. Er ging hinauf in die oberen Stockwerke, um die Fenster zu kontrollieren und gegebenenfalls zu schließen. Die Einrichtung war, wie überall in der Villa, vom Feinsten. So etwas konnte er sich auch für das *Jacquo-Drom* vorstellen.

Gerade, als er sich in einem der großen Spiegel im Hauptschlafzimmer betrachtete, ging überall das Licht aus. Der Immobilienmakler fluchte, suchte nach dem Schalter und schlug mehrmals ungeduldig dagegen. Nichts geschah. Vorsichtig tastete er sich an der Wand entlang. Er wollte es im nächsten Zimmer probieren, aber auch hier blieb alles dunkel. Durch ein Fenster konnte er das Nachbaranwesen sehen – die Außenbeleuchtung dort tat ihre Arbeit. Nur das Villengebäude, in dem er sich befand, schien keinen Strom mehr zu bekommen.

»Der Hauptschalter, natürlich«, stieß Murcier plötzlich hervor und schlug sich mit der Hand auf die Stirn. Gerade wollte er nach unten steigen, um das zu überprüfen, als ihm aufging, was diese Erkenntnis bedeutete.

Auf der Oberlippe des Mannes bildeten sich kleine Schweißperlen. Jemand hatte sich daran zu schaffen gemacht, sonst säße er jetzt nicht im Dunkeln. Jacques Murcier ermahnte sich, nicht zu vergessen, mit wem er es zu tun hatte. Seinem Gast schien es an jeder Art von Höflichkeit zu mangeln.

Das war zwar nicht wirklich überraschend, allerdings hatte der Immobilienmakler trotzdem auf einen vernünftigen Umgang gehofft, sich aber keineswegs darauf verlassen. Das wäre sträflicher Leichtsinn gewesen – und Murcier war für gewöhnlich nicht leichtsinnig. Er zog ein Springmesser aus der Tasche und ließ es aufschnappen. Das Geräusch hatte etwas angenehm Beruhigendes und er fühlte sich dem gewachsen, was nun kommen würde.

Langsam gewöhnten sich seine Augen an die Dunkelheit und er konnte die Umrisse der Möbel sehen.

»O. k.«, rief er beherrscht nach unten, »du bist da, das habe ich begriffen. Ich denke allerdings nicht, dass wir unsere Zeit mit diesem kindischen Spiel vergeuden sollten.«

Er bekam keine Antwort, was ihn verunsicherte. Verhandlungen sollten nicht als Monolog geführt werden. Murcier sprach weiter und behielt die Treppe im Auge. Ein kühler Luftzug streifte seine Wange und er richtete den Blick in eines der Schlafzimmer. Der wehende Vorhang wirkte unheimlich, jemand hatte die Tür zur Dachterrasse offen gelassen.

Der Immobilienmakler spitzte die Ohren und lauschte. Waren das Schritte? Welche Taktik sollte er verfolgen? Angriff oder Verteidigung? Er entschied sich für Ersteres, denn schließlich wollte er nicht der Typ sein, der den Schwanz einzog.

»Ich weiß genau, wie das abgelaufen ist«, referierte er weiter. »Ob ich überrascht war?«

Murcier ging nun die Treppe hinunter, während er redete. Sie war steil und hatte breite Öffnungen zwischen den einzelnen Stufen, die die Aufgänge luftiger machen sollten.

»Nein, ich war nicht überrascht«, beantwortete der Immobilienmakler seine Frage selbst. »Eigentlich war es das Naheliegendste, aber hinterher lässt sich das ja bekanntlich immer gut sagen.« Vorsichtig lugte Murcier um die Ecke. »Hinterher, wenn man alle Geheimnisse kennt. Ist doch so?«

Er war jetzt im ersten Stock. Mittlerweile war er sich ganz sicher, unten Schritte zu hören.

»Mir sind die Geheimnisse egal. Und nur, dass wir uns richtig verstehen, die Wahrheit ist *nicht* mein Geschäft.« Bemüht, seiner Stimme etwas Unbekümmertes zu geben, umklammerte er fest das Springmesser. »Ich will nur einen Deal.« Er sprach weiter und bot wie geplant sein Schweigen für eine seiner Meinung nach angemessene Gegenleistung an.

Immer noch folgte keine Antwort. Murcier fühlte sich in der Lage, einen Angriff abzuwehren, von seiner körperlichen Überlegenheit war er nach wie vor überzeugt. Er stieg auch die letzte Treppe nach unten und stand nun in der großzügigen Eingangshalle. Es war an der Zeit, ein wenig Druck aufzubauen.

»Wir wollen doch beide nicht, dass ich zur Polizei gehe.«

»Nein, das wollen wir ganz sicher nicht.«

Die Antwort kam wie ein Peitschenhieb. Murcier zuckte vor Schreck zusammen, als er seinen nächtlichen Gast hinter sich bemerkte.

»Nicht umdrehen«, sagte der nun gedehnt und den Immobilienmakler überkam mit einem Mal Panik, als er den Lauf einer Waffe an seinem Hinterkopf spürte.

»Und wir wollen doch auch niemanden verletzen …« Die Stimme troff vor Sarkasmus. »Messer fallen lassen!«, folgten die nächsten Worte.

Murcier gehorchte. Er hatte zu früh alles gesetzt und verloren, bevor das Spiel überhaupt begonnen hatte.

Eine Schusswaffe war in seiner Rechnung nicht vorgekommen. Fieberhaft suchte er jetzt nach einem Ausweg. Sein Kopf war leer, ihm fiel nichts ein. Automatisch dachte er an Biggi, seine Sekretärin, die er für dumm hielt. Es kratzte an seinem Ego, dass er es nun war, der sterben musste, weil es ihm ganz offensichtlich an der nötigen Intelligenz und Weitsicht gefehlt hatte.

»Wir gehen nach oben!« Der Befehl wurde durch das grobe Drücken der Waffe gegen Murciers Hinterkopf unterstrichen.

Sie waren bereits im obersten Stock angekommen, als der Immobilienmakler einen Rettungsversuch wagte, indem er sagte: »Ich habe mich für so einen Fall abgesichert. Wenn mir etwas passiert …«

Hinter ihm erklang ein verzerrtes Kichern.

»Abgesichert? Wohl kaum.« Die Drohung erzielte nicht die gewünschte Wirkung. Amüsiert folgte der Kommentar: »Oder gibt es ein Papier, auf dem steht: ›Falls ich, Jacques Murcier, sterbe, dann nur, weil ich ein mieser Erpresser bin‹? Ich denke doch eher nicht, dass so ein Schreiben existiert.«

»Hör zu, ich kann dir helfen. Ich wäre ein guter Verbündeter.«

»Und ein noch besserer toter Erpresser.«

Murcier wurde die Waffe ins Kreuz gedrückt. »Vorwärts, ich habe nicht den ganzen Abend Zeit.«

Sie näherten sich jetzt der offen stehenden Terrassentür.

»Was hast du vor?«, fragte der Immobilienmakler panisch. Er dachte an das, was in der Zeitung gestanden hatte – wie Lenovi und Katinka zugerichtet worden waren.

Mit einem Mal hatte er schreckliche Angst vor den Schmerzen. »Erschieß mich doch einfach, dann haben wir es hinter uns«, sagte er, wobei die pure Verzweiflung aus ihm sprach.

Wieder erklang das Kichern. »Du bist ein Feigling. Ein winselnder, kleiner Feigling. Oh, du hättest Katinka sehen sollen. Sie starb mit der Würde einer Göttin.«

»Was hast du vor?«, krächzte Murcier. Er drehte sich um und sah jetzt direkt in den Lauf der Waffe.

Sein »Gast« trat einen Schritt zurück. »Wenn du es unbedingt wissen willst …«

Der Immobilienmakler sah im düsteren Mondlicht das Aufblitzen von Zähnen. Ohne mehr erkennen zu können, wusste er, dass ihn sein Gegenüber höhnisch angrinste.

»Ich werde dir in die Knie schießen, danach in die Arme und dann …«, es folgte ein heiseres Lachen, »dann werde ich dir bei lebendigem Leib die Haut vom Kopf reißen. Aber zuerst, da entferne ich deine Augäpfel, einen nach dem anderen.«

»Oh Gott, bitte nicht«, bettelte Murcier, »erschieß mich einfach, ich flehe dich an!«

»Und was ist mit dem Wiedererkennungswert? Ich kann doch diese netten Herren von der Polizei nicht enttäuschen!« Es klang so, als würde sich jemand gegen den Vorschlag wehren, den eigenen Enkelkindern die Weihnachtsgeschenke vorzuenthalten.

»Hab doch Mitleid!« Murcier war starr vor Angst. Er konnte sich weder bewegen noch denken. Vor seinem geistigen Auge erschienen Bilder von grausamen Verstümmelungen, von schmerzverzerrten Gesichtern und von weit aufgerissenen Mündern, die vergebens nach einem schnellen Tod riefen.

Der Immobilienmakler brach vollkommen zusammen. Er fiel auf die Knie, schlug die Hände vors Gesicht und schluchzte wie ein kleines Kind. »Bitte nicht, bitte nicht!«

Das Schweigen seines Gegenübers schien unendlich lange zu dauern.

»Also schön, du hast mich überzeugt!«

Murcier hob ruckartig den Kopf. Einen Moment lang gab es nur die Hoffnung in seinem Gesicht, sofort folgte jedoch die Ernüchterung.

»Ich kann dich natürlich nicht leben lassen und ich kann dir keinen einfachen Tod schenken, aber …«

Der Immobilienmakler sah die kleine, halb volle Plastikflasche, die nun zu ihm herübergerollt wurde und direkt vor ihm liegen blieb. Gierig griff er danach.

»Du kannst sie austrinken, dann wirst du dich fühlen, als wärst du in einem hübschen Traum.«

Murcier stellte keine Fragen. Er fürchtete den Schmerz und die Qual mehr als den Tod. Mit zittrigen Fingern drehte er den Deckel auf. Aus Angst, man könnte ihm diesen Ausweg in letzter Sekunde doch noch verwehren, stürzte er den Drogencocktail in einem Zug seine trockene Kehle hinunter. Die Wirkung setzte schnell ein.

»Es wird gleich vorbei sein«, sagte eine Stimme, die weit entfernt schien.

Murciers Verstand war plötzlich wie in Watte gepackt. Nichts wirkte mehr real. Es gab keine Kälte, keine Dunkelheit und keine Bedrohung. »Was mache ich hier?«, lallte er nun und Speichel lief ihm aus dem Mund.

»Du bist ein solcher Idiot, Murcier, aber das war ja vorherzusehen.«

Der Immobilienmakler spürte eine Hand, die sich um seinen Oberarm legte. Er widersetzte sich nicht und ließ sich auf die Füße helfen.

»Keine Schmerzen«, sagte er glücklich und seufzte zufrieden, »keine Schmerzen …«

»Nein, keine Schmerzen. Dafür eine Überraschung!«

Ohne Gegenwehr ließ sich Murcier über die Dachterrasse führen. Einen halben Meter vor der Kante gab es eine moderne Stahlumrandung, eine Art Geländer. Es war nur etwa kniehoch und mehr Zierde als Schutz.

»Immer weiter, nur so gibt es keine Schmerzen.«

Der Immobilienmakler gehorchte der Stimme, hob seine Beine an, stieg unsicher über das niedrige Geländer und stand nun am vereisten Rand der Terrasse.

»Noch einen Schritt und alle Schmerzen sind für immer vergessen«, säuselte die Stimme hinterhältig.

Im nächsten Augenblick verschwand Murciers Körper in der Dunkelheit. Er stürzte, ohne einen Laut von sich zu geben, die drei Stockwerke nach unten. Der Aufprall auf der gepflasterten Einfahrt, die heute extra für das Filmteam vom Schnee befreit worden war, hallte bis nach oben. Es hörte sich an, als würde eine Gruppe Menschen gleichzeitig in die Hände klatschen. Selbst das knackende Geräusch der brechenden Knochen drang bis auf die Dachterrasse.

Dort wurde jetzt mit einem fröhlichen Lachen die Waffe hin und her geschwungen. »Ich hätte nie gedacht, dass der darauf hereinfällt. Tja, die gute alte Requisite.«

Zufrieden machte sich Murciers »Gast« auf den Weg, nicht ohne zuvor das Springmesser einzusammeln. Das würde irgendwo in einer Mülltonne entsorgt werden.

Ein letzter Blick galt dem Opfer in der Einfahrt. Es war nicht nötig, den Puls zu fühlen, am Tod des übel zugerichteten Mannes gab es keinen Zweifel.

»Viel besser hättest du auch nicht ausgesehen, wenn ich mit dir fertig gewesen wäre.«

Ein spöttischer Zug lag nun auf dem Gesicht von Murciers letztem Besuch.

Die Augen scannten den verrenkten Körper, begutachteten den heraussstehenden Oberschenkelknochen und die gebrochenen, verdrehten Hände. Offensichtlich hatte der Mann in letzter Sekunde den Sturz abfangen wollen. Natürlich war er nicht in der Lage gewesen, seinen Tod zu verhindern, lediglich die Reflexe, das Unvermeidliche doch noch aufzuhalten, hatten funktioniert.

Murcier würde den Bestattern keine Freude machen, denn er war ein unansehnlicher Leichnam, so viel stand fest. Aber dafür brauchte künftig niemand mehr seine lästige Anwesenheit ertragen. In einer Woche wäre die Sache vergessen. Eine Pistole aus dem Theaterfundus und seine Angst hatten den Immobilienmakler getötet. Es war geradezu erschreckend einfach gewesen.

Am nächsten Morgen

»Du könntest die Sachen wenigstens anprobieren!«, schimpfte Petra Heerse mit ihrem Mann.

Der betrachtete unschlüssig die Langlaufkleidung, die auf seinem Bett ausgebreitet lag.

»Das ist eine teure Sportmarke und ich habe das gesamte Set zu einem super Preis bekommen.«

Rolf Heerse blieb skeptisch. Er konnte sich nicht einmal mit den Farben anfreunden.

Seine Frau versuchte es jetzt auf einem anderen Weg: »Du hast gesagt, du willst mehr Sport machen. Du hast gesagt, Langlauf wäre das Richtige.«

»Wann habe ich das gesagt?«

»Im Sommer!«

Heerse erinnerte sich. Damals war es darum gegangen, schwimmen zu gehen, und er hatte die Ausrede mit dem Skifahren gebraucht.

»Du hast heute einen freien Tag. Wir fahren nach Herrenwies, oder wo immer du hin willst, und drehen ein paar Runden. Schließlich gibt es bei uns im Schwarzwald genug Langlaufloipen.«

»Wir haben keine Skier«, widersprach er verzweifelt. Außerdem hatte er ein schlechtes Gewissen wegen seiner Abwesenheit auf dem Präsidium. Er hatte jedoch keine andere Wahl gehabt, da sein Vorgesetzter darauf bestand, dass die Mitarbeiter, soweit das überhaupt möglich war, regelmäßig ihre Auszeiten nahmen.

»Die kann man leihen.« Petra hatte die Ausreden jetzt satt. Ihr Mann tat viel zu wenig für seine Gesundheit. Beim Essen konnte sie zumindest etwas Einfluss nehmen, aber die mangelnde Bewegung war ein schwierigeres Thema. »Wir werden heute auf die Höhe fahren.«

»Das können wir ja gerne tun, obwohl ich nicht weiß, ob es bei dieser Witterung klug ist, die Schwarzwaldhochstraße zu benutzen.«

»Wir nehmen den Bus, du brauchst nicht selbst fahren.«

»Gut, wir nehmen den Bus und gehen im Schnee spazieren, das ist doch auch Bewegung.«

»Probier die Sachen an«, entgegnete Petra stur und marschierte ins Bad.

Heerse wusste, dass er diese Schlacht verloren hatte.

Keine fünf Minuten später quetschte er sich in die Sportkleidung und betrachtete sein Spiegelbild.

»Petra«, rief er und sie erkannte schon an der Art, wie er ihren Namen betonte, dass etwas nicht stimmte.

Nur mühsam konnte sie sich das Lachen verkneifen, als ihr Mann sagte: »Ich sehe aus wie eine Presswurst im Faschingshemd.«

»Es ist vielleicht etwas körperbetont …«, stimmte sie zögerlich zu.

»Etwas? Ich fürchte, ich werde ein Schälmesser brauchen, um da je wieder herauszukommen.«

Heerses Frau gab sich geschlagen. »Schön, es wird ein Spaziergang …«

Weiter kam Petra nicht, denn in diesem Moment klingelte das Diensthandy ihres Mannes.

Luxusanwesen in der Innenstadt von Baden-Baden, bei der Leiche von Jacques Murcier

Heerse nahm die Einfahrt in Augenschein und blickte nach oben. »Von wo ist er gefallen?«

»Vom dritten Stock«, antwortete ihm der Gerichtsmediziner. »Vermutlicher Todeseintritt irgendwann gestern um Mitternacht.«

»Gibt es Anzeichen für einen Kampf? Gewalteinwirkung?«, wandte er sich an Müller, der bereits das Haus inspiziert hatte.

»Nichts festzustellen.«

»Einbruchsspuren, Diebstahl?«

»Nichts!«

»Was ist mit der Leiche?« Heerse vermied, den verbogenen Körper von Murcier noch einmal zu betrachten, und sah den Gerichtsmediziner an.

Der antwortete bedauernd: »Auf den ersten Blick kann ich Ihnen nicht sagen, ob es Fremdverschulden, ein Unfall oder Selbstmord war. Ich muss ihn mir im Labor ansehen und selbst dann ist eine endgültige Einschätzung schwierig.«

Der Hauptkommissar nickte und bat Müller, ihn nach oben zu begleiten. Stumm erklommen sie den dritten Stock und traten auf die Dachterrasse.

Die Beamten wussten bereits, dass die Villa als Drehort für die Fernsehsoap vorgesehen war.

Der Briefträger hatte Murciers Leiche gefunden. Die Nachbarn waren nicht in der Lage gewesen, der Polizei weiterzuhelfen, ihre Anwesen lagen zu weit vom Tatort entfernt.

Die Spurensicherung ging hier oben bereits ihrer Arbeit nach und Maren, die bei den Kriminaltechnikern stand, trat auf ihren Chef zu.

»Der Boden ist vereist, vielleicht ist er ausgerutscht«, fing Müller an zu spekulieren.

»Er muss aber über das Metallgeländer gestiegen sein«, warf Maren ein.

»Irgendwelche Spuren?« Heerse wirkte angespannt.

Seine Kollegin schüttelte den Kopf. »Nein, nichts, bis auf eine leere 0,25er Plastikflasche. Laut Etikett handelsübliches Mineralwasser. Die Kollegen haben sie bereits gesichert.«

»Das gibt es doch nicht«, brummte der Hauptkommissar wütend. »Hat der sich etwa umgebracht? Hier? Warum sollte sich der Mann gerade jetzt umbringen?«

»Ich habe schon die Kollegen in seine Wohnung und das Immobilienbüro geschickt. Vielleicht finden die einen Hinweis. Wenn dort nichts ist, war es vielleicht doch ein Unfall«, verteidigte Müller seine Theorie.

»Ach, und wie wäre das abgelaufen?« Heerse war schlecht gelaunt und blaffte seinen Mitarbeiter zu Unrecht an.

Der schien sich nicht daran zu stören und antwortete pflichtschuldig: »Murcier kommt hier hoch, trinkt sein Mineralwasser, geht nach vorne und sieht etwas hinter dem Geländer.«

»Haben die Kollegen dort etwas gefunden?«, unterbrach ihn Heerse und sah dabei Maren an, die das verneinte.

»Vielleicht ist es jetzt weg. Womöglich wollte der Typ eine Katze oder einen Vogel verjagen, ist über das Geländer gestiegen, ausgerutscht und in die Tiefe gefallen.«

»Das ist nicht plausibel. Es gibt eine Verbindung zwischen den Angriffen auf Sascha Pranter, den Morden und Murcier. Und jetzt ist der Mann tot? Einfach so?«

»Es muss nicht immer Mord sein. Unfälle passieren.«

Heerse fluchte laut, dann erwiderte er: »Tut mir leid, du hast natürlich recht. Ein Unfall wäre möglich, aber mein Bauchgefühl sagt mir etwas anderes, auch wenn wir das vorerst nicht beweisen können.«

Maren hatte sich ein paar Schritte von den Männern entfernt, um einen Anruf entgegenzunehmen.

»Interessante Neuigkeiten«, sagte sie nun, als sie wieder zu ihren Kollegen zurückkam. »Ratet mal, wo sich unsere Theatergruppe gestern Nacht aufgehalten hat …«

Die beiden sahen erwartungsvoll zu ihr.

»Fan-Abend im Beeb-One. Der Klub ist keine zehn Minuten von hier entfernt. Wohlgemerkt zu Fuß. Egal ob Fußgängerzone, Kaiserallee oder Kurgarten, mit Mütze und Schal mitten in der Nacht ist man praktisch unsichtbar. Kaum anzunehmen, dass dich irgendwer später identifizieren kann.«

»Wenn es kein Unfall war, stellt sich jedoch die Frage, wer von denen ein Motiv gehabt hätte, Murcier zu ermorden«, warf nun Müller ein. »Wenn jetzt die Lehringer da unten liegen würde, könnten wir Murcier verhaften, der hatte ein Motiv. Aber umgekehrt?«

»Was, wenn sie darauf gekommen ist, dass er sie mit dem Grundstück abzocken wollte?«, überlegte Maren.

»Nein«, entgegnete Heerse, »die hat ihre Rache doch schon. Das Geschäft kam ja nicht zustande.«

»Und welches Motiv hätte eines der anderen Ensemblemitglieder?«

»Tja, das ist die Frage. Mal sehen, ob uns das Ergebnis der Autopsie weiterbringt.« Der Hauptkommissar rieb sich die kalten Hände und hätte jetzt nichts lieber getan, als den Tag mit Petra auf Skiern zu verbringen.

* * *

KAPITEL 11

»Dem Feinde nah zu sein und dem Freund fern, ist das Schicksal derer, die kämpfen. Diesen Weg habe ich gewählt, weinen werde ich danach.«

Am nächsten Tag
in der Villa von Magda Lehringer

»Was soll das heißen, die haben das Drehbuch geändert?« Sascha Pranter war außer sich.

Ricardo konnte ihn nur mit Mühe besänftigen. »Das heißt, die haben kalte Füße bekommen.«

»Warum? Weil dieser Immobilienheini vom Dach gesprungen ist? Was hat das mit denen zu tun?«

»Die Produktionsfirma steht eben nicht auf Todesfälle am Set. Erst der Anschlag auf dich oben bei der Burgruine und jetzt der tote Makler in der Einfahrt des nächsten Drehortes …«

»Die fürchten um ihren guten Ruf?« Der Schauspieler hob ungläubig die Brauen.

Ricardo lächelte ihn mitleidig an. »Die fürchten um ihr Geld.«

»Dann sollten die meine Rolle erst recht ausbauen und nicht kürzen. So viele Schlagzeilen wie ich hat doch im Moment keiner! Das muss doch zu etwas gut sein. Sieh mich an, die Narbe, ich habe eine Chance verdient.«

»Ja, sicher«, entgegnete der Manager, der eigentlich keine Lust hatte, den tröstenden Onkel zu spielen. »Denen ist das zu heikel. Die Anwälte der Firma sehen Probleme, Klagen und so weiter, wenn es weitere Todesfälle oder Verletzte gibt. Die bringen das eben direkt mit dir in Zusammenhang. Laut deren Juristen ist deine Anwesenheit nun doch ein zu großes Risiko. Wir werden etwas anderes an Land ziehen, ich habe meine Fühler bereits ausgestreckt. Außerdem bleibt es dabei, du spielst in der Soap mit. Deine Rolle wird nur eben kleiner sein.«

»Das ist ein verfluchter Gastauftritt. Marvi M. wird sich tierisch darüber freuen.« Sascha wurde immer wütender und erhob seine Stimme. »Du hast mir diesen Vertrag versprochen. Warum war der noch nicht unterzeichnet? Du hast es verbockt!«

Ricardo hatte genug. Er ärgerte sich selbst über diese unangenehme Entwicklung, aber keinesfalls würde er sich so anschnauzen lassen.

»Es wäre sicher hilfreich gewesen, wenn du nicht wie ein schreiendes Mädchen an den Baden-Badener Steilwänden gehangen hättest!«

»Ich wäre beinahe gestorben, wie kannst du mir das vorwerfen?«, rief Sascha empört.

Ricardo winkte ab, was eine wütende Entgegnung des Schauspielers zur Folge hatte. »Vergiss nicht, wer hier für wen arbeitet.«

Der Manager ruderte keinen Millimeter zurück. »Und du vergiss nicht, wen du vor dir hast. Ich bin nicht eine deiner hohlen Tussis. Also sieh dich vor.«

Sascha schluckte, seine Wut war nicht verflogen, aber er versuchte, sie zu kontrollieren. Wieder einmal fühlte er eine Abneigung seinem Manager gegenüber. Er vertraute Ricardo nicht mehr.

Bisher hatte der ihm wenigstens Aufträge gebracht, jetzt schien die große Chance, auf die er so lange gewartet hatte, zu verpuffen. Keine Soap, kein Comeback! So einfach war es. Der Vertrag mit der Lehringer sollte nur ein Sprungbrett sein, er hatte nicht vor, sein Leben lang über die Theaterbühnen zu tingeln.

»Ich verlass mich darauf, dass du etwas anderes für mich findest …«, zischte der Schauspieler zurück.

Das »sonst« sprach er nicht aus, aber die Drohung hing in der Luft. Sascha würde seinen Manager entlassen, wenn der ihm keine andere Wahl ließe.

Zur gleichen Zeit in der Gerichtsmedizin

»Gleich vorneweg, ich kann keine hundertprozentigen Aussagen liefern.«

Heerse stöhnte und der Gerichtsmediziner schnalzte mit der Zunge. »So ist das nun mal, aber«, sagte er ein wenig theatralisch, »ich habe trotzdem etwas Interessantes entdeckt.«

Heerse folgte dem Arzt zu der Leiche von Jacques Murcier. Obwohl der Hauptkommissar nicht respektlos sein wollte, verzog er bei deren Anblick automatisch das Gesicht. Der Tote lag auf dem Rücken und Heerse sah nun zum ersten Mal die vollkommen zerstörte Gesichtshälfte des Mannes.

»Es war ein harter Aufprall, er fiel mit dem Kopf voran«, kommentierte der Gerichtsmediziner, der dem Blick des Polizisten gefolgt war, die Verletzung. Dann begann er, seinen Bericht vorzutragen. »Von dem Offensichtlichen abgesehen, wie Schürf- und Platzwunden, gab es zahlreiche Knochenfrakturen, zerrissene Gefäße, Organ- und Schädelverletzungen. Sehen Sie seine Hände?« Der Mediziner wartete nicht auf eine Antwort, sondern fuhr fort: »Er wollte sich abstützen.«

»Ist das nicht ungewöhnlich, wenn man sich umbringen will?«

Der Arzt hob ein wenig die Schultern. »Das sind Reflexe, das muss nichts bedeuten. Vielleicht hatte er es sich aber auch anders überlegt, das würde mich in seinem Fall nicht wundern.«

»Wie darf ich das verstehen?«

Heerse war erleichtert, als der Arzt den geschundenen Körper des Toten wieder zudeckte und zurück zu einem Behelfsschreibtisch in der Ecke ging. Mit einer einzigen Bewegung fischte der Mediziner das richtige Schriftstück aus den Papierbergen.

»Hier, sehen Sie selbst«, sagte er nun zu Heerse und überreichte ihm einen Laborbericht. »Das hatte der Mann in sich.«

»Das alles?« Heerse war überrascht.

»Ein netter Drogencocktail aus so ziemlich allem, was high und sorglos macht.«

»War er drogensüchtig?«

»Nein, das schließe ich aus. Das war eine Einmaldosis.«

»Gespritzt?«

»Orale Aufnahme in flüssiger Form. Spuren von diesem Drink haben wir in der Plastikflasche gefunden, die die Kollegen auf der Dachterrasse der Villa gesichert haben.«

»Er hat dieses Teufelszeug also direkt vor dem Sprung getrunken?«

»Das ist anzunehmen. Die Wirkung muss sehr schnell eingetreten sein.«

»Also doch ein Unfall?«

»Absolut vorstellbar, vor allem wenn er mit diesen Substanzen im Blut am Rande einer vereisten Terrasse gestanden hat. Ein falscher Schritt …«

»Oder es war Selbstmord«, fasste Heerse seinen anderen Gedanken in Worte.

»Auch denkbar.«

»Doktor, was ist mit Fremdeinwirkung?«

»Sie glauben, es gibt einen Zusammenhang mit den anderen Fällen?«

Heerse machte kein Geheimnis aus seinen Überlegungen und der Gerichtsmediziner hörte aufmerksam zu.

»Leider bin ich nicht in der Lage, Ihnen da weiterzuhelfen. Ich kann lediglich sagen, dass ich, soweit das nach einem solchen Sturz überhaupt noch nachvollziehbar ist, keine Spuren von Gewalteinwirkung durch Dritte feststellen konnte. Außerdem hat der Mann noch gelebt, als er von der Dachterrasse gestürzt ist.«

»Aber Fremdverschulden ist möglich?«, ließ der Hauptkommissar nicht locker.

»Ja, aber das ›Wie‹ kann ich Ihnen bedauerlicherweise nicht sagen.«

* * *

»Murcier stand unter Drogen?«, fragte Müller wenig später ungläubig.

Heerse gab ihm den Bericht und sagte: »Ja, sieh dir das an.«

»Vielleicht können uns die Kollegen von der Drogenfahndung weiterhelfen. Die wissen womöglich, wer so etwas verkauft.«

»Gute Idee, überprüfe das.« Heerse starrte auf den Bildschirm und überflog die Berichte. »Hat man eigentlich bei der Hausdurchsuchung in der Lehringer Villa irgendwelche Drogen gefunden?«

Müller schüttelte den Kopf. »Das nicht, aber ich kann mir auch nicht vorstellen, dass diejenigen von denen, die konsumieren, ihr Zeug noch dort aufbewahren. Immerhin sind wir bald jeden Tag vor Ort. Vielleicht verscharren sie es ja im Wald.«

»Geh trotzdem mit Maren hin. Ich möchte, dass ihr mit Pranter sprecht. Wir wissen, dass er konsumiert, vielleicht hat man ihm etwas geklaut. Und befragt die

Herrschaften in der Villa, wann sie Murcier das letzte Mal gesehen haben und ob ihnen etwas an ihm aufgefallen ist.«

»Du glaubst immer noch, dass Murcier ermordet wurde?« Müller las die Antwort im Gesicht seines Chefs ab. »Dabei sieht dieser Todesfall wie ein Selbstmord aus«, fuhr er trotzdem unbeirrt fort. »Auch wenn wir keinen Abschiedsbrief gefunden haben, so wissen wir jetzt, dass ihn der geplatzte Deal mit der Lehringer ruiniert hätte. Die Kollegen haben sehr aufschlussreiche Geschäftsunterlagen darüber gefunden. Also ist es durchaus nachvollziehbar, dass er sich einen Super-Glücklichmacher-Drogencocktail kauft – Kontakte wird er haben, er kannte schließlich auch Stemmer. Dann steigt er auf das Dach einer Villa und stürzt sich völlig stoned in den Tod.«

Er sah zu seinem Vorgesetzten, der diese Version mit einem Kopfschütteln verneinte, also sagte er: »Na schön, dann die Theorie vom Unfall: Murcier will lediglich seine Sorgen vergessen und balanciert zugedröhnt am Rande der Terrasse. Dabei rutscht er aus und stürzt in die Tiefe.«

Heerse gab sich auch dieses Mal nicht geschlagen, sondern hielt dagegen: »Der Mann hätte eher die Lehringer getötet als sich selbst. Der war nicht der Typ, der sich umbringt, bloß weil ihm das Geld ausgeht. Und wenn er zum Spaß diese Drogen genommen hätte, dann sicher nicht auf einer vereisten Terrasse. Der Kerl war berechnend und kaltschnäuzig. Auch wenn ich ihn im Fall Sascha Pranter nicht für unseren Täter hielt, bin ich mir sicher, dass er grundsätzlich keine Skrupel gehabt hätte, andere in den Abgrund zu reißen.«

Plötzlich kam Müller eine Idee: »Vielleicht ist das ein Motiv. Murcier wollte jemandem schaden und hat es zu weit getrieben. Oder womöglich hat er jemanden erpresst ...«

Heerse horchte auf. »Diese Version passt schon eher. Er hat jemanden erpresst und wurde dafür vom dritten Stock gestoßen.«

»Und die Drogen?«

»Natürlich!« Der Hauptkommissar hatte schlagartig bessere Laune. »Man zwingt ihn, diesen Cocktail zu trinken. Als der Mann high ist, sorgt man dafür, dass er am Rand der Terrasse steht. Das wirkt wie ein Unfall oder Selbstmord.«

»Und wieso hat er das Zeug überhaupt getrunken? Wie konnte man ihn dazu zwingen? Auf der Flasche sind keine weiteren Fingerabdrücke, nur die von Murcier. Hat er vielleicht nicht gewusst, was er da zu sich nahm?«, fragte Müller, der nicht davon begeistert war, noch einen weiteren Mord aufklären zu müssen. Er musste jedoch zugeben, dass der Immobilienmakler in Anbetracht der Umstände durchaus ein Mordopfer sein könnte.

»Wir werden es herausfinden«, antwortete ihm Rolf Heerse entschlossen.

Etwas später in der Villa von Magda Lehringer

»Warum weiß ich davon nichts?« Ricardo Meier stand vor Magda Lehringers Schreibtisch. Jetzt beugte er sich ein wenig über die Tischplatte und wiederholte mit verkniffenem Gesicht seine Frage: »Warum weiß ich davon nichts?«

»Weil es dich nichts angeht, deshalb!« Die Lehringer lehnte sich hochmütig zurück. Es fehlte nur noch, dass sie sich eine lange Zigarettenspitze in den Mund steckte und dann, wie die Filmdiven der Fünfzigerjahre, lasziv daran zog.

»Du verfluchte Hexe!«, beschimpfte der Manager seine Kontrahentin, »du gottverdammte Hexe!«

»Mäßige deinen Ton«, entgegnete sie kalt, bereit, ihm die Stirn zu bieten.

»Du denkst, du kannst jetzt die Ernte einfahren? Ohne mich?«

»Was hast *du* denn damit zu tun?«, antwortete sie ihm schnippisch.

»Ich?«, Ricardo machte sich nicht die Mühe, seine Stimme zu dämpfen, »ich habe dir diese ganze Publicity besorgt.«

»Na na! Ich denke doch eher, dass wir die unserem wahnsinnigen Mörder zu verdanken haben, oder war das eben ein Geständnis?«

Ricardo schnaufte verächtlich. »Vielleicht sollte ich dir die gleiche Frage stellen. Immerhin scheinst du ja davon auszugehen, dass dein Erfolg auf deinem eigenen Mist gewachsen ist.«

»Ist er auch!« Sie erhob sich langsam und kam um den Tisch herum. Als sie vor ihm stand, wich sie seinem Blick nicht aus. »Das Stück ist ein Meisterwerk, nur deshalb habe ich dieses Angebot bekommen«, schleuderte sie ihm wütend entgegen.

»Du hast dieses Angebot bekommen, weil ich Himmel und Hölle in Bewegung gesetzt habe, damit man über uns spricht. Tag und Nacht stand ich mit der Presse in Kontakt.« Er holte Luft, fixierte sie mit einem kalten Blick und brüllte: »Ich habe die Auftritte ausgehandelt, ich habe euch alle sichtbar gemacht! Ohne mich wärst du nichts weiter als eine notgeile alte Ziege, die ihre angebliche Liebe zur Kunst dazu missbraucht, einen jungen Schwanz zwischen ihre hässlichen, faltigen Schenkel zu bekommen.«

Magda Lehringer holte aus und schlug Ricardo mit voller Wucht ins Gesicht. Der griff sofort nach ihrem

Handgelenk, drehte ihr den Arm auf den Rücken und drückte sie gegen die Wand. Geschockt von seiner Reaktion versuchte sie, mit der freien Hand nach ihm zu schlagen, aber wieder zog sie den Kürzeren. Er hielt sie fest und für einen Moment dachte sie, er würde zurückschlagen, aber mit einem Ruck gab er sie frei.

Die Lehringer rieb ihr Handgelenk und beobachtete, wie Saschas Manager sich das Jackett zurechtrückte.

»Das wirst du mir büßen«, zischte sie und versuchte, die Tränen zurückzuhalten.

»Gleichfalls«, konterte Ricardo mit einem fiesen Grinsen, bevor er mit zusammengepressten Lippen den Raum verließ.

In der Halle bemerkte der Manager nicht, dass Britta mit einem überraschten Gesichtsausdruck in einer der dunklen Nischen gestanden hatte. Sie musste unbedingt herausbekommen, um was es bei dem Streit gerade gegangen war. Automatisch steuerte sie das Zimmer ihres Ehemannes an.

Klaas Werber lag auf dem Bett, hob nicht einmal den Kopf, als sie eintrat, und blätterte in einer Zeitschrift. »Was willst du?«, fragte er desinteressiert.

»Mit dir reden«, versuchte sie es freundlich.

»Über was?« Seine ganze Haltung war abweisend.

Das hatte nach Katinkas Tod angefangen. Manchmal vermutete Britta, dass er sie durchschaut hatte. Sie hatte nie ein Geheimnis aus ihren Gefühlen für die Konkurrentin gemacht, genauso wenig wie er. Sollte sie eine Aussprache wagen? Das war riskant. Ihr wäre es lieber, es würde Gras über die Sache wachsen.

»Ich habe eben etwas Eigenartiges gehört«, versuchte sie, das Gespräch in Gang zu bringen.

»Ach, tatsächlich? Das ist ja nichts Neues.« Seine Stimme hatte einen gemeinen Unterton, der Britta verletzte.

»Was soll das denn nun wieder heißen?« Obwohl sie es eigentlich nicht wollte, war ihr Zorn aus der Frage herauszuhören.

Klaas sprang auf. Gereizt warf er die Zeitung beiseite und fuhr sie an: »Du kommst ständig und erzählst mir, was du beobachtet hast, wer mit wem irgendetwas gemacht hat oder deiner Meinung nach machen könnte, und dann«, er machte eine fahrige Bewegung, »dann ist irgendwer tot. So wie Katinka.«

Britta starrte ihn fassungslos an. »Was willst du damit sagen?« Ihre Augen waren geweitet, der Mund stand offen.

Klaas drehte sich um und sah aus dem Fenster. »Gar nichts, vergiss es!«

Aber seine Frau konnte die Angelegenheit nicht mehr auf sich beruhen lassen. »Denkst du, dass ich etwas mit den Morden zu tun habe?« Ihr ganzer Körper bebte. Diese Anschuldigung war ungeheuerlich, wie konnte er ihr so etwas an den Kopf werfen.

Klaas antwortete nicht.

»Ich bin es nicht gewesen!« Brittas Tonfall klang flehentlich, so als wollte sie darum betteln, dass er ihr Glauben schenkte.

»Du bist wie die anderen, du hast sie nicht verstanden.«

»Sie hat mir meinen Mann wegnehmen wollen, was hast du von mir erwartet?« Britta konnte sich nicht mehr beherrschen, Tränen liefen ihr über die Wangen und sie schluchzte.

Jetzt endlich drehte er sich um und betrachtete seine Frau. Das erste Mal, seit er sie kannte, wirkte sie schwach und verletzlich. In diesem Moment wurde ihm klar, dass sie es wusste, die ganze Zeit gewusst hatte. Seine Gefühle für Katinka waren ihr nicht entgangen, sie hatte es aber nicht einfach ignoriert, sondern still ertragen, weil sie ihn liebte. Eine Erkenntnis, die ihn völlig unerwartet traf.

Klaas machte einen Schritt auf sie zu. »Lass uns vergessen, was passiert ist«, sagte er unsicher.

Britta wischte sich die Tränen aus dem Gesicht und antwortete ihm mit einem schüchternen Lächeln. Endlich kam er zu ihr zurück. Was auch immer geschehen war, musste und wollte sie nicht wissen.

* * *

»Diese Demütigung werde ich nicht hinnehmen. Es wird Zeit, meinen hinterhältigen Freund um Hilfe zu bitten.«

Ein amüsiertes Lächeln erschien auf dem sonst so reglosen Gesicht. Die Plastiktüte wurde aus der Erde gegraben und sicher in der Manteltasche verstaut. Eine Hand klopfte zärtlich auf die Stelle, an der sich das Kleidungsstück nun etwas ausbeulte.

»Jetzt kommt dein Auftritt!« Das Flüstern war kaum zu hören. Aber selbst wenn, hätte das keine Rolle gespielt. Es gab keine Zeugen, die die vermummte Gestalt hätten beobachten können. Eine Entscheidung war getroffen worden. Es war nicht der Tod dieses Immobilienmaklers gewesen, der die Situation verändert hatte, aber zumindest wurden die Dinge dadurch beschleunigt.

* * *

Am darauffolgenden Tag in der Villa von Magda Lehringer

Am nächsten Tag versammelte Magda Lehringer wieder einmal die anderen Ensemblemitglieder in ihrem Wohnzimmer.

Britta ahnte bereits, dass diese Zusammenkunft etwas mit dem Streit zu tun hatte, der gestern von ihr belauscht worden war. Die junge Frau saß gespannt neben Klaas, der den Arm um ihre Schultern legte.

Während die anderen neugierig ihre Gönnerin beobachteten, stierte Ricardo mit unbeteiligter Miene auf die Wand gegenüber. Etwas, das Sascha Pranter nicht entging. Das war nicht das Verhalten, das er von seinem Manager kannte. Für gewöhnlich war dieser aufmerksam wie ein Erdmännchen vor dem Bau und spitzte die Ohren, stets auf der Suche nach Informationen. Sein Verhalten konnte also nur bedeuten, dass er bereits wusste, um was es ging.

Der Schauspieler fing an, nervös zu werden, ließ sich davon aber nichts anmerken. Nach außen hin war er nach wie vor gelassen.

»Meine Lieben«, begann die Lehringer ihre Ansprache. Es war ihr anzumerken, dass sie darauf brannte, die Neuigkeiten loszuwerden.

»Wie ihr ja alle wisst, wird unser lieber Regisseur Gunter Morat, zusammen mit Rea und Horst, dem einzigartigen Barbier«, huldvoll lächelte sie in Richtung des Mannes, »ein Engagement in Berlin annehmen.«

Die anderen nickten. Ein Theater in der Hauptstadt hatte Morat angeboten, das Stück der Lehringer dort zu inszenieren. Der war natürlich sofort Feuer und Flamme gewesen und die Stückeschreiberin selbst konnte sich keine bessere Reklame für ihr »Meisterwerk« vorstellen. Morat wollte Rea mitnehmen, deren Kompetenz er sehr schätzte, zumal die Chemie zwischen ihnen stimmte. Die Berliner hatten sich ausdrücklich für Horst Krasmir ausgesprochen, der wieder die Rolle des Barbiers spielen sollte.

»Dann ist euch auch bekannt, dass unserem Star, Sascha«, sie bedachte den Schauspieler mit einem Augenzwinkern, »eine Fernsehrolle angeboten wurde.«

Wieder nickten die anderen und Horst Krasmir rief: »Nochmals Glückwunsch!«

Sascha hatte ihnen nicht erzählt, dass die Rolle längst nicht mehr so groß war, wie einst angenommen. Wozu auch – sie würden ihn entweder bedauern oder belächeln. Beides Reaktionen, die er nicht ertragen wollte.

Also hob er mit einem freudigen Strahlen die Hände und sagte gut gelaunt: »Erst einmal abwarten, wie sich das entwickelt.« Mit einem zornigen Blick auf seinen Manager dachte er daran, dass er im Prinzip mit leeren Händen dastand, wo selbst der dickbäuchige Horst ein langfristiges Engagement bekommen hatte.

»Nun«, die Lehringer räusperte sich und fuhr fort, »Eigenlob ist ja eigentlich nicht meine Art.«

Diesen Satz kommentierte Ricardo mit einem verächtlichen »Ach!«, das von der Lehringer mit Verärgerung aufgenommen wurde. Trotzdem ließ sie sich nicht zu einer entsprechenden Entgegnung hinreißen.

»Jedenfalls ist meiner Person ein ganz besonderes Privileg zuteilgeworden«, sagte sie mit einem überlegenen Lächeln. »Sie werden eine Filmadaption von meinem Stück produzieren.«

»Wow!«, rief Gunter Morat und auch die anderen, bis auf Ricardo Meier, brachen in begeisterten Jubel aus.

»Ganz großes Kino«, schwatzte die Lehringer euphorisch drauflos, »glamouröse Kostüme, Actionszenen, tolle Musik und *mein Werk* liefert die Vorlage für diesen Blockbuster! Und deshalb stoßen wir jetzt an.«

Auf dieses Stichwort hin schob der Hausangestellte einen voll beladenen Servierwagen in das Wohnzimmer und reichte Gläser mit Champagner herum. Die Stimmung war gelöst.

Auch Sascha Pranter schloss die Lehringer begeistert in die Arme. »Magda, wenn es jemand verdient hat, dann du.«

»Das ist lieb von dir«, flötete sie mit rosigen Wangen.

Sascha konnte es kaum fassen. Ein Kinofilm und er in der Hauptrolle, da könnten ihn die von der Fernsehsoap am Arsch lecken. Das war ein Comeback, wie er es sich vorstellte.

Ricardo hatte den Champagner abgelehnt und sich auch nicht an den Kaviarhäppchen bedient. Er beobachtete seinen Schützling und wusste genau, was der sich erhoffte. Mitleid empfand er mit dem Schauspieler nicht, dafür hatte er sich zu sehr über dessen Undankbarkeit geärgert.

»Wartet, wartet«, rief die Lehringer plötzlich. »Es gibt ja noch mehr gute Nachrichten.« Völlig überraschend wandte sie sich an Britta und Klaas Werber. »Ihr beiden seid dabei.«

Klaas konnte sein Glück gar nicht fassen und küsste erst überschwänglich die Lehringer auf beide Wangen und dann seine Frau Britta mit großer Leidenschaft auf den Mund.

»Es ist zwar nicht die Hauptrolle, aber immerhin wollen sie dich als Gegenspieler des Königs.« Nun wandte sie sich an Britta. »Für dich ist es eine Nebenrolle, aber …«

»Magda, du bist die Größte«, sagte diese begeistert und fiel der Lehringer um den Hals. Brittas Glück schien in diesem Moment perfekt, denn endlich bekam Klaas seine Chance. Ihre eigene Karriere war ihr dabei nicht allzu wichtig. Die Schauspielerei war für sie sowieso immer nur eine Möglichkeit gewesen, ihrem Mann nahe zu sein.

»Tja, und ihr beiden seid mich nicht los«, erwiderte Magda auf Brittas Kompliment. »Ich werde als Zuschauerin am Set sein. Ist das nicht fantastisch?«

Ricardo war bereits gegangen, als jemand die Frage stellte, wer denn nun die Hauptrolle, also den König spielen würde. In der Eingangshalle hörte er Magdas Stimme, die durch die dicken Wände nur noch gedämpft an sein Ohr drang.

»Oh, die möchten einen Engländer nehmen. Ich bin schon sehr gespannt, für wen die sich entscheiden.«

Pranter trafen diese Worte wie Faustschläge in die Magengrube. Für eine Sekunde fror sein Lächeln ein, dann besann er sich rasch und gab sich nicht nur gleichgültig, sondern witzelte sogar noch: »Na, mal sehen, wer da in meine Fußstapfen treten wird!«

Der Manager hörte auch das und wusste, dass Sascha gerade eine schauspielerische Meisterleistung vollbracht hatte.

* * *

Keine zehn Minuten später rauschte Pranter in Ricardos Zimmer.

»Du hast es gewusst?«, schrie er außer sich. »Du hast gewusst, dass mich diese alte Kuh ausbootet und nichts gesagt?«

»Ich habe es zufällig erfahren. Ein Freund, der mir noch etwas schuldet, hat sich gestern gemeldet.«

»Und was gedenkst du jetzt zu tun? Ich brauche diese Rolle! Ich war der Erste, der den König gespielt hat, und ich sollte auch derjenige sein, der ihn in der Verfilmung darstellt. Das«, er baute sich jetzt drohend vor Ricardo auf, »das ist meine Rolle!«, brüllte er ungehalten.

Ricardo war genervt und blaffte: »Ja denkst du, ich bin anderer Meinung?«

»Dann tu irgendetwas!«

»Was glaubst du denn, was ich mache?«, auch Ricardo erhob jetzt seine Stimme, »aber das ist nicht so einfach.«

»Wenn es einfach wäre, bräuchte ich dich nicht. Dann könnte ich mir dein Honorar sparen! Vielleicht wäre das sowieso das Beste.«

Ricardo blitzte sein Gegenüber wütend an. »Treib es nicht auf die Spitze!«

Sascha überhörte die Warnung. Seine Wut entsprang einer tiefen Verzweiflung und Ricardo wurde zur Zielscheibe. »Wenn du mir diese Rolle nicht beschaffst, suche ich mir jemand anderen«, geiferte der Schauspieler und verzog sein sonst so ansprechendes Gesicht.

Zur gleichen Zeit, Innenstadt von Baden-Baden

Rolf Heerse ließ der Tod des Immobilienmaklers keine Ruhe, deshalb war er noch einmal den Weg vom Beeb-One zu dem Anwesen abgelaufen, in dem Murcier gestorben war. Jetzt marschierte er mit hochgeschlossenem Mantel durch die Innenstadt von Baden-Baden. Tauwetter hatte eingesetzt und der weiße, vereiste Schnee verwandelte sich in eine matschige Pampe. Ohne auf die Passanten links und rechts von sich zu achten, setzte er seinen Weg über den Leopoldsplatz Richtung Fußgängerzone fort und versank tief in Gedanken.

Müller und Maren hatten gestern noch einmal mit der Lehringer und deren Gästen gesprochen. Viel war nicht dabei herausgekommen. Niemand vermisste irgendwelche Medikamente oder Drogen, vermutlich war es sowieso unwahrscheinlich, dass das überhaupt zugegeben worden wäre. Murciers Verhalten war keinem der Befragten besonders ungewöhnlich erschienen.

Lediglich Britta Werber hatte eine interessante Bemerkung gemacht. »Als wir am Filmset waren, bei dieser Burgruine, hatte ich den Eindruck, er wäre vielleicht angetrunken. Er gab so komisches Geschwätz von sich. Nebulöse Andeutungen, Bemerkungen über die Morde, die ich nicht verstand, und etwas über diesen toten Drogendealer.«

Als die Kollegen genauer nachgefragt hatten, war der jungen Frau noch etwas eingefallen. »Er sagte, dieser Stemmer hätte ein erstaunliches Wissen gehabt, das er gelegentlich mit Murcier geteilt hätte. Ich habe das aber nicht weiter beachtet.«

Die anderen Ensemblemitglieder konnten sich nicht mehr an Murciers Worte erinnern, empfanden ihn aber, darauf angesprochen, an diesem Abend ebenfalls als etwas lästig.

Heerse konnte damit nichts beweisen. Allerdings widersprach es auch nicht seiner Theorie, dass der Immobilienmakler jemanden hatte erpressen wollen. Gut möglich, dass diese plumpen Andeutungen für den Mörder bestimmt gewesen waren und der oder die dann reagiert hatte. Jedenfalls lag Murcier jetzt in der Leichenhalle.

Heerse ging im Kopf die Beteiligten durch. Magda Lehringer und ihre Gäste, eine illustre Gesellschaft, jeder für sich ein bisschen verdreht, aber eigentlich auf eine sympathische Weise. Es war immer schwierig, einen Lügner zu durchschauen – aber diese Verdächtigen lebten in einer Welt, in der es vor allem um den Schein ging. Nicht dass Heerse das nicht interessant gefunden hätte.

Außerdem gab es Lügner und Blender überall in der Gesellschaft, und doch war es bei diesem Fall besonders schwierig. Obwohl der Hauptkommissar sehr objektiv an die Ermittlungen heranging, gelang es ihm einfach nicht, hinter die Fassade zu blicken. Er dachte an Marvi M., der nicht infrage kam. Der hatte nämlich ein Alibi für den Abend, an dem Murcier gestorben war. Im Gegensatz zu den anderen, die alle im Beeb-One gewesen waren und sich über einen Hinterausgang unbemerkt hätten davonschleichen können. Aber das konnte er nur vermuten, Beweise dafür hatten ihre Untersuchungen bislang nicht ergeben.

Angezogen vom Duft gerösteter Kaffeebohnen betrat der Hauptkommissar eine Bäckerei und ließ sich an der Kuchentheke drei Stücke Schwarzwälder Kirschtorte einpacken. Seine Mitarbeiter würden sich freuen. Er registrierte nur nebenbei, dass schon die ersten Vorboten auf das kommende Osterfest im Regal lagen und rechts von ihm eine genervte Mutter mit ihrem vorwitzigen Kleinkind stand, das seine Nase gegen die Scheibe der Tortenvitrine drückte.

»Zieh deine Handschuhe aus, solange wir im Warmen sind«, sagte die Frau und zog parallel dazu dem Kind die Mütze vom Kopf.

Heerse schenkte den Dingen um sich herum keine weitere Beachtung, packte sein Kuchenpaket und machte sich grübelnd auf den Weg zum Präsidium. Er musste die Sache anders angehen … Aber wie?

KAPITEL 12

»Hofft, dass es endet ohne Furcht,
hofft, dass der Tod nicht über das Leben siegen wird,
aber glaubt mir, ihr hofft vergebens.«

Am gleichen Abend
Villa von Magda Lehringer kurz vor Mitternacht

Ricardo lief im Nebengebäude, dem Theater, auf und ab. Er fand es unnötig, sich hier in dieser Kälte zu treffen. Alles, was es zu tun gab, hätte man auch im Haus erledigen können. Aber er hatte es sich schon vor langer Zeit abgewöhnt, die Dinge zu hinterfragen. In dieser Branche gewöhnte man sich daran.

Ärgerlich dachte er an die Auseinandersetzungen der letzten Tage, die ihn am Ende zu diesem Schritt gezwungen hatten. Es gab Momente im Leben, da musste man sich selbst retten. Warum sollte er Rücksicht auf andere nehmen? Nicht dass er das jemals wirklich getan hätte.

Mit einem Quietschen öffnete sich endlich die Eingangstür.

Wie passend unheimlich, ging es dem Manager durch den Kopf, der wenig Sinn für theatralische Auftritte hatte.

»Es wird Zeit«, rief er ungeduldig Richtung Tür und lauschte den Schritten.

Ricardo kannte sich mit der Bühnentechnik nicht aus, trotzdem war es ihm gelungen, einen der Scheinwerfer in Gang zu setzen. Dessen schummriges gelbes Licht schien nun in das Gesicht seines Gegenübers.

»Was soll das Ganze? Wir hätten uns nicht wie Diebe aus dem Haus schleichen müssen«, sagte der Manager zur Begrüßung.

»Vielleicht aber doch, womöglich werden wir drinnen beobachtet.«

»Ehrlich gesagt ist mir das völlig egal, ich habe schließlich nichts zu verbergen«, entgegnete Ricardo flapsig, bekam aber keine Antwort auf seinen Kommentar.

Stattdessen folgte eine Frage: »Hast du es?«

»Natürlich!« Dieses Mal klang die Stimme des Managers belustigt, ein triumphierender Unterton schwang unüberhörbar mit.

»Ich will es sehen.«

»Nicht so schnell«, erwiderte Ricardo. Jetzt kam seine Stunde und er würde ordentlich etwas für sich herausholen. »Erst will ich wissen, was du für mich hast.«

Ein heiseres Lachen erklang. »Du kannst wohl nicht aus deiner Haut. Ricardo Meier, die Buchhalterseele. In deiner Welt fehlt die Fantasie.«

»Fantasie macht nicht satt, das wissen wir doch beide.«

»Mag sein, aber sie kann durchaus hilfreich sein. Also gib mir mein Eigentum zurück und du bekommst, was dir zusteht.«

»Du hast mehrere Morde begangen, von diesen idiotischen Anschlägen will ich gar nicht reden, und da denkst du, dass ich es dir einfach so gebe? Ich vertraue dir nicht.«

»Na schön, ich mache den Anfang.«

Im Theater war es mucksmäuschenstill. Dann raschelte Papier, anschließend knisterte eine Plastiktüte und einer Kehle entwich ein leises Seufzen, als der rote Samt zurückgeschlagen wurde. Das Rasiermesser war von Ricardo übergeben worden.

Der Manager sprach zuerst: »Wir haben beide, was wir wollen, damit betrachte ich die Angelegenheit als abgeschlossen.« Mit schnellen Schritten, die Hände in den Manteltaschen, wollte er sich entfernen.

»Stop!«, erklang nun bedrohlich die Stimme direkt hinter ihm.

Ricardo war alarmiert und versuchte, sich mit einer ruckartigen Bewegung umzudrehen, aber er war nicht schnell genug.

Der Schnitt im Genick brannte wie Feuer. Er ruderte mit den Armen, wandte sich um und wollte sich verteidigen – aber noch bevor es ihm gelang, sich zu wehren, fuhr ihm das Rasiermesser quer über das Gesicht. Sein linkes Auge füllte sich mit Blut, er konnte nichts sehen, als auch schon der zweite Schnitt von der anderen Seite folgte. Es war, als würde sein Gegenüber einen wilden Tanz aufführen und mit jeder Bewegung des Armes das Messer über Ricardos Haut streichen wie ein Maler den Pinsel über die Leinwand.

Die Klinge zerfetzte die Hände des Managers, die er zur Abwehr schützend vor sein Gesicht hielt. Trotzdem erwischte ihn der scharfe Stahl an der Lippe und schlitzte sie auf. Der metallene Blutgeschmack ließ ihn würgen. Ricardo wollte schreien, warum hatte er nicht gleich daran gedacht? Aber noch bevor er zu einem Laut ansetzen konnte, schnitt das Messer über seinen Kehlkopf. Die Wunde war tief. Ricardo griff an seinen Hals, spürte das warme Blut, das zwischen seinen Fingern hindurchströmte, und stürzte zu Boden.

Obwohl er nur noch wenige Augenblicke zu leben hatte, galten seine letzten Gedanken absurderweise dem Rasiermesser:

Mein kleiner, hinterhältiger Freund. Ich hatte gehofft, du würdest mir einen Dienst erweisen. Aber wie hatte ich von einem scharfen Stück Stahl auch Loyalität erwarten können. Ich glaubte, du würdest mir Glück bringen. Du solltest meine Versicherung sein, für den Notfall. Deshalb habe ich dich in eine samtene Hülle gepackt und vor neugierigen Blicken versteckt. Ich wusste, was vor sich ging, ich war der Polizei und allen anderen die ganze Zeit einen Schritt voraus, und doch habe ich meinen eigenen Tod nicht kommen sehen.

Ricardos Herz hörte auf zu schlagen. Er lag in seinem Blut, als sich die dunkle Gestalt, die immer noch das Rasiermesser hielt, über ihn beugte und keuchte: »Du hast bekommen, was du verdient hast. Ich habe mein Versprechen gehalten.«

* * *

Das Anwesen von Magda Lehringer wurde völlig von der Dunkelheit eingehüllt. Wolken verdeckten den Mond, die Luft war feucht und roch nach Erde. Das Tauwetter hatte zwar mildere Temperaturen gebracht, aber noch stieg das Thermometer selten über fünf Grad.

Vor dem Tor hielt das Fahrzeug der Security-Firma, die Wachmänner wollten einen weiteren Kontrollgang über das Villengelände machen. Eine Rundum-Überwachung hatte das Ensemble, trotz Zuraten der Sicherheitsexperten, abgelehnt. Der Eingriff in die Privatsphäre wäre vor allem Sascha Pranter zu groß gewesen.

Die beiden Männer in ihren schwarzen Monturen waren gerade dabei, das Tor zu öffnen, als die Stille plötzlich von einem unmenschlichen Schrei durchbrochen wurde. Weitere Hilferufe folgten. Es klang panisch, so als würde jemand um sein Leben fürchten. In der Villa ging das Licht an, aber die Schreie kamen aus dem Nebengebäude.

Die Security-Leute rannten über den Rasen. Als die Männer die Tür zum Theater aufstießen, wurden die Rufe lauter.

»Warum hilft mir denn keiner? Wir brauchen einen Arzt!«, schrie Sascha Pranter in Panik. Er hielt die entstellte Leiche seines Managers im Arm, wiegte ihn die ganze Zeit wie ein kleines Kind hin und her. Als er die beiden Wachmänner sah, schluchzte er erleichtert: »Gott sei Dank! So helft ihm doch, er braucht einen Arzt!«

Die Männer sahen sich unsicher an. Sascha Pranters Kleider waren bereits vom Blut des Toten durchtränkt, das konnten sie in dem Scheinwerferlicht erkennen.

»Einen Arzt«, rief der junge Schauspieler erneut und Tränen liefen ihm dabei über das Gesicht.

Hinter den Wachmännern wurden nun Stimmen laut. Magda Lehringer drängte sich vorbei, gefolgt von den anderen Ensemblemitgliedern.

Das Securitypersonal, das selbst noch unter Schock stand, reagierte zu spät. Mit der Situation überfordert rief einer von ihnen: »Alarmieren Sie die Polizei, sofort, und gehen Sie alle zurück ins Haus. Sie verunreinigen den Tatort.«

Eine Stunde später saß Hauptkommissar Heerse Sascha Pranter gegenüber.

»Ich hatte Streit mit ihm, ist das nicht furchtbar? Genau wie bei Katinka. Und nun kann ich nichts mehr von dem, was ich gesagt habe, zurücknehmen …« Der Schauspieler verbarg auch jetzt nicht seine Tränen. »Denken Sie, das ist das Motiv? Menschen, mit denen ich Streit habe, werden getötet?«

»Um was ging es bei dem Streit?«

»Es lässt mich wohl in keinem guten Licht erscheinen, wenn ich Ihnen das erzähle«, antwortete der junge Schauspieler gequält.

Heerse bat ihn, mit einer Handbewegung fortzufahren.

»Es ging um seinen Job. Ich habe ihm mit Vertragskündigung gedroht, wenn er mir kein Engagement verschafft.«

Der Hauptkommissar war überrascht und machte kein Geheimnis daraus. »Ich dachte, die Rolle in der Fernsehsoap …«

Sascha winkte ab und erzählte, was passiert war. Auch, dass die Lehringer die Filmrechte verkauft hatte und man für die Hauptrolle jemand anderen nehmen wollte, verheimlichte er nicht. »Sie sehen also, ich bin vom Pech verfolgt. Und jetzt auch noch das mit Ricardo …« Betreten sah der junge Mann zu Boden.

»Was haben Sie so spät noch im Theater gemacht?«

Für einen Moment schien Sascha verwirrt, dann hatte er verstanden. »Oh, ich wollte nachdenken, alleine sein. Diese Umgebung, die Bühne, das hilft mir dabei.«

»Hatten Sie denn keine Angst, nachdem was Ihnen dort passiert ist?«

»Ich bin Schauspieler, ich habe immer Angst vor der Bühne und gleichzeitig zieht sie mich magisch an. Aber komisch, so wie Sie habe ich das noch gar nicht gesehen. Klingt es in Ihren Ohren eigenartig, wenn ich sage, dass ich mir der Gefahr nicht bewusst war?« Sein Blick wirkte plötzlich ängstlich.

»Es klingt für mich leichtsinnig, genauso wie der Umstand, dass hier nicht dauerhaft Security auf dem Gelände ist«, erwiderte Heerse ehrlich.

»Sie sind zu Recht sauer«, stellte Pranter fest.

Der Hauptkommissar antwortete ihm nicht, war jedoch davon überzeugt, dass man Ricardos Tod hätte verhindern können.

Er dachte an den Bericht der beiden Wachmänner. Die hatten ihre Schwierigkeiten gehabt, Sascha von dem

Toten wegzubekommen. Der Schauspieler hatte unter Schock gestanden. Laut seiner Aussage war ihm, als er das Gebäude betreten hatte, der leblose Körper im Halbdunkel zuerst nicht aufgefallen, sodass er beinahe über ihn gestolpert wäre. Wie gelähmt hatte er dann auf den Leichnam gestarrt und ihn schließlich geschüttelt, in der absurden Hoffnung, sein Manager würde doch noch atmen. Der Schock musste schwer gewesen sein, ansonsten hätte Sascha nicht angenommen, der Mann wäre noch am Leben – denn Ricardos Körper, vor allem seinen Schädel, hatte man übel zugerichtet. Die Hände des Toten waren wüst zerschnitten, zwei Finger beinahe komplett abgetrennt. Seine Gesichtszüge konnte man kaum noch erkennen, kreuz und quer zogen sich tiefe Wunden und überall war Blut.

Im Gegensatz zu den anderen Opfern hatte man Ricardo die Kopfschwarte komplett vom Schädel gerissen. Der Hautlappen mit den gegelten Haaren wurde ein ganzes Stück neben der Leiche gefunden. Die Wachmänner sorgten dafür, dass Saschas Kleidung, nachdem er sich umgezogen hatte, sichergestellt worden war. Man würde sie ins Labor bringen, vielleicht gab es außer dem Blut des Toten weitere Spuren. Pranter hatte mittlerweile geduscht und so erinnerte zumindest sein Äußeres nicht mehr an die Schrecken der Nacht.

»Ich fühle mich schuldig«, riss Sascha den Hauptkommissar aus dessen Überlegungen. »Ich habe meine Privatsphäre über die Sicherheit der anderen gestellt.«

Heerse konnte dem nicht widersprechen, kommentierte das Gesagte jedoch nicht, sondern stellte seine nächste Frage: »Hatte Ricardo denn Feinde?«

Pranters Mundwinkel zuckten kurz, dann huschte ein trauriger Ausdruck über sein Gesicht, als er sagte: »Ich glaube, es gibt niemanden, der Ricardo mochte. Ehrlich gesagt fiel mir das selbst oft schwer.« Er presste die Lippen zusammen und stieß die Luft aus. »Trotzdem hat er viel für mich getan, für uns alle. Ich bedauere, dass wir kein freundschaftlicheres Verhältnis zueinander hatten. Als ich ihn da liegen sah …«, er stockte, schluckte schwer und sah den Hauptkommissar mit tränengefüllten Augen an, »da habe ich mich so im Stich gelassen gefühlt!«

* * *

Maren und Müller vernahmen die anderen Bewohner. Keiner hatte etwas gehört, erst durch die Schreie von Sascha waren die Ensemblemitglieder alarmiert worden. Alle bedauerten Ricardos Tod, aber echte Trauer konnten die Polizisten in ihren Gesichtern nicht entdecken.

Heerse sprach mit der Spurensicherung. Mittlerweile hatte ein unangenehmer Regen eingesetzt. Das hieß, dass brauchbare Abdrücke im Außenbereich längst weggespült waren.

»Der Mörder muss doch voller Blut gewesen sein?«, hakte Heerse beim Gerichtsmediziner nach, als der und sein Team mit ihrer Arbeit fertig waren.

»Davon gehe ich aus. Vielleicht hat er einen Schutzanzug getragen.«

»Und wo ist der jetzt?«, fragte der Hauptkommissar ungeduldig.

»Na, sehen Sie sich doch um. Das Gelände ist riesig, und die angrenzende Wiese und der Wald bieten doch genug Möglichkeiten. Sie werden bei der Dunkelheit und diesen Wetterbedingungen nichts finden.«

Heerse zögerte eine Sekunde, dann gab er Müller und Maren seine Anweisungen.

»Holt mir mehr Leute, die sollen über das Gelände gehen. Und besorgt mir einen neuen Durchsuchungsbeschluss. Klingelt den obersten Boss aus dem Bett, der soll das regeln.«

Hinter sich hörte er Schritte. Es war Magda Lehringer, und trotz des unwegsamen Geländes hatte sie es sich nicht nehmen lassen, Stiefel mit Absätzen zu tragen. Der Hauptkommissar stellte sich seelisch und moralisch bereits auf eine Beschwerde ein, als die Frau mit besorgtem Gesichtsausdruck auf ihn zutrat.

»Herr Hauptkommissar, wenn Sie das Haus oder das Grundstück durchsuchen möchten, meine Erlaubnis haben Sie.«

»Das käme uns sehr entgegen. Das beschleunigt die Sache.«

»Ich kann mir einfach nicht vorstellen, wer das getan hat. Glauben Sie, der ...«, sie zögerte, wollte eine ausweichende Formulierung verwenden, entschied sich dann aber doch dagegen und sagte, »glauben Sie, der Mörder ist in meinem Haus?«

In diesem Moment fragte sich Heerse, ob die Lehringer gerade ein geschicktes Täuschungsmanöver versuchte oder ob sie und ihre Freunde wirklich so naiv waren und einfach nur beharrlich das Offensichtliche leugneten, um sich so besser zu fühlen.

»Sie sollten alle sehr vorsichtig sein«, entgegnete er ihr knapp.

»Ich werde mit dem Security-Dienst sprechen«, erwiderte sie bestimmt.

»Tun Sie das.«

»Es wäre gut, wenn wir alle bald wieder in Frieden leben könnten«, sagte Maria Lehringer, drehte sich um und verschwand im Haus.

Müller trat zu ihm. »Wir haben nichts. Britta und Klaas Werber haben die Nacht gemeinsam verbracht und geben sich gegenseitig ein Alibi – glaubhaft oder nicht. Und die anderen waren angeblich in ihren Betten. Keiner kann sich vorstellen, was Ricardo mitten in der Nacht im Theater gewollt hatte. Die Lehringer meinte, er wäre wütend gewesen, weil Sascha nicht die Hauptrolle in der Verfilmung spielen durfte. Sie behauptet, er habe deshalb mit ihr gestritten.«

»Hat sie als Autorin denn Einfluss auf die Besetzung?«

»Sie sagt Nein. Ich könnte mir aber schon vorstellen, dass sie vielleicht Empfehlungen aussprechen kann.«

»Das hat sie aber nicht gemacht«, sagte Heerse nachdenklich.

Eine halbe Stunde später begannen die Durchsuchungen. Die Beamten durchforsteten die Innenräume sowie das Gelände auf der Suche nach Spuren – ein Erfolg blieb aus. Auch wenn der Hauptkommissar nicht wirklich mit einem Treffer gerechnet hatte, dafür waren die Villa und vor allem der Außenbereich einfach zu groß, hatte er es zumindest versuchen müssen.

* * *

Müller war durchnässt und müde, als ihn Heerse nach Hause schickte, damit er duschen und ein paar Stunden schlafen konnte. Es war gegen acht Uhr morgens, als er seine Pension erreichte. In dem Moment, als er seinen Wagen abstellte, hörte er das Handysignal. Jemand hatte ihm eine SMS geschickt. Irgendwie wusste er sofort, dass sie von Sylvia kam, und irgendwie wusste er auch, dass die Worte »Wir müssen reden« nichts Gutes zu bedeuten hatten.

Kannst du bitte heute Morgen vorbeikommen, solange die Mädchen in der Schule sind? Wir müssen reden. Gruß S., lautete die vollständige Mitteilung.

Eigentlich sprach nichts dafür, dass das ein erfreuliches Gespräch werden könnte, aber trotzdem gab es da diesen mikroskopisch kleinen Funken Hoffnung, der ihn das Auto wenden ließ und dafür sorgte, dass er schnurstracks zu Sylvia fuhr.

Es war merkwürdig, unter diesen Umständen das eigene Heim zu betreten. Er kannte jeden Zentimeter des Gebäudes und dachte an die unendlich vielen Stunden, die er mit der Renovierung verbracht hatte, wenn er nicht gerade dabei gewesen war, Überstunden zu machen, damit die Handwerker bezahlt werden konnten. Traurig sah er auf den Garten, für den er dieses Frühjahr so große Pläne gehabt hatte. Er wollte den Mädchen dort einen kleinen Swimmingpool bauen.

Unschlüssig stand er vor der Tür. Sollte er aufschließen oder klingeln? Sein Stolz bekam die Oberhand und er steckte grimmig den Schlüssel ins Schloss.

»Ich bin da«, rief er beherrscht, als er den Flur betrat. Sein Blick fiel auf die pinkfarbenen Kinderjacken, Sylvias Turnschuhe und seine alten Treter für den Garten. Alles so vertraut und doch nicht mehr seines.

Im Wohnzimmer hörte er Schritte, seine Frau trat ihm entgegen. Sie trug nicht wie sonst einen ihrer bequemen Jogging-Anzüge, sondern hatte eine schicke Jeans mit weißem Rollkragenpullover und braunen Lederstiefeln an. Die Sachen waren neu. Zumindest kannte sie Müller nicht, auch ihr Haar war anders.

»Ich bin froh, dass du gekommen bist«, sagte sie zur Begrüßung.

»Du siehst gut aus«, antwortete er.

Sylvia schien etwas verlegen, fasste sich ans Haar und bat ihn, sich zu setzen.

»Ich habe viel nachgedacht«, ergriff Müller das Wort. Er wollte nicht, dass sie zuerst sprach, so konnte er vielleicht noch etwas retten. Zumindest musste er es probieren.

Sie wollte ihn unterbrechen, aber er ließ das nicht zu und redete einfach drauflos: »Ich brauche dich und die Kinder. Wir gehören doch zusammen. Wir werden diese Eheberatung machen, alles, was du willst. Ich spreche mit Rolf, vielleicht kann ich Stunden reduzieren, damit wir mehr Zeit füreinander haben … Wir bekommen das hin, ich liebe dich immer noch.«

Sylvia fing an zu weinen. Sie fühlte sich schlecht und schuldig. »Es tut mir so leid«, schluchzte sie. Aber als er nach ihrer Hand greifen wollte, wich sie zurück. »Ich kann das nicht mehr«, rief sie verzweifelt. »Ich will die Trennung!«

»Wenn du ein bisschen Abstand brauchst, bleibe ich noch ein paar Wochen in der Pension. Ich …«

»Verstehst du denn nicht?« Ihre Stimme überschlug sich. »Ich habe jemand anderen. Ich will die Scheidung.«

Müller starrte sie fassungslos an. »Das ist nicht dein Ernst«, sagte er leise. Es war, als hätte man ihm gerade alles genommen. Er verlor vollkommen den Halt und hatte keine Ahnung, was er darauf erwidern sollte. Das konnte doch nicht wahr sein, das war ein Albtraum, ein absoluter Horrortrip. Er schlief doch bestimmt und gleich würde ihn das fiese Piepsen des Weckers aus dieser Hölle befreien.

Aber es folgte kein Piepsen, nur Sylvias tränenerstickte Stimme erklang: »Das ist mein Ernst, es ist vorbei, ich will die Scheidung.«

»Wegen dieses widerlichen Typen, der dich durch unser Schlafzimmer gevögelt hat?« Er hatte keine Kraft mehr vernünftig zu sein. Müllers Gefühle ließen ihn ohne Verstand reagieren. Wütend sprang er auf, trat nach einem der Hocker, der gegen den Schrank krachte, und schrie: »Du hinterhältige Lügnerin! Glaube nicht, dass ich dich so davonkommen lasse!«

Ihr erneutes »Es tut mir leid« brachte das Fass zum Überlaufen.

»Was tut dir leid?«, schrie ihr Mann nun, als müsste er gegen eine laute Menschenmenge anbrüllen, »dass du alles von mir bekommen hast, was du nur wolltest? Dass ich alles für dich und die Kinder tun würde, alles?« Er schrie und weinte, drehte sich plötzlich um und stürmte aus dem Haus.

Ohne auf den Verkehr zu achten, raste er mit dem Wagen aus der Einfahrt. Fünf Minuten später klingelte sein Handy. Er sah auf dem Display, dass es Heerse war.

»Leckt mich alle am Arsch«, schrie er wütend und schleuderte das Telefon auf den Rücksitz. »Was interessieren mich andere Menschen. Sollen sie sich doch gegenseitig die Hälse durchschneiden. Während ich versucht habe, sie davon abzuhalten, hat sich meine Frau einen Liebhaber zugelegt.« Er nahm nichts um sich herum wahr. Brüllte seine Wut heraus. »Ihr könnt mich alle …«

In diesem Moment tauchte ein Lkw vor ihm auf, Müller hatte ihm die Vorfahrt genommen. Im letzten Moment riss er das Steuer herum, schleuderte hin und her, als der Wagen ausbrach, und brachte das Fahrzeug nur mit Mühe unter Kontrolle. Mit einer Vollbremsung kam er in einer Parkbucht zum Stehen.

Hinter sich hörte er das laute Hupen des Mehrtonners, das Handy auf dem Rücksitz vibrierte und spielte unaufhörlich den Klingelton, den ihm seine

Töchter ausgesucht hatten. Müller sank in sich zusammen, legte den Kopf auf das Lenkrad und weinte. Sein Leben hatte sich gerade in Luft aufgelöst.

* * *

Rolf Heerse ging wie ein Tiger im Käfig in seinem Büro auf und ab, das Handy am Ohr.

»Müller, mach keine Sachen«, zischte er leise und seine Unruhe wuchs mit jeder Minute, mit der der Kollege nicht ans Telefon ging. Sylvia hatte ihn angerufen, vor lauter Geschluchze keinen klaren Satz herausgebracht, bis ihr Heerse endlich unter größten Anstrengungen entlocken konnte, was vorgefallen war. Müller sei wie ein Wahnsinniger mit dem Auto vom Hof gefahren und jetzt habe sie Angst, es würde etwas Schlimmes passieren.

Obwohl ihr der Hauptkommissar im Brustton der Überzeugung versichert hatte, dass das ganz gewiss nicht zu befürchten wäre, machte er sich große Sorgen. Verfluchte Beziehungen! Die konnten den Stärksten aus der Bahn werfen. Es war noch gar nicht so lange her, da steckte er selbst in einer Krise. Aber bei Müller schien sich die Trennung offensichtlich nicht mehr vermeiden zu lassen. Sylvia hatte sich am Telefon ziemlich eindeutig geäußert.

Erneut drückte er auf die Wahlwiederholung und fluchte: »Müller, du Esel, nimm endlich ab.«

Als Heerse beinahe so weit war, dass er sich selbst ins Auto setzen wollte, um nach dem Kollegen zu suchen, ging die Tür seines Büros auf und Müller erschien in einem desolaten Zustand.

»Ich dachte, ich benutze heute ausnahmsweise das Bereitschaftszimmer. In meiner Unterkunft fällt mir die Decke auf den Kopf …«

Er winkte ab und verschwand in den Aufenthaltsräumen, ohne auf eine Antwort zu warten.

Heerse atmete vor Erleichterung erst einmal tief durch. Dann gab er Sylvia Bescheid, dass alles in Ordnung sei, ohne sich auf ein weiteres Gespräch einzulassen, und schnappte sich einen Becher heißen Kaffee, den er Müller bringen wollte.

Im hinteren Bereich des Präsidiums fand er seinen Kollegen, der dankbar die dampfende Tasse in Empfang nahm.

»Sie will die Scheidung«, sagte er jetzt tonlos.

»Das tut mir ehrlich leid.«

Müller nickte, während er sich aus seinen feuchten Sachen schälte und in einen der Jogginganzüge für Notfälle schlüpfte. Er erwartete keine tröstenden Worte, weil es die nämlich nicht gab.

»Leg dich hin und versuche zu schlafen, ich brauche dich später!«

Wieder nickte der Kollege.

Heerse war schon an der Tür, als er sich noch einmal umdrehte und etwas hilflos sagte: »Und keine Dummheiten.«

Jetzt blickte Müller auf und man sah ihm an, wie schwer es ihm fiel, nicht die Fassung zu verlieren. »Ist schon gut, Rolf. Danke!«

Heerse hätte selbst ein paar Stunden Schlaf gebrauchen können, aber irgendwie war es ihm nicht möglich, sein Büro zu verlassen. Zuerst kam der Anruf des Drogenfahnders.

»Und habt ihr so einen Cocktail schon mal gesehen?«, fragte Heerse den Kollegen, nachdem sie ein paar Höflichkeiten ausgetauscht hatten.

»Schon, aber zum Glück hält sich die Verteilung in Grenzen.«

Der Hauptkommissar hörte angespannt zu, als der Mann weitersprach.

»Die Herstellung ist aufwendig, und somit kostet eine Dosis ordentlich viel Geld. Die Abnehmer sind demnach Leute mit prallem Geldbeutel. Deshalb bekommst du diesen Cocktail auch nur bei einer Handvoll Dealern. Wenn wir helfen können?«

Heerse war sich durchaus darüber im Klaren, dass kein Krimineller so einfach seine Kunden verriet. Leicht würde es also nicht werden, trotzdem bat er seinen Kollegen um den Gefallen.

»Wenn ich euch ein paar Bilder von Verdächtigen schicke, meinst du, ihr könntet mal auf den Busch klopfen. Vielleicht redet doch einer.«

»Klar, wird gemacht. Normalerweise vergessen die ihre Loyalität gegenüber den Kunden, wenn sie dadurch ihre eigene Haut retten können.«

Der Hauptkommissar bedankte sich und legte auf.

Das nachfolgende Gespräch mit seinem Vorgesetzten war, wie erwartet, anstrengend. Was sagte man jemandem, der Ergebnisse wollte, die man nicht liefern konnte?

Dann wurde sein Weg nach Hause vom Bericht der Spurensicherung unterbrochen, der eben auf seinen Schreibtisch flatterte. Heerse nahm sich die Zeit, ihn genau zu lesen. Erwartungsgemäß war die Spurenlage alles andere als eindeutig.

Es gab diverse Trugspuren, die die Arbeit erschwerten. An der Kleidung von Sascha Pranter war nur das Blut des Opfers. Auch an Ricardos Sachen gab es keine Hinweise auf den Täter. Im Theater selbst waren unzählige blutige Schuhabdrücke, Dreck und Erde gefunden worden.

Einige Abdrücke konnten den zwei Wachmännern und den Bewohnern der Villa zugeordnet werden. Die meisten waren allerdings verwischt, sodass die Beamten unmöglich einen klaren Hinweis auf den Täter erhalten konnten.

Heerse glaubte ohnehin nicht, dass sie die Spuren zu einem Außenstehenden geführt hätten. Sein Bauchgefühl sagte ihm, dass der Täter in der Villa zu finden war. Müde breitete er zum wiederholten Male die Bilder aller Beteiligten vor sich aus. Es handelte sich um aktuelle Pressefotos.

Alle hätten ein Motiv bei Georg Lenovi gehabt. Der Kritiker war dabei gewesen, das Stück und damit die Chance jedes Einzelnen auf Erfolg zunichtezumachen. Katinka hingegen verstand es, die Menschen vor den Kopf zu stoßen, vor ihrem Ableben hatte es im Haus einen großen Streit gegeben. Es hatte genug Gründe gegeben, sich die junge Schauspielerin vom Hals zu schaffen. Die Motive reichten von Eifersucht bis Rache. Klaas war der Einzige. der neben Sascha Pranter Trauer über Katinkas Tod gezeigt hatte. Aber war das echt? Und würde er, Heerse, es bemerken, wenn man ihm in diesem Zusammenhang etwas vorgaukelte? Der Hauptkommissar war sich nicht sicher.

Der Mord an Stemmer war vermutlich die Folge einer Erpressung. Das Gleiche könnte der Grund für die Tötung von Jacques Murcier gewesen sein. Aber was war mit Ricardo? Der Manager hatte zwar nicht viele Sympathien geerntet, aber er hatte entscheidend zum Erfolg des Ensembles beigetragen. Die Medienauftritte, die er organisiert hatte, waren letztendlich Türöffner für die Truppe gewesen.

Erschöpft blickte er auf die Fotografien. Gunter Morat würde seinen Weg machen, das galt auch für Rea Klimm, selbst wenn die beiden hinter der Bühne ihre Rollen spielten. Horst Krasmir bekam auf seine alten Tage Kultstatus. Erst gestern hatte Heerse eine Rasierschaumwerbung mit dem Mann gesehen. Britta und Klaas Werber würden in dem Film der Lehringer mitspielen. Vor allem für Klaas ein bemerkenswertes Karrieresprungbrett. Magda Lehringer hatte sich ihren Traum erfüllt – und so wie die Sache jetzt aussah, weit mehr als das. Als Letztes betrachtete er die Fotografie von Sascha Pranter. Die Narbe war sichtbar, aber hatte ihn bei Weitem nicht entstellt. Heerse könnte sich Pranter gut in einem Actionfilm vorstellen. Warum hatte man zweimal versucht, den Schauspieler zu töten? Wie passte das zusammen?

Nach dem ersten Angriff war die Popularität des gesamten Ensembles gestiegen. Ab diesem Zeitpunkt hing der Erfolg maßgeblich von dem jungen Mann ab. Vielleicht hatte diese Attacke gar nicht zum Tod, sondern nur zu einem gewaltigen Presserummel führen sollen? Nach wie vor wäre Ricardo der wahrscheinlichste Kandidat für solch einen Schachzug gewesen. Aber der Manager war tot.

Warum der zweite Mordversuch? Warum Pranter von den Felsen des Alten Schlosses stürzen? Um den Konkurrenten, der seine Kollegen weit hinter sich gelassen hatte, zu stoppen?

Den Hauptkommissar beschäftigte noch eine andere Frage: Warum die Verstümmelungen, warum das Skalpieren? Hatte das den Zweck, die Morde werbewirksam umzusetzen und auf das Stück und die Schlussszene mit dem Barbier anzuspielen, oder steckte mehr dahinter?

Grübelnd schnappte er sich das Manuskript der Lehringer. Es war anstrengend zu lesen und er überflog die Seiten deshalb nur. Wie er bereits wusste, ging es darin um Neid und Missgunst, den Kampf um Macht und Ruhm. Im Großen und Ganzen nichts Neues, nur ein weiterer Spiegel der menschlichen Schwächen. Eine Geschichte, die letzten Endes in jede Zeit passte. Würde das Stück in der Gegenwart spielen, gäbe es eben keinen Kampf um die Krone, sondern um ein Präsidentenamt oder Ähnliches.

Der Gedanke brachte den Hauptkommissar auf etwas, darum blätterte er schnell zum letzten Akt. Nachdenklich studierte er die Zeilen. Dann nahm er sich noch einmal die Zeugenaussagen und Notizen vor und fing ganz vorne an, bei seiner ersten Begegnung mit Sascha Pranter im Krankenhaus.

Als er mit der Hälfte durch war, keimte in ihm ein unglaublicher Verdacht auf. Seine Müdigkeit war wie weggeblasen. Er rief nach Maren und betraute sie und Müller mit weiteren Rechercheaufgaben.

»Ich möchte etwas ausschließen«, sagte er ohne lange Begründung. »Schnapp dir Müller und setzt euch an den Computer. Durchleuchtet noch einmal von allen Beteiligten den Hintergrund. Geht zurück bis zur Kindheit.«

»Nach was genau sollen wir noch suchen? Wir haben das doch bereits durchgekaut …«

»Macht es noch mal und ruft im Zweifel Leute an. Ehemalige Lehrer, Expartner, frühere Nachbarn. Versucht, etwas zu erfahren, das nicht in den Akten steht. Verhaltensauffälligkeiten, unangemessene Reaktionen und so weiter.«

»Ich funke Müller an.«

»Nicht nötig, der ist hinten im Bereitschaftszimmer.«

Da ihr Chef seinen Kopf wieder über die Berichte gesenkt hatte, machte sich die Kommissarin auf den Weg zu dem Kollegen.

Der richtete sich verschlafen auf, als sie den Raum betrat. Ihr Gesicht sprach Bände, doch noch bevor sie etwas sagen konnte, gab ihr Müller die Antwort auf die unausgesprochene Frage: »Scheidung! Ich wollte heute nicht in meiner Pension bleiben.«

Maren entschlüpfte ein erschüttertes »Oh Gott!« und dummerweise füllten sich ihre Augen angesichts der traurigen Situation des Kollegen mit Tränen. Schnell blinzelte sie diese weg und erinnerte sich daran, dass ihr einer ihrer Partner einmal gesagt hatte, dass weinende Frauen für einen Mann immer Stress bedeuten würden.

»Scheiße, tut mir leid«, sagte sie deshalb mit vermeintlich fester Stimme.

Müller brummte etwas Unverständliches und fragte schließlich: »Was gibt es denn?«

»Der Chef will, dass wir noch mal in der Vergangenheit graben, und du bist herzlich dazu eingeladen.«

* * *

Die restlichen Zeilen verschlang Rolf Heerse, ohne zu merken, wie spät es mittlerweile war. Sein Verdacht verdichtete sich immer mehr. Er erinnerte sich an kleine Details, die ihm bisher unwichtig erschienen waren. Fragen, auf die er geglaubt hatte, nie eine Antwort zu finden, stellten sich plötzlich gar nicht mehr. Die Mosaiksteinchen setzten sich zusammen. Natürlich konnte das alles Zufall sein, ein Hirngespinst – aber das glaubte der Hauptkommissar nicht. Der Mörder hatte die ganze Zeit über ein hinterhältiges Spiel mit den Beamten getrieben, aber jetzt hatte Heerse die ersten Steine aus der Fassade geklopft. Das Guckloch wurde immer größer.

Der Hauptkommissar dachte an Katinka, deren Leiche keine Abwehrspuren gezeigt hatte, an den fehlenden Dolch aus der Villa von Magda Lehringer, eine Information, die ihm vorenthalten wurde, an die Äußerungen über Besessenheit und an Müllers Worte über Schauspieler und ihre Fähigkeiten. Und dann erinnerte er sich an das Kind in der Bäckerei, das die Nase an die Scheibe gedrückt hatte und seine Handschuhe ausziehen sollte.

»Wir müssen sofort zur Villa!«, rief er seinen Kollegen zu, die zusammenschreckten, als er plötzlich im Zimmer stand.

»Und die Recherche?«, fragte Maren überrascht.

»Ich denke, die brauchen wir nicht mehr.«

»Gibt es etwas Neues?«, hakte die Kommissarin aufgeregt nach.

»Ja, Handschuhe«, sagte Heerse und rauschte an ihnen vorbei Richtung Ausgang.

Seine Mitarbeiter schnappten ihre Jacken, warfen sich verwunderte Blicke zu und folgten ihrem Chef im Laufschritt.

KAPITEL 13

»Hoffnung habt ihr auch mir gegeben und dann schlugt ihr mich nieder und mein Gesicht lag im Dreck. Meine Lippen berührten die feuchte Erde, war das etwa Dank?«

Etwas früher in der Villa von Magda Lehringer

Sascha Pranter stand am Fenster seines Zimmers und versuchte, in der Dunkelheit etwas zu erkennen. Die Scheibe war verschmiert. Ein Schneeregen hatte eingesetzt und Baden-Baden das gebracht, was man gemeinhin als ungemütliches Schmuddelwetter bezeichnete.

Der Schauspieler seufzte laut und ließ seinem Frust freien Lauf. Er war ohnehin allein im Zimmer.

Nachdem ihm Ricardo jetzt nicht mehr zur Seite stand, fühlte er sich verraten. Der heutige Tag hatte ihm keine guten Nachrichten gebracht. Nicht nur, dass das Interesse der Medien an Ricardos Tod eher verhalten war, der Bedarf an den Morden und Anschlägen rund um Sascha Pranter war offensichtlich gedeckt, auch nahmen ärgerlicherweise die Berichte über die Lehringer und deren Kinoverfilmung extrem zu. Außerdem hielt ihn die Produktionsfirma der Fernsehsoap hin. Er erreichte keinen der Verantwortlichen und rechnete mittlerweile damit, dass der erneute Todesfall ihn komplett aus der Serie katapultieren würde.

Aber es half nichts, er musste nach vorne sehen, sonst würden die anderen noch etwas von seiner Verzweiflung bemerken. Britta warf ihm sowieso in letzter Zeit so eigenartige Blicke zu. In ihrer Nähe hatte er sich immer wohlgefühlt, aber seit Kurzem ging etwas Bedrohliches von ihr aus.

Es war, als würde sie seine dunkelsten Geheimnisse kennen – ein irritierendes Gefühl.

Die Theateraufführungen liefen noch weiter, das verschaffte ihm zumindest etwas Zeit, sich nach neuen Engagements umzusehen.

Sascha dachte an die Lehringer. Er war davon überzeugt, dass es ihr möglich gewesen wäre, ein gutes Wort für ihn einzulegen. Er hasste es zu betteln, aber so wie es aussah, konnte er es sich nicht leisten, stolz zu sein. Wenn jetzt nicht etwas Großes nachkommen würde, dann wäre es vorbei. Und dieser Kinofilm war etwas Großes. Hastig kramte er aus seiner Hosentasche ein kleines Tütchen hervor, nahm zwei der bunten Pillen, die sich darin befanden, in den Mund, und spülte die Drogen mit einem Glas Gin Tonic herunter. Das sollte helfen zu entspannen.

Im Haus war es ruhig. Durch die Fenster sah er die Security-Leute über das Gelände patrouillieren. Trotz der Sorgen huschte beim Gedanken an diese Maßnahme ein spöttisches Lächeln über sein Gesicht. Als läge Magda wirklich etwas an der Sicherheit der anderen. Diese Frau wollte nur den Schein von der großen Gönnerin wahren, die sich um ihre Künstlerschar sorgte und sich schützend vor sie stellte.

Von wegen!, dachte er mit einem vor Abscheu verzogenem Gesicht.

Die Lehringer war hinterhältig und gefährlich. Sie benutzte die Menschen und ließ sie dann fallen. Aber in dieser Angelegenheit war das letzte Wort noch nicht gesprochen.

Der Schauspieler wusste, dass er mit Magda allein im Haus war; die anderen waren alle ausgegangen. Die große Stückeschreiberin brauchte angeblich etwas Zeit für sich.

Vermutlich, um weitere Gemeinheiten für ihre Mitmenschen auszuhecken.

Sascha wollte die Gelegenheit jedoch nutzen und noch einmal das Gespräch mit ihr suchen. Deshalb hatte er es abgelehnt, die anderen in den Klub zu begleiten, und sich damit entschuldigt, dass ihn Ricardos Tod und die Erinnerung an das Auffinden der Leiche im Moment zu keinem guten Gesellschafter machen würden.

* * *

Mit einem charmanten Lächeln postierte er sich vor Magda Lehringers Tür. Er klopfte nicht einfach an, sondern trommelte eine ihrer geliebten Jazz-Melodien gegen das Holz.

Von innen drangen Geräusche an sein Ohr und er wiederholte sein Klopfen.

»Ich komme«, rief die Lehringer vergnügt und endlich wurde die Klinke nach unten gedrückt. Wohlwollend betrachtete sie ihren nächtlichen Besucher.

Sascha trug eine eng anliegende Jeans und ein T-Shirt, Magdas schmale Gestalt umhüllte ein dunkelroter Seidenbademantel. Die Ärmel endeten an den Ellbogen und Saschas Blick fiel auf die zahlreichen dünnen goldenen Armreifen, die sie angelegt hatte und die bei jeder ihrer Bewegungen wie ein Windspiel klimperten. Bis zu den Knien sah man die feinen schwarzen Netzstrümpfe, die sich an Magdas dürre Waden schmiegten. Die Füße steckten in zierlichen Pumps mit Rosenstickereien, passend zum Bademantel.

»Sascha?«, ihre Stimme klang überrascht, aber ihre Augen straften sie Lügen.

Dem jungen Schauspieler war das nicht entgangen, sie hatte also mit ihm gerechnet. Es wäre naiv gewesen, etwas anderes anzunehmen. Ihr musste klar sein, wie wichtig diese Filmrolle für ihn wäre – weit interessanter als ein paar Auftritte in einer Soap.

Erwartungsvoll blickte sie ihn nun an.

»Können wir reden?«, fragte er mit einem Lächeln.

Das leichte Zögern, bevor sie zustimmte, ärgerte Sascha. Offensichtlich lag ihr daran, ihn spüren zu lassen, dass er in der Position eines Bittstellers war.

Endlich gab sie die Tür frei und ging vor ihm ins Zimmer. Ohne sich umzudrehen, sagte sie: »Um was geht es denn?«

Auch wenn der Schauspieler ihr feines Grinsen nicht sehen konnte, fühlte er förmlich die Überheblichkeit, die in ihrem Gesichtsausdruck liegen musste.

Er biss die Zähne zusammen und kam zum Punkt. »Es geht um die Hauptrolle. Wir wissen doch beide, dass ich die perfekte Besetzung wäre …«

Mit einer langsamen Bewegung drehte sie sich zu ihm um, aber noch folgte keine Antwort.

Magda Lehringer ging mit gespielt sorgenvoller Miene zu einer Kommode, auf der ein Tablett mit diversen Spirituosen stand. Als hätte sie ewig Zeit, füllte sie gemächlich eines der schweren Kristallgläser mit einer bernsteinfarbenen Flüssigkeit. Das Plätschern, als der Alkohol ins Glas geschüttet wurde, unterbrach auf unangenehme Weise die Stille.

Mit einem verschleierten Blick, so als wäre sie tief in Gedanken versunken, nippte die Lehringer nun zweimal an dem Getränk, stellte behutsam ihr Glas ab und räusperte sich. »Schätzchen, ich kann da nichts tun«, sagte sie schließlich.

Für Sascha stand sofort fest, dass sie ihn betteln lassen wollte. Also gut, das konnte sie haben.

»Magda, du bist die Stückeschreiberin, auf dich werden sie hören!«

»Sie verwenden meine Idee, aber ich habe kein Mitspracherecht.« Ihre funkelnden Augen passten nicht zu ihrem besorgten Zug um den Mund.

Verlogene Schlampe!, dachte Sascha. »Dann bring mich mit den Leuten zusammen, ich werde sie von mir überzeugen.«

Ihr gurrendes Lachen zerrte an seinen Nerven.

»Schätzchen«, begann sie erneut, »du bist zwar ein ganz passabler Liebhaber, aber für die Hauptrolle im Film müsstest du schon noch ein paar andere Qualitäten mitbringen.«

Sie stieß erneut ihr eigentümliches Lachen aus und Sascha fühlte sich, als hätte man ihn geschlagen.

»Wie meinst du das?«, fragte er heiser.

Sie schien amüsiert über sein Entsetzen, zwinkerte ihm zu und griff nach dem Glas. Dieses Mal leerte sie es in einem Zug. »Nun komm, sei nicht beleidigt«, wollte sie die Angelegenheit abwiegeln. »Lass uns ein bisschen Spaß haben, wir reden später weiter.«

»Nein, wir reden jetzt«, entgegnete er hart und trat einen Schritt zurück. »Also, was heißt, mir würden Qualitäten fehlen?« Mittlerweile gelang es ihm nicht mehr, die Wut zu unterdrücken.

Die Lehringer sah ihn zuerst verdutzt, dann genervt an. »Ja glaubst du denn im Ernst, du hast den König in meinem Theaterstück wegen deines *Talents* gespielt? Da hätte es noch viele gegeben, die weit besser gewesen wären.«

»Vergiss nicht, wer das Stück zum Erfolg geführt hat.« Sascha konnte nicht glauben, dass sie es tatsächlich wagte, so mit ihm zu sprechen.

»Ha! Das glaubst du doch nicht wirklich«, entgegnete sie abschätzig.

»Wer hat denn die ganze Publicity gebracht? Gunter Morat? Horst? Du?«

Seine Stimme war schrill. »Nein, es ging immer nur um mich, und ich habe euch mitschwimmen lassen.«

»Oh Gott, wie dramatisch«, machte sie sich über ihn lustig. »Die Publicity hatten wir wegen der Morde. Oder ist dir nicht klar, wie entbehrlich die Opfer selbst sind? Dein Kopf oder ein anderer mit einer tiefen Schnittwunde, das tut nichts zur Sache. Hauptsache, irgendwer wird skalpiert!« Sie zuckte mit den Schultern. »Eigentlich hätte ich gedacht, dass dir das klar ist.«

»Das ist Unsinn«, schleuderte er ihr entgegen. »Man hat mich persönlich angegriffen, attackiert, entstellt … Das war der Anfang gewesen. Die Menschen kannten mich und wollten mich. Nur mich!« Seine Stimme erhob sich immer mehr.

»Nun, offensichtlich wollten sie in erster Linie mein Stück, sonst würden wir dieses Gespräch hier kaum führen.« Die Lehringer schnappte nach Luft.

»Du hast mich rausgedrängt, nach allem was …« Er brach ab, wusste nicht, wie er in Worte fassen sollte, was zwischen ihm und der Lehringer vorgefallen war, so groß war sein Widerwille zwischenzeitlich.

Ihr Kichern klang wie eine vibrierende Kreissäge. »Du wirst ja sentimental! Aber hier geht es um *meinen* Ruhm.« Der Klang ihrer Stimme hatte sich verändert. Es war nun so, als wollte sie ein kleines Kind von der Notwendigkeit, früh schlafen zu gehen, überzeugen. »Wenn mir die Produzenten sagen, wir brauchen ein neues Gesicht für die Rolle, verlasse ich mich auf deren Urteil. Du wirst sicher begreifen, dass ich alles in meiner Macht Stehende tun muss, um aus der Verfilmung einen Erfolg zu machen.«

»Aber die irren sich«, versuchte es Sascha erneut. »Die irren sich, das ist meine Rolle, ich wäre perfekt …« Den Verzweifelten musste er dieses Mal nicht spielen, seine Gefühle diesbezüglich waren echt.

»Nochmals zum Mitschreiben«, entgegnete die Lehringer kühl, »ich habe keine Möglichkeit, auf diese Entscheidung Einfluss zu nehmen.«

Er ließ die Arme sinken und drehte sich von ihr weg.

Sie beobachtete ihn und der Blick der Frau erinnerte an das Lauern einer Raubkatze. Dann schürzte sie die Lippen und sagte: »Ich warne dich, komm mir nicht in die Quere. Nur, dass wir uns richtig verstehen, ich werde mir von dir nichts kaputt machen lassen.« Sie betonte jedes einzelne Wort, und die Eiseskälte in ihrer Stimme ließ keinen Zweifel daran, dass sie es ernst meinte.

Sascha stand immer noch mit dem Rücken zu ihr. Auf dem kleinen Schreibtisch vor ihm lag eine Mappe. Die Ecke eines Hochglanzfotos lugte zwischen dem Plastik hervor, so als hätte man es hastig dort hineingeschoben.

Magda ahnte, dass er ihre Unterlagen betrachtete, und wollte ihm eilig zuvorkommen, aber da war es schon zu spät. Er hatte die Mappe bereits aufgeschlagen und blickte nun mit einer Mischung aus Enttäuschung und Wut auf den Inhalt.

Sie trat neben ihn und wollte danach greifen. »Leg das zurück, das geht dich nichts an!«, fauchte sie gefährlich.

Zur gleichen Zeit im Dienstwagen von Rolf Heerse

Maren steuerte den Wagen. »Ist das wirklich dein Ernst?« Sie versuchte, die Überlegungen ihres Chefs nachzuvollziehen, und musste zugeben, dass eigentlich nur so alles einen Sinn machte. »Aber woher hätten wir das wissen können?«, reagierte sie verzweifelt.

»Niemand hätte das wissen können«, antwortete Heerse. Die Wut, die er fühlte, ließ sich nur schwer unterdrücken.

Trotzdem kam es jetzt darauf an, dass die Verhaftung reibungslos ablief.

»Die Verstärkung ist unterwegs«, bestätigte in diesem Moment Müller, der über Funk mit den Kollegen gesprochen hatte.

»Denkt ihr, das wird nötig sein?«, fragte Maren unsicher.

»Lasst euch nie vom Alter, Geschlecht oder Beruf eines Menschen täuschen. Wer zu solchen brutalen Taten fähig ist, wächst im negativen Sinne über sich hinaus. So jemandem gegenüberzutreten, bedeutet immer, das eigene Leben zu riskieren«, erwiderte der Hauptkommissar und die Anspannung war ihm deutlich anzuhören.

In der Villa von Magda Lehringer

Sascha hielt immer noch die Mappe in der Hand. Mit wutverzerrtem Gesicht schleuderte er Magda den Inhalt vor die Füße. Bilder von jungen Männern verteilten sich auf dem Boden. Es war unschwer zu erkennen, dass es sich um Fotos von Schauspielern handelte.

»So«, brüllte er wütend, »du hast also kein Mitspracherecht!« Mit zusammengekniffenen Augen ging er nun auf sie zu und schrie: »Und wieso schicken sie dir dann die Castingunterlagen?«

Trotz seines aggressiven Auftretens dachte sie nicht daran, klein beizugeben.

»Ich bin dir keine Rechenschaft schuldig und jetzt verlass mein Zimmer, bevor ich …« Nur mit Mühe hielt sie sich unter Kontrolle und schluckte die Drohung herunter.

Sascha starrte sie an. Sein Blick war erst traurig, dann lag eine gewisse Milde darin und schließlich folgte der Hass.

Magda Lehringer schreckte zurück.

»Du hast mich angelogen, mehrmals.« Es war eine simple Feststellung – aber die Feindseligkeit, die Pranters Gesicht auf abscheuliche Weise veränderte, ließ seine Worte wie eine Drohung klingen.

»Ich habe dir gegenüber keine Verpflichtungen. Du bist nur ein armes Würstchen, das zufällig die Luft ganz oben geschnuppert hat. Nun bist du wieder auf dem Platz, auf den du gehörst, und das kapierst du nicht.« Mit jedem Wort kehrte Magdas alte Überheblichkeit zurück. Sie würde sich nicht so einfach einschüchtern lassen. »Lerne zu akzeptieren, was du wert bist. Für eine Filmrolle in meinem Stück reicht es nun mal nicht aus.«

»Ich bin der König!«, presste er zwischen den Lippen hindurch. Seine Kiefermuskeln verhärteten sich und sein ganzer Körper war angespannt.

»Der König?« Sie lachte schrill und holte zum letzten, vernichtenden Schlag aus. »*Der König?* Schätzchen, für dich wird es niemals eine Krone geben.«

Im nächsten Moment blitzte die Klinge des Rasiermessers auf.

Zur gleichen Zeit im Dienstwagen von Rolf Heerse

»Wie willst du es beweisen?«, fragte Müller seinen Chef, als sie auf die Straße zur Villa abbogen.

»Wir bringen die Anschuldigungen vor, führen das Verhör und machen Druck. Das sollte zu einem Geständnis führen.« Rolf Heerse hoffte das zumindest. Die vielen kleinen Fakten, die seine Theorie zwar nicht bewiesen, aber zumindest untermauerten, mussten einfach reichen. Irgendwann redeten sie doch alle. Vor allem in einer Situation, in der es aussichtslos geworden war, davonzukommen.

»Glaubst du wirklich, dass es so einfach wird?« Maren war skeptisch.

»Einfach wird es nicht, aber wir können auch nicht länger warten.«

In der Villa von Magda Lehringer

Ein entsetzter Schrei entwich der Kehle von Magda Lehringer. Sascha machte eine schnelle Bewegung mit dem Rasiermesser und schnitt ihr mit der Klinge quer über die Handfläche, die sie abwehrend vor ihr Gesicht gehalten hatte.

»Du wirst sterben, du verfluchte Hure!«, schrie er wie von Sinnen. »Ich werde dich in kleine Stücke zerteilen, nachdem ich dir gezeigt habe, was es heißt, seine Krone zu verlieren.«

Wieder und wieder ließ er das tödliche Instrument durch die Luft kreisen.

Magda kreischte und wich zurück, den Kopf gesenkt, die Arme von sich gestreckt. Der seidene Morgenmantel bot ihrer Haut keinen Schutz. Schon war der einfache Stoffgürtel durchtrennt. Darunter trug sie nur ein durchsichtiges, weißes Hemdchen, das kaum ihre Schenkel bedeckte.

Sascha stieß einen grunzenden Laut aus und das Messer sauste über den Oberkörper seiner verhassten Gönnerin. In Höhe der rechten Brust verfärbte sich das weiße Hemd dunkelrot. Instinktiv drückte sie ihre Hand auf die Wunde – ein Fehler, den ihr Angreifer sofort ausnutzte. Mit einem zufriedenen Keuchen schnitt er ihr tief in die Wange.

Die Haut unter dem Auge klaffte auseinander und die Erkenntnis, ein Opfer grausamer Verstümmelungen zu werden, raubte Magda Lehringer beinahe den Verstand.

Sie schrie um Hilfe. Plötzlich wurde der Frau bewusst, dass sie ganz alleine mit ihrem Mörder im Haus war.

Die anderen hingen im Beeb-One ab, und die Security lief auf dem Grundstück Patrouille. Deshalb gab es nur eine Rettung, sie musste ins Freie.

Sascha sprang um sie herum und holte ständig mit dem Messer aus. Nicht jedes Mal wollte er sie damit auch treffen, nein, er trieb ein Spiel mit ihr, quälte sie wie ein verwundetes Tier in der Falle, dem man den Gnadenstoß versagte.

Der Wunsch zu überleben, ließ Magda ungeahnte Kräfte entwickeln. Plötzlich berührten ihre Finger eine der Schnapsflaschen hinter sich. Sie griff danach, holte aus und zertrümmerte das harte Glas auf Pranters Kopf. Ihr Peiniger hatte in seiner Siegesgewissheit nicht aufgepasst und taumelte nach dem Schlag rückwärts.

Sie stürmte aus dem Zimmer, stolperte im Flur, knickte um und spürte einen höllischen Schmerz am Knöchel. Der Bademantel bedeckte kaum ihren Körper, die Pumps hatte sie auf dem Weg verloren, aber das spielte keine Rolle. Halb nackt humpelte sie, so schnell sie konnte, die Treppen nach unten und schrie um Hilfe.

Hinter sich hörte sie die polternden Schritte ihres Verfolgers.

»Du verfluchtes Miststück, das wirst du mir büßen. Dein Tod wird eine besondere Genugtuung sein!«

Magda riss die Haustür auf. Die Kälte schlug ihr brutal entgegen, schien der Frau aber neue Kraft zu geben. Gierig saugte sie die frische Luft ein, so als wäre sie kurz vor dem Ersticken gewesen. Sie rannte weiter, ignorierte den eisigen Matsch unter ihren Füßen und spürte weder den Schneeregen auf ihrer verletzten Haut noch die brennenden Schmerzen der zahlreichen Schnittwunden.

Heerse sah Magda Lehringer als Erster. Die Außenbeleuchtung warf ein verschwommenes Licht auf die Szene. Wenige Sekunden später erfassten die Scheinwerfer des Wagens die zierliche Gestalt der Frau. Sie rannte direkt auf sie zu, halb nackt, blutverschmiert, die Augen vor Entsetzen aufgerissen und immer wieder den Schrei um Hilfe mit den Lippen formend. Die Bewegung ihres Mundes sah seltsam grotesk aus. Was daran lag, dass die Beamten im Wagen nur das Geräusch der Scheibenwischer hörten und nicht die Worte, die die Frau so verzweifelt rief.

»Anhalten«, schrie Heerse, den nur noch ein Gedanke antrieb, nämlich ein weiteres Opfer zu verhindern. Der Hauptkommissar war schon halb aus dem Wagen, Müller schälte sich, so schnell es ging von der Rückbank und Maren wollte ebenfalls das Fahrzeug verlassen, als sie alle drei mitten in der Bewegung innehielten.

Wie ein wildes Tier auf der Jagd sprang plötzlich Sascha Pranter aus der Dunkelheit in Richtung seiner Beute. Er erwischte Magda Lehringer und riss sie von den Füßen. Sein Blick war vom Irrsinn erfüllt, als er sich schnell wieder aufrichtete. Gehetzt sah er erst zu Heerse und dann zu den Mitarbeitern der Security-Firma, die links und rechts neben ihm auftauchten. Hinter ihm lag der Eingang der Villa.

Mit einer groben Bewegung zerrte Pranter Magda Lehringer auf die Beine und hielt sie wie einen Schutzschild vor sich.

Der Hauptkommissar stand mit gezogener Waffe einige Meter entfernt und rief: »Sascha, lassen Sie die Frau los!«

Magda Lehringer versuchte, sich aus Pranters Griff zu befreien, was aber nur zur Folge hatte, dass das Rasiermesser direkt unter ihrem Kinn angesetzt wurde. Die Berührung des kalten Stahls ließ sie erstarren.

Heerse versuchte es erneut. »Hören Sie auf, das macht doch keinen Sinn!« Ein Blick auf die Lehringer verriet dem Hauptkommissar deren Verfassung.

Eine Gesichtshälfte der Frau blutete sehr stark. Soweit der Beamte das erkennen konnte, hatte sie zahlreiche Schnittverletzungen. Auch die Haut an Unterarmen und Oberschenkeln wies jede Menge Wunden auf, der einst weiße Stoff ihres Hemdes war rot verfärbt.

Im Augenwinkel bemerkte Heerse, wie sich seine Kollegen seitlich bewegten.

»Ich fordere Sie ein letztes Mal auf, das Rasiermesser fallen zu lassen.«

»Ich weiß nicht, ob ich schon bereit bin, das Messer wegzuwerfen, aber hier haben Sie etwas anderes«, brüllte ihm der junge Schauspieler entgegen.

Noch bevor irgendwer reagieren konnte, zog Pranter die Klinge quer über Magda Lehringers Kehle. Der tiefe Schnitt machte ihren Tod unausweichlich. Wie ein lästiges Hindernis stieß Sascha den Körper von sich.

»Zufrieden?«, rief er dem Hauptkommissar zu und blickte ungerührt zu seiner ehemaligen Gönnerin, deren verzweifeltes Röcheln er lediglich mit einem verächtlichen Schnauben kommentierte.

Mit verdrehten Augen lag die Frau im Schnee, die blutgetränkten Hände um den eigenen Hals gelegt, unfähig die Wunde zu verschließen. Spasmen quälten ihren verletzten Körper, dann endete das heftige Zucken der Gliedmaße und Magda Lehringer blieb reglos auf dem Boden liegen – sie war tot.

Heerse hätte am liebsten sein gesamtes Magazin auf den Schauspieler abgefeuert, doch dieser machte Anstalten sich zu ergeben und stürzte auf die Knie, die Arme in die Luft gestreckt.

»Messer fallen lassen!«, schrie Heerse erneut und war bereit, wenn nötig zu schießen.

Im ersten Moment sah es so aus, als käme Pranter dieser Aufforderung nach, aber anstatt die Waffe in den Schnee zu legen, hielt er inne und sagte kaum vernehmlich: »Ich bin der König. Mein Ruhm ist blutig, und dennoch ist es Ruhm.«

»Nein, nicht!«, schrie der Hauptkommissar und Müller, der am nächsten an Pranter dran war, spurtete los.

»Mein Ruhm ist blutig, und dennoch ist es Ruhm!«, schrie der Schauspieler, als er nun langsam das Rasiermesser über seine eigene Stirn gleiten ließ. Das Blut lief ihm über das Gesicht und es sah aus, als würde er rote Tränen weinen. »Ich bin der König, mein ist die Krone! …«, fing er an, den Monolog des Königs aus dem letzten Akt von Magda Lehringers Theaterstück zu rezitieren. Dabei entblößte er seine weißen Zähne und das Blut tropfte ihm über die Lippen, wie bei einem Tier, das gerade rohes Fleisch verschlang.

»… und erstarrt in Ehrfurcht …«

Weiter kam er nicht. Müller hatte Pranter von hinten erreicht und warf sich auf ihn. Keinesfalls sollte dieses Monster mit einem Selbstmord davonkommen. Der Schauspieler stürzte mit dem Gesicht in den Schnee. Der Beamte machte eine schnelle Bewegung, um Pranters Arm auf den Rücken zu drehen und ihn zu entwaffnen.

Gleichzeitig hörten sie die Sirenen in der Auffahrt. Die Fläche vor dem Anwesen füllte sich mit Fahrzeugen und Beamten. Fassungslos starrten die Männer und Frauen auf den mehrfachen Mörder, der sich nun ohne Widerstand festnehmen ließ.

Als er den Kopf hob, ein schrilles Lachen ausstieß und den Anwesenden sein blutverschmiertes Gesicht mit der aufgerissenen Stirnnarbe zeigte, gefror ihnen beinahe das Blut in den Adern.

»Schafft ihn weg«, war alles, was Heerse in diesem Moment sagen konnte.

KAPITEL 14

»Ich stehe allein, es ist, wie es ist. Doch am Ende, ohne Krone, werde ich trotz allem der König sein. Mein Ruhm ist blutig, und dennoch ist es Ruhm.«

In der Dienststelle der Kriminalpolizei

Heerse stellte sich auf eine lange Nacht ein. Sascha Pranter wollte unbedingt sofort seine Aussage machen, verzichtete auf einen Anwalt und ließ sich auch von der Verletzung nicht abhalten. Die Wunde auf der Stirn war bereits behandelt worden.

»Es besteht aus medizinischer Sicht keine Gefahr für Herrn Pranter«, teilte der Arzt Heerse mit. Seine Art war sehr routiniert und er hatte den Häftling nach bestem Wissen und Gewissen versorgt. Was er jedoch wirklich dachte, verbarg der Mann hinter einer unbeteiligt wirkenden professionellen Miene. Zum Schluss fügte er noch eine Einschätzung an. »Die Narbe, die jetzt zurückbleibt, wird vermutlich sehr ausgeprägt sein.«

Heerse nickte und dachte mit gerechtem Zorn: *Hoffentlich!*

Der Hauptkommissar fühlte sich elend, er hatte den Tod von Magda Lehringer nicht verhindern können. Die Wut, die er deshalb empfand, hätte er mit Freuden an dem jungen Schauspieler ausgelassen, aber dieser dachte nicht daran, den Polizisten in irgendeiner Weise zu provozieren.

Maren sollte bei dem Verhör dabei sein, Müller würde alles durch die verspiegelte Scheibe beobachten.

Heerse betrat nun mit seiner Kollegin das Vernehmungszimmer.

Sascha Pranter hatte die Kleidung für Laboruntersuchungen abgeben müssen und trug jetzt einen grauen Overall. Sein Gesicht war vom Blut gereinigt worden, ein Kopfverband verbarg die Wunde.

Auf den ersten Blick wirkte er völlig harmlos – ein junger gut aussehender Mann, dem niemand solche Gewalttaten zutrauen würde.

Heerse belehrte ihn über seine Rechte.

Sascha hörte ungeduldig zu, bestätigte, dass er alles verstanden hatte, und brannte darauf, seine Geschichte zu erzählen. Die Routinefragen zur eigenen Person beantwortete er deshalb schnell, präzise und mit einem gehetzten Ausdruck in den Augen.

Rolf Heerse betrachtete sein Gegenüber und fragte sich, ob diesem überhaupt klar war, was seine Taten nun für Konsequenzen haben würden. Sascha Pranters Zukunft war besiegelt. Nie wieder gäbe es für ihn die Möglichkeit, der Welt seine Kunst vorzuführen. Nach der Gerichtsverhandlung würde man ihn wegschließen, sicher verwahren. Die Gesellschaft würde sich dieses bösartige Geschwür entfernen lassen. Pranter wäre dann nichts weiter als ein Tumor, der endlich aus dem Körper herausgeschnitten worden war und an den man keinesfalls ständig erinnert werden wollte. Zumindest hoffte das der Hauptkommissar, denn alles andere hätte sein Gerechtigkeitsempfinden gewaltig gestört.

Pranter war ein Mörder, der aus niedrigsten Motiven gehandelt hatte. Am Ende reduzierte sich alles auf dessen Sucht nach Ruhm und Erfolg. Zerfressen vom Ehrgeiz und dem fanatischen Wunsch, ein großer Star zu sein, hatte der Schauspieler seine Menschlichkeit vergessen und gemordet. Seine Opfer waren von ihm regelrecht abgeschlachtet worden. Wer sich bewusst oder unbewusst Pranter in den Weg gestellt hatte, war beseitigt worden. Gleichzeitig hatte er versucht, durch seine Gewalttaten den Fokus der Medien auf sich zu ziehen. Publicity um jeden Preis.

Heerse hatte große Zweifel daran, dass die Richter dem Angeklagten einen gesunden Geist bescheinigen würden. Vermutlich entsprach es den Tatsachen, dass der Zweiundzwanzigjährige schon lange den Bezug zur Realität verloren hatte und in gewisser Weise in einer Scheinwelt lebte.

Die lange Gesprächspause, die entstanden war, weil Heerse keine weiteren Fragen stellte, ließ Maren unruhig auf ihrem Stuhl hin und her rutschen. Deshalb räusperte sie sich und der Hauptkommissar kehrte mit seinen Gedanken ins Hier und Jetzt zurück.

Pranter grinste. »Sie sind überrascht, nicht wahr?« Seine Stimme klang völlig ruhig und er sprach, als wäre Heerse ein alter Freund.

Jede Faser im Körper des Hauptkommissars sträubte sich gegen diese Vorstellung. Allerdings war das nicht das erste Mal, dass der Mann oder die Frau auf dem Stuhl gegenüber annahm, der Polizist auf der anderen Seite des Tisches wäre derjenige, der begreifen könnte. Oft ging die Vorstellung sogar noch weiter und der Täter schien überzeugt, dass der Beamte als Einziger verstand, wieso das Schreckliche unbedingt hatte passieren müssen. Immerhin befasste sich der Ermittler, ebenso wie der Schuldige, eine oftmals nicht zu unterschätzende Zeitspanne mit der Tat, wenn auch aus anderen Gründen.

»Dieser erste Angriff auf Ihre Person war also fingiert?«, begann Heerse nun zu sprechen und ignorierte Pranters Bemerkung. »Wessen Idee war das? Ihre oder Ricardo Meiers?«

Der Schauspieler lachte.

Maren blickte unsicher zu ihrem Chef, der aber reglos abwartete, bis sich der Mann wieder beruhigte.

»Ricardos Idee? Herr Hauptkommissar, das war keine bloße Idee, das war …« Er warf, ungeachtet der Schmerzen, die das verursachen musste, den Kopf in den Nacken und sagte schließlich mit erschreckender Feierlichkeit: »Das war Inspiration.«

»Inspiration?«, hakte Maren mit einem Hauch von Belustigung nach, so wie sie es mit ihrem Chef besprochen hatte. Sie wollten Pranter aus der Reserve locken, ein bisschen Provokation konnte dabei manchmal hilfreich sein.

Wütende Blicke trafen die Beamtin. »Das verstehen Sie nicht.«

»Dann erklären Sie es uns«, mischte sich Heerse ein. Er sprach ruhig und sachlich, gab dem anderen das Gefühl, er würde ihn ernst nehmen und bat erneut, die eben gemachte Aussage zu erklären.

Es funktionierte. Pranter erkannte in Heerse den Verbündeten und begann zu sprechen, würdigte dabei Maren aber keines Blickes. »Sie wissen nicht, wie das ist, immer und immer die Angst, es nicht mehr zu schaffen – die Menschen nicht mehr faszinieren zu können, zu versagen. Als ich damals die Castingshow gewonnen habe, glaubte ich tatsächlich, es würde ewig so weitergehen. Sie haben mir Hoffnung gemacht und dann war es vorbei. Das ging unheimlich schnell, quasi über Nacht. Ich war einfach so«, er schnippte mit den Fingern, »weg vom Fenster. Und dann traf ich Ricardo. Sie würden ihn vielleicht als Trickbetrüger bezeichnen …« Er zwinkerte vertraulich. »Ich übrigens auch«, setzte er nach. »Ricardo war auf jeden Fall dazu bereit, weit zu gehen, um mich wieder nach oben zu bringen. Zu diesem Zeitpunkt hatten wir definitiv die gleichen Interessen.«

»Das hat sich im Laufe der Zeit geändert?«, ging Maren dazwischen.

Pranter lehnte sich zurück und schwieg einen Moment. Ein amüsierter Zug lag um seinen Mund, als er sagte: »Sie lesen Bücher wohl auch immer von hinten nach vorne, was?«

Maren ärgerte sich über diese Bemerkung und ihre eigene Dummheit, zum falschen Zeitpunkt in das Verhör eingegriffen zu haben.

»Fahren Sie fort«, ging Heerse nun bestimmt dazwischen.

Sascha zuckte mit den Schultern, so als wollte er sagen: »Ihre Kollegin war es, die mich unterbrochen hat«, sprach diesen Gedanken jedoch nicht aus, sondern kam der Aufforderung nach.

»Wir hatten die erste Aufführung, meine Chance, noch einmal etwas Großes zu beginnen – doch dann ging alles schief. Georg Lenovi zerriss uns in der Luft. Wir haben unseren Frust ersäuft, wie man so schön sagt.« Er brach ab, schien sich kurz zu sammeln und sagte nach einer kurzen Pause heiter: »Was soll's, ich gestehe, ich war bis oben hin voll mit Pillen und Koks, und natürlich Gin. Katinka bekam einen ihrer üblichen Eifersuchtsanfälle und stritt mit mir, da bin ich abgehauen.« Sein Blick verklärte sich, so als könnte er die Kälte in jener Winternacht wieder spüren, als wäre er wieder auf der Bühne, kniete vor dem Spiegel und hätte das Rasiermesser in der Hand. »Es war so einfach, ich dachte an meine Rolle. Haben Sie den Monolog im letzten Akt gelesen?«, wandte sich Pranter an den Hauptkommissar.

Als der bejahte, fuhr er zufrieden fort. »Ich habe mich noch nie im Leben einer Figur so nahe gefühlt. In dem Moment spürte ich die Verzweiflung eines Herrschers, der verraten worden war und am Ende alles verloren hatte, was ihm zustand.«

Beunruhigt beobachteten die Beamten, wie sich das Gesicht des Schauspielers verzerrte. Hitzige rote Flecken bildeten sich auf seinen Wangen.

»Ich nahm das Rasiermesser«, flüsterte Pranter jetzt, »und ich war bereit, für meine Krone zu sterben.« Seine Augen suchten Maren. Mit einem gehässigen Zischen schleuderte er die Worte »Das, Frau Kommissarin, das ist Inspiration!« entgegen.

»Sie haben sich also selbst verstümmelt. Wie ging es dann weiter? Wieso haben wir kein Messer bei Ihnen gefunden?« Heerse ließ nicht zu, dass Pranter das Gespräch an sich riss.

Der stöhnte genervt. »Ich wollte vermutlich sterben. Bin aber nur ohnmächtig geworden. Im Krankenhaus hat man mir gesagt, jemand hätte mich angegriffen.«

»Warum haben Sie das nicht richtiggestellt?« Dieses Mal erhob Pranter keine Einwände, als ihn Maren unterbrach.

»Ich habe daran gedacht«, kam die Antwort und Heerse glaubte ihm das sogar, »aber dann hat sich alles so schnell entwickelt. Die Medien, die Fans, das plötzliche Interesse an den Vorführungen …«

»Und das Messer?«

»Das hatte Ricardo. Er hat mich gefunden, eins und eins zusammengezählt und dann alles Weitere in die Wege geleitet. Ich sagte ja, er war ein *Trickbetrüger*. Mein Manager witterte die Chance und hat sie ergriffen. Ein Mordanschlag ließ sich eben besser vermarkten als Frust und ein hilfloser Suizidversuch unter Drogen.« Kurz hielt Sascha inne, schien die Erinnerung noch einmal zu durchleben und sprach dann ruhig weiter: »Grandioser hätte es für mich nicht laufen können. Allerdings hat Ricardo das Messer versteckt und die erste Zeit über wusste ich nicht, wer es hatte. Ich wartete darauf, dass jemand etwas sagen würde, aber das geschah nicht.

Natürlich habe ich bei Ricardo vorsichtig nachgehakt, aber offensichtlich war von Anfang an geplant gewesen, das Rasiermesser eines Tages gegen mich zu verwenden. Ihm war es nie darum gegangen, mich zu schützen. Deshalb hat er auch die ganze Zeit so getan, als wüsste er von nichts.« Nachdenklich fügte er noch an: »Bis er sich letzten Endes gegen mich gestellt hat.«

»Sie hatten das Rasiermesser also nicht mehr, deshalb haben Sie ein zweites aus der Requisite geholt und damit Georg Lenovi umgebracht.«

»Ich habe ihn nicht einfach umgebracht«, begehrte der junge Schauspieler auf. »Ich habe ihn gerichtet! Ich habe die Dinge reguliert und …« Eine schauderhafte Grimasse zeugte von Pranters Wahnsinn, als er anfügte: »Ich habe ihm die Krone vom Kopf gerissen, die Krone, die er mir stehlen wollte. Dieser großkotzige Arsch verließ sich einfach darauf, dass ich um eine gute Kritik betteln würde. Nur deshalb hat er sich überhaupt mit mir getroffen! Aber die Überheblichkeit habe ich ihm ausgetrieben.«

»Und dann folgte Stemmer, der Drogendealer?«, hakte Heerse schnell nach. Die Gefahr, dass Sascha Pranter in seine eigene, kranke Welt abdriften würde, war zu groß.

»Stemmer?«, wiederholte Pranter. »Das war eine Notwendigkeit, der musste nur schnell verschwinden. Zuerst hatte ich gehofft, Murciers Visitenkarte würde die Polizei auf eine falsche Spur führen und man brächte mich nicht mit dem Mann in Verbindung. Später kam mir der Gedanke, dass meine Bekanntschaft mit dem Drogendealer vielleicht eine nützliche Schlagzeile wert wäre. Nun, jedenfalls war dieser Stemmer ein mieses Schwein. Er wollte mich erpressen. Der wusste nicht, zu was man bereit ist, wenn man liebt. Und ich liebe das, was ich tue. Ich liebe meine Erfolge, meinen Ruhm …«

»Sie haben den Dolch bei Magda Lehringer gestohlen, Stemmer ins Beeb-One bestellt und dort umgebracht«, fuhr Heerse dazwischen.

»Ja!« Es war offensichtlich, dass Pranter keine Lust hatte, über diesen Mord zu sprechen. »Wie ich sagte, eine Notwendigkeit. Etwas, das man getrost vergessen kann.«

Maren hob die Brauen, enthielt sich jedoch eines Kommentars.

Rolf Heerse, der sich nur mühsam beherrschen konnte, fragte: »Und Katinka? Auch eine Notwendigkeit?«

Pranter wollte aufspringen, aber die Hand- und Fußfesseln hinderten ihn daran. »Wie können Sie das sagen?«, rief er empört. »Katinka war ihre eigene Schöpfung. Sie war etwas Besonderes.«

»So besonders, dass sie sterben musste?«

Heerses Frage schien den jungen Schauspieler nicht zu ärgern. Das Gegenteil war der Fall. »Ich wusste, dass Sie das verstehen würden.« Er sah dankbar zu dem Hauptkommissar. »Sie hat mich geliebt und begriffen, was in mir vorging. Aber ich konnte doch nicht zulassen, dass sie meinen Platz einnimmt …«

»Sie waren eifersüchtig auf ihren Erfolg, haben sie deshalb getötet und das Rasiermesser im Mantel des Barbiers versteckt«, stellte Maren nüchtern fest.

»Ich hatte keine andere Wahl«, schleuderte er wütend in Richtung der Polizistin. Mit Tränen in den Augen blickte er zu Heerse. »Sie hat es letzten Endes verstanden und ihr Schicksal akzeptiert. Ja, Katinka war etwas ganz Besonderes.«

Es gelang dem Hauptkommissar kaum, nicht über den Tisch zu langen und Pranter ins Gesicht zu schlagen, als der ihnen nun den Mord in allen Einzelheiten beschrieb.

Die Bilder von Katinkas Leiche waren dem Beamten immer noch präsent. Sie hatte sich tatsächlich ihrem Schicksal ergeben und ohne Gegenwehr die Schmerzen ertragen, die ihr der Mann zugefügt hatte, den sie zu lieben glaubte. Die junge Frau hatte sterben müssen, weil sie die begabtere Schauspielerin gewesen war.

»Und all das hat nicht gereicht?« Heerse konnte den Sarkasmus in seiner Stimme nicht mehr unterdrücken.

»Es reicht nie!«, entgegnete Pranter aufgebracht. »Es reicht nie!«

»Der gefakte Angriff bei dem Filmdreh – Sie haben die Handschuhe ausgezogen, sich an den Felsvorsprung gehängt, wohl wissend, dass es unter Ihnen eine Möglichkeit gab, sich abstützen zu können, und dann um Hilfe geschrien. Ihre oder Ricardos Idee?« Heerse räusperte sich. »Verzeihung, oder handelte es sich erneut um eine Inspiration?« Wieder klang Sarkasmus mit.

Pranter reagierte mit einem milden Lächeln. »Sie nehmen mir übel, was passiert ist. Dabei war das doch unvermeidlich!«

»So ein saudummes Geschwätz!«, ereiferte sich Müller hinter der Scheibe in tiefstem badischen Dialekt. Es war gut, dass Heerse ihn nicht bei der Befragung hatte dabei haben wollen. Bei seiner derzeitigen Gemütsverfassung hätte er spätestens jetzt die Nerven verloren.

Während Müller vor sich hin fluchte, dachte der Hauptkommissar daran, wie ihm das mit den Handschuhen im Laufe der Ermittlungen eigenartig vorgekommen war. Erst später hatte dieses winzige Detail eine wesentliche Rolle gespielt – nämlich als er Sascha Pranter als Verdächtigen nicht mehr ausgeschlossen hatte. Pranter war derjenige, der anfänglich am meisten profitierte. Außerdem hatte er ungestört die Rasiermesser und den Dolch besorgen können und auf seinen Wunsch nach Privatsphäre hin den Einsatz von Security-Personal verhindert. Nur ihm hätte sich Katinka willenlos ergeben. Am Tatort nach dem Mord an Ricardo Meier gab es keine Spuren, außer die von Sascha Pranter, der voller Blut gewesen war; angeblich, weil er den toten Manager hatte retten wollen.

Unter diesen Gesichtspunkten bekamen die fehlenden Handschuhe eine Bedeutung. Diese Erkenntnis hatte der Hauptkommissar dem Kind in der Bäckerei zu verdanken. Jedenfalls stellte sich die Frage, warum wohl jemand in einer eiskalten Nacht die Handschuhe ausziehen würde – es sei denn, er bräuchte seine nackten Hände, um sich festzuhalten. Zumal Heerse selbst den Schauspieler noch kurz zuvor am Filmset mit Handschuhen gesehen hatte. Dicke, unförmige Dinger, Fäustlinge, mit denen er garantiert abgerutscht wäre. Langsam waren Heerse Zweifel an Saschas Unschuld zur Gewissheit geworden. Leider zu spät, sonst hätten weitere Opfer verhindert werden können.

Nicht ohne Genugtuung sagte Heerse nun: »Aber letzten Endes ging diese Aktion nach hinten los.«

»Die waren eben nicht in der Lage zu erkennen, welches Potenzial ich habe.«

Heerse dachte an die Worte des Produktionsleiters. Presse um jeden Preis hatte der als den Schachzug eines Idioten bezeichnet und Pranter hatte das zu spüren bekommen. Erst kürzte man seine Rolle und vermutlich wäre sie am Ende ganz gestrichen worden. Außerdem hatte der Schauspieler die Medien falsch eingeschätzt, denn auch die überschritten gewisse Grenzen nicht. Und die Film- und Theaterbranche wurde nicht von naiven Träumern beherrscht, die sich von einem besessenen Schauspieler manipulieren ließen, sondern von ernsthaften Menschen, deren Anliegen es war, Kunst zugänglich und lebendig zu machen.

Heerse stellte seine nächste Frage: »Da kam Ihnen der Immobilienmakler Jacques Murcier ja äußerst ungelegen, nicht wahr? Ich nehme an, auch er hat Sie erpresst?«

Sascha Pranter verzog verächtlich die Lippen. »Dieser verlogene Mistkerl war am Set, hat Andeutungen gemacht, er wüsste etwas. Angeblich von Stemmer. Ich konnte das doch nicht ignorieren!«

»Was wollte er von Ihnen?«

»Ist das nicht eine unglaubliche Ironie? Er wollte, dass ich Magda Lehringer töte, dafür würde er schweigen. Die Lehringer ist tot, er schweigt, und ich sitze trotzdem hier.« Der junge Schauspieler schien amüsiert. »Es war so einfach. Ich hatte diese Pistole aus der Requisite, irgendein Plastikding, und Murcier ließ sich einschüchtern wie ein altes Weib.«

»Wie haben Sie ihm die Drogen verabreicht?«

Ein kehliges Lachen erklang. »Verabreicht? Der Mann hat förmlich darum *gebettelt*, als ich ihm klargemacht habe, welche Pläne ich noch mit ihm, seinem Körper im Allgemeinen und seiner Kopfschwarte im Besonderen hatte.«

Der Hauptkommissar verstand. Murcier hatte vielleicht gehofft, die Lehringer wäre die Mörderin und er könnte das Grundstück von ihr erpressen. Als sich herausstellte, dass Sascha Pranter der Täter war, wollte er diesen für seine Zwecke benutzen. Der Immobilienmakler hatte den Schauspieler jedoch gewaltig unterschätzt und war so selbst zum Opfer geworden.

Heerse stellte seine nächste Frage: »Aber Sie haben ihn verschont, weil es wie ein Unfall oder Selbstmord aussehen sollte.«

»Ich hielt es für besser. Nichts für ungut, Herr Hauptkommissar, aber ich wollte Sie nicht zu dicht im Nacken sitzen haben. Ich war der Meinung, Murcier wäre schnell vergessen.«

»Aber die Produktionsfirma hat nicht vergessen. Denen hat das ganz und gar nicht gefallen!«, schob Maren schnell ein.

»Nein«, entgegnete der Befragte ärgerlich, »ich hätte einen anderen Ort wählen sollen. Plötzlich änderte sich das zweite Mal in meinem Leben alles. Man hatte mich verraten, sich gegen mich verschworen, sie trachteten nach meiner Krone …« Er sprach mit ernster, lauter Stimme, sah an die Decke und wollte erneut seinen Text aus dem Theaterstück aufsagen.

»Hören Sie auf«, unterbrach ihn Heerse scharf, »wir sind hier nicht auf der Bühne und hier ist auch nicht der Platz für Ihre künstlerischen Verrenkungen, also halten Sie mich nicht zum Narren.«

Hinter der Scheibe ballte Müller grimmig die Fäuste, während er das Verhör beobachtete.

Der schroffe Ton des Hauptkommissars zeigte keine Wirkung.

Pranter beendete die Darbietung mit den Worten: »Ich stehe allein, es ist, wie es ist.« Dann sah er trotzig zu dem Polizisten.

»Kommen wir zu Ricardo. Er wusste also, was Sie taten?«

Der Schauspieler antwortete mit einem Brummen. »Ja. Aber er hat nichts gesagt, erst als es zum Streit kam. Da wollte er einen Deal. Das Rasiermesser, zusammen mit seinem Schweigen, gegen einen langfristigen Vertrag zu seinen Konditionen. Mit so einem Papier hätte er mich verheizen können: Auftritte in Discos, Bierzelten und bei Kaufhauseröffnungen. Kohle für ihn, Demütigung für mich.«

»Und er hatte keine Bedenken? Immerhin hat er sich selbst strafbar gemacht, indem er ein Beweisstück und

Informationen zurückgehalten hat …«

»Seien Sie nicht albern, Frau Kommissarin! Wer hätte sich schon für Ricardo interessiert. Ich bin derjenige, den man zu Fall bringen will«, beantwortete Pranter Marens Frage immer noch so, als spiele er den König.

»Sie behaupten also, dass Ihr Manager die ganze Zeit über wusste, dass Sie Menschen ermorden, und nichts dazu gesagt hat?« Heerse trieb das Gespräch voran, er brauchte noch weitere Antworten, musste aber befürchten, dass sein Gegenüber nun vollends den Verstand verlor.

»Und das wundert Sie?« Der Schauspieler machte ein erstauntes Gesicht. »Ist das wirklich so schwer zu glauben?«

»Bedauerlicherweise nicht!«, antwortete Heerse ehrlich.

Mehr würde er dazu nicht sagen – trotzdem schockierte ihn Ricardos Kaltschnäuzigkeit. Der Manager hatte seelenruhig zugesehen, wie die Menschen um ihn herum starben und das für seine geschäftlichen Interessen ausgenutzt. Wer konnte es dem Beamten verdenken, dass er in der Ermordung von Ricardo eine gewisse ausgleichende Gerechtigkeit sah. Getötet mit dem Rasiermesser, das er an sich genommen hatte, um die erste Selbstverstümmlung von Sascha Pranter zu vertuschen und werbewirksam auszuschlachten. Was wäre passiert, wenn Ricardo nicht in dieser Form eingegriffen hätte?

»Ihr Manager hat Sie erpresst?«, nahm Maren das Gespräch wieder auf.

»Ja, das hat er, dieser Verräter!« Pranter bebte mit einem Mal vor Wut.

»Sie trafen sich im Theater. Sie hatten den neuen, unterschriebenen Vertrag dabei und er das Rasiermesser, mit dem Sie ihn dann getötet haben?«

»Das habe ich und es tut mir nicht leid.« Jetzt kicherte der junge Schauspieler. »Ich musste nur das Rasiermesser und den Vertrag an mich nehmen, dann neben dem armen, toten Ricardo in Position gehen, auf die Security warten und schreien. Die haben mir tatsächlich meine Trauer abgenommen, konnten mich kaum von Ricardos Leiche trennen. Die beiden Wachmänner waren wirklich nicht sehr gewitzt.« Das Kichern mündete in einem kalten Lachen. »Niemand hat mich durchsucht, für sie alle war ich schließlich ein Opfer. Dabei hatte ich das Rasiermesser nach Ricardos Tod die ganze Zeit über bei mir! Diesen miesen Vertrag habe ich übrigens noch am gleichen Abend vernichtet.«

Heerse schürzte die Lippen, sagte dann aber nichts.

Erwartungsvoll sah Pranter, der den Kopf leicht schräg gelegt hatte, den Hauptkommissar an.

Heerse empfand es als sehr beunruhigend, mit welcher Gelassenheit der Mann ihm gegenübersaß. Nichts schien ihn zu irritieren, keine Verunsicherung, nur ein Ausdruck tiefster Zufriedenheit.

»Fragen Sie mich nach Magda«, sagte er nun herausfordernd.

Heerse hielt dem Blick stand und entgegnete: »Erzählen Sie uns von dem Mord an Magda Lehringer. Warum sie?«

Der sinnliche Mund von Sascha Pranter verzog sich ein wenig. Es war, als hätte man ihm nach einem mehrgängigen Menü nun das Dessert gebracht. Und so schilderte er den Beamten genüsslich und in allen Einzelheiten sein Verhältnis zu Magda, und dass sie ihm nicht zu der Hauptrolle im Film verhelfen wollte, was einem unentschuldbaren Verrat an seiner Person gleichkam.

»Sie hätten sie nicht retten können, niemals!«, schloss er sein Geständnis und sah erneut zu Heerse. »Sie wäre auf alle Fälle gestorben. Es gab nur diesen Weg für sie.« Seine Augen wanderten zu Maren. »Sehen Sie mich nicht so ungläubig an, Frau Kommissarin. Diese alte Hexe wollte mir meine Krone nehmen, aber ich bin der König.« Sein Adamsapfel hüpfte vor Aufregung hektisch auf und ab.

»Welche Krone sollte das sein? Mörder tragen keine Krone, sondern nur Handschellen!«, entschlüpfte es der Polizistin jetzt am Ende des Verhörs.

Das laute »Unsinn!«, das Sascha Pranter daraufhin ausstieß, hätte auch den letzten Platz in einem großen Konzertsaal erreicht. »Tun Sie doch nicht so, als wären Sie nicht in der Lage, das zu begreifen. Sie wissen genau, welche Krone mir zusteht.« Er begann zu geifern, sein Gesicht lief rot an. Er bedachte die Polizistin mit einem hasserfüllten Blick, als er anfing zu schreien: »Ich bin der beste Schauspieler, den die Welt je gesehen hat! Ich bin der König, mein ist die Krone!«

Er sprach jede Silbe überdeutlich aus, verzog den Mund, spannte seine Halsmuskeln an, als müsse er gleich wie ein Zugtier eine schwere Last hinter sich herziehen, und wiederholte nochmals die Worte. Sein Blick verklärte sich immer mehr, er stieß die Sätze nun ruckartig hervor, bemerkte nicht, wie ihm der Speichel über das Kinn lief, und hämmerte mit seinen Fäusten so stark auf die Tischplatte, dass das Metall der Handschellen laut schepperte. Immer lauter brüllte er seinen Text.

Heerse brach das Verhör ab und man rief nach einem Arzt. Erst ein starkes Sedativum machte es möglich, Sascha Pranter auf eine Bahre zu legen und zu fixieren. Mit verdrehten Augen, halb bewusstlos, bäumte er sich noch einmal auf. Seine Stimme versagte ihm beinahe den Dienst, aber Heerse verstand trotzdem, was ihm der Mann mit schwerer Zunge zu sagen hatte: »Nicht wahr, Herr Hauptkommissar, ich bin der beste Schauspieler, der Ihnen je begegnet ist …«

Die einzige Reaktion des Beamten war ein kurzes Nicken in Richtung der Sanitäter, die Sascha Pranter daraufhin aus dem Raum brachten.

EPILOG

Die Verhandlung wurde zum Medienzirkus, wie es Heerse befürchtet hatte, aber das Interesse verflüchtigte sich genauso schnell, wie es entstanden war. Sascha Pranter wollte den Gerichtssaal zur Bühne machen, was der Vorsitzende Richter jedoch zu unterbinden wusste. Es endete damit, dass man den Angeklagten in einer psychiatrischen Einrichtung für Straftäter unterbrachte.

Heerse dachte die erste Zeit noch öfter an den jungen Mann. Seine Rolle hatte er ausgezeichnet gespielt und alle getäuscht, auch den Hauptkommissar. Die Dosis aus Manipulation, schauspielerischem Talent und Kaltblütigkeit war perfekt gewesen. So konnte Pranter das gelingen, was er sich am meisten erträumt hatte: Er war eine Zeit lang der Mittelpunkt des Geschehens gewesen, er hatte die Hauptrolle gespielt. Erst viel zu spät erkannte Heerse, wie auch er hinters Licht geführt worden war. Insofern musste er Pranter recht geben: Er schien bedauerlicherweise tatsächlich der beste Schauspieler zu sein, der ihm je begegnet war.

Eigentlich rechnete der Hauptkommissar damit, dass man ihm eines Tages die Nachricht von Sascha Pranters Selbstmord überbringen würde, aber nichts geschah. Ob er sich in jener Nacht, nachdem er Magda Lehringer umgebracht hatte, selbst hatte töten wollen, wagte Heerse mittlerweile zu bezweifeln. Wahrscheinlicher war, dass Pranter im Rausch des Wahnsinns gehandelt hatte, jedoch zu diesem Zeitpunkt keinesfalls bereit gewesen war zu sterben. Das psychologische Gutachten, das während der Verhandlung vorgelegt wurde, bestätigte Pranters Fixierung auf die Rolle des Königs. Das Skalpieren der Opfer und die Selbstverstümmelungen resultierten aus der Paranoia, er könnte seine imaginäre

Krone verlieren. Die, die er getötet hatte, sollten durch dieses grausame Ritual bestraft werden. Symbolisch wurde ihnen die Krone vom Kopf geschnitten. Die Selbstverletzung rührte von der Wahnvorstellung des Schauspielers, dass er, der König, sich nur retten könnte, wenn er seine Krone freiwillig ablegen würde.

Und obwohl Heerse schon bald darauf einen neuen Fall übernahm, fiel es ihm schwer, die letzten Wochen zu vergessen. Er würde damit leben müssen – wie jedes Mal, wenn ein Verbrechen aufgeklärt worden war und sich herausstellte, was den Mörder zu den Taten getrieben hatte. Welche persönliche *Sepsis*, welche Vergiftung dafür verantwortlich war. Seit einem tragischen Fall aus der Vergangenheit hatte sich Heerse diese Formulierung angewöhnt und auch die Akte Sascha Pranter schloss er mit der bitteren Erkenntnis, dass nicht nur das Blut eines Menschen, sondern auch dessen Geist vergiftet sein konnte.

Einrichtung für psychisch kranke Straftäter, einige Zeit später ...

Lara Harosch lief den breiten weißen Gang entlang, ihre Absätze klapperten auf dem gefliesten Boden. Die Fenster waren vergittert und die Schatten der Metallstäbe sahen wie dunkle Lattenzäune aus, die man auf die Wände gemalt hatte. Aus den Räumen hinter den Türen drangen keine Geräusche nach außen.

Lara umklammerte nervös den Griff ihrer überdimensionalen Aktentasche. Sie trug ihr halbes Büro mit sich herum, schließlich wusste sie nicht, was nötig sein würde. Vorbereitung war wichtig, immerhin hatte sie hart für diesen Auftrag gekämpft und sogar den geradezu lächerlich kleinen Vorschuss ihres Verlegers akzeptiert. Diese Sache bedeutete ihr viel.

»Diese Sache« stellte tatsächlich ihr Leben auf den Kopf. Oder, wie es ihr Exfreund ausgedrückt hatte: »Diese Sache zerstört nicht nur unsere Beziehung, sie hat dich auch total verändert.« Und schnippisch hatte er, bevor er aus der gemeinsamen Wohnung ausgezogen war, noch angefügt: »Und nicht zum Guten, nur dass du es weißt.«

Lara rollte bei der Erinnerung daran mit den Augen. Er war eben kein Typ, der Verständnis für sie und ihre Arbeit aufbrachte. Diese Sache, und damit war ihr neues Buch gemeint, hatte sie sich in den Kopf gesetzt und jetzt gab es kein Zurück mehr.

»Sie wollen über Sascha Pranter schreiben? Ist das nicht dieser Schauspieler, der in Baden-Baden die Leute abgeschlachtet hat?«, hatte ihr Verleger entgegnet.

»Genau der. Ich denke, das könnte eine echt gute Geschichte werden.«

»Interessiert sich für den denn überhaupt noch jemand? Ist der nicht bereits durchgekaut?«

»Ich habe mir etwas ganz Besonderes überlegt …« Und dann hatte Lara zwei Stunden in dem Büro gestanden und ihre Idee verkauft.

»Ich gestehe, Sie haben sich gut vorbereitet. Vermutlich haben Sie auch schon einen Titel?«

»Ich dachte an ›Showblut‹«, war prompt ihre Antwort gekommen.

»Showblut …«, hatte der Verleger gemurmelt und eine Weile darüber nachgedacht. »Also gut, versuchen Sie Ihr Glück.«

Und das war genau das, was Lara heute tat: ihr Glück versuchen. Menschen, die sie kannten, hatten der jungen Frau davon abgeraten. Aber Lara ließ sich nicht beirren. Die Neunundzwanzigjährige hatte Himmel und Hölle in Bewegung gesetzt, um eine Besuchserlaubnis zu bekommen. Manche ihrer Bemühungen konnte man sogar als moralisch fragwürdig bezeichnen – aber um ihr Ziel zu erreichen, war ihr nichts anderes übrig geblieben, als die Ellbogen auszufahren.

Mit der Erinnerung daran kehrte auch der Kampfgeist zurück und sie beschleunigte ihre Schritte. Das Hallen der Absätze klang plötzlich beruhigend und die Schatten der Gitter waren nichts weiter als kuriose Lichtspiele.

Der medizinische Leiter der Einrichtung erwartete sie schon. Er war ein Mann Ende vierzig, hochgewachsen und mager. Seine Miene verriet Missfallen.

»Ich halte das für keine gute Idee«, sagte er, als er der jungen Frau zur Begrüßung die Hand entgegenstreckte.

»Ich habe die nötigen Papiere«, entgegnete sie trotzig.

Der Mann winkte ab. »Ich wurde informiert. Keine Sorge, ich werde Sie nicht aufhalten.«

Mehr erfuhr sie von dem Arzt nicht. Wozu auch? Was nötig war, wusste sie ohnehin. Dieses Interview heute war der letzte Teil ihrer Recherche, sozusagen das Herzstück. Sie hatte bereits alle möglichen Beteiligten kontaktiert. Das Ehepaar Werber, das mittlerweile eine eigene Talkshow hatte, den Regisseur Gunter Morat, seine Assistentin Rea Klimm und Horst Krasmir, den Barbier, der, so munkelte man, sich eine goldene Nase mit Werbeverträgen verdiente. Auch Marvi M. war gerne zu einem Gespräch bereit gewesen. Nur der Beamte, der damals die Ermittlungen geleitet hatte, dieser sture Rolf Heerse, lehnte ein Interview ab.

Es wird auch ohne diesen Dickschädel funktionieren, dachte Lara selbstbewusst.

Zwischenzeitlich erschienen zwei Männer, die die Autorin zu Sascha Pranter begleiten sollten.

»Er weiß, dass Sie kommen. Halten Sie sich bitte an das, was Ihnen die Pfleger sagen. Die beiden bleiben bei Ihnen.«

»Man hat mir zugesagt, dass ich mit Herrn Pranter allein sprechen kann, und zwar in einem Besucherzimmer ohne Maßnahmen, die ihn in meiner Gegenwart daran erinnern, dass er ein Gefangener ist. Er wird sonst nicht mit mir reden.«

Das war eine Bedingung Pranters gewesen, die sie unter großen Mühen durchgesetzt hatte, und nun war sie bereit, für dieses Vorrecht zu kämpfen.

Ihr Gesprächspartner hatte jedoch kein Interesse an einer Auseinandersetzung und zuckte lediglich mit den Schultern. »Schön, wenn Sie meinen, dann sprechen Sie alleine mit ihm. Meine Mitarbeiter warten vor der Tür.«

Die Anspannung wuchs, als man die junge Frau einen weiteren Gang entlangführte.

Das medizinische Personal redete nicht mit ihr. Erst vor der Tür gaben sie der Autorin ein paar Verhaltensregeln mit auf den Weg.

Gleich würde sie das erste Mal Sascha Pranter begegnen. Ihre Nervosität nahm spürbar zu.

Der ehemalige Schauspieler saß auf seinem Stuhl, machte keine Anstalten aufzustehen und blickte die Besucherin einfach nur interessiert an. Die junge Frau spürte, wie ihr das Blut in die Wangen schoß.

Sie hatte unzählige Male die Aufzeichnungen der Castingshow gesehen. Auch den Film, den er danach gedreht hatte, sowie Handymitschnitte der Theateraufführungen in Baden-Baden. Ihre gesamten Rechercheergebnisse drehten sich um die Figur von Sascha Pranter, der sie auf eine merkwürdige Weise faszinierte.

Auf seinem Gesicht zeichnete sich jetzt ein Lächeln ab.

Unbewusst starrte Lara auf die Narbe. Es war das erste Mal, dass sie den Mann nach seiner Verhaftung sah. Auf den letzten Bildern nach dem Urteilsspruch trug er noch den Verband. Die Verletzung war verheilt, aber unter dem Haaransatz hatte sich eine schwulstige Verdickung der Haut gebildet, die die Autorin als abstoßend empfand. Im ersten Moment wünschte sie sich, er würde eine Mütze tragen, nur um sich gleich darauf selbst zu ermahnen. Authentizität war für das Buch wichtiger als ihr ästhetisches Empfinden.

»Sie betrachten meine Narbe?«, erklang völlig unerwartet die angenehme Stimme des Mannes.

Lara zuckte zusammen und ärgerte sich darüber.

»Ich bin Lara Harosch«, entgegnete sie und versuchte, reserviert und professionell zu wirken.

Sein Lächeln wurde breiter. »Schön. Sie betrachten meine Narbe, Lara Harosch?«

Die junge Frau ließ sich nicht aus dem Konzept bringen. Während sie ihre Aktentasche auf den kleinen Tisch stellte, an dem ihr Gesprächspartner saß, antwortete sie wahrheitsgemäß: »Ja, es gibt keine aktuellen Bilder von Ihnen, Herr Pranter. Verzeihen Sie mir meine offene Neugier, aber deswegen bin ich hier.«

Er lachte und Lara empfand die Situation absurd. Sie war hier mit einem gewalttätigen Mörder zusammen, der Sinn für Humor hatte, abgesehen von der ekelhaften Narbe unverschämt gut aussah, und den sie nicht unsympathisch fand. Schnell rief sie sich die Bilder seiner Opfer in Erinnerung. Sie hatte die Berichte der Gerichtsmedizin gelesen.

»Sie sind also einverstanden, wenn ich Ihnen einige Fragen stelle?« Erleichtert nahm sie zur Kenntnis, dass er zustimmte. Jetzt würde es endlich losgehen.

Lara kramte ihre Unterlagen und das Aufnahmegerät aus der Tasche, als er plötzlich fragte: »Warum?«

Sie stutzte. »Weil ich ein Buch schreiben will, über das, was passiert ist.«

»Warum?«

»Ich halte es für wichtig, den Menschen die Umstände zu erklären.«

»Warum?«

Lara schwieg und sah den Mann nachdenklich an. Wollte er sie provozieren?

Als hätte er ihre Gedanken erraten, hob er nun abwehrend die Hände. »Ich möchte Ihnen nicht zu nahe treten, es hat mich nur interessiert.«

Das Aufnahmegerät lief und Lara beschloss, von ihrem vorbereiteten Fragekatalog abzuweichen, indem sie sagte: »Was denken Sie denn, warum ich das mache?«

Pranter lehnte sich nach hinten, streckte die Arme über den Kopf und rekelte sich, so als müsste er gähnen.

»Sie sind auf der Suche nach Ruhm.«

»Nein, Schreiben ist mein Beruf, ich arbeite auch als Journalistin. Dieses Buch ist mein nächstes Projekt, das hat nichts mit Ruhm zu tun.«

»Blödsinn!« Mit einem Ruck hatte er sich gerade aufgesetzt und fixierte sie nun mit den Augen.

Lara fühlte sich unbehaglich und stellte ihre erste vorbereitete Frage, ohne auf den Vorwurf zu reagieren.

Pranter antwortete jedoch nicht, sondern rief erneut: »Blödsinn!«

»Hören Sie, man hat mir gesagt, Sie wären bereit für ein Interview. Also, wenn Sie es nicht sind …«

»Ich sagte, das ist Blödsinn mit dem Beruf. Sie sind auf der Suche nach Ruhm.« Zufrieden verschränkte er die Arme vor der Brust.

»Wie kommen Sie darauf?«, gab die Autorin nach und hielt sich für besonders klug, weil sie einer Erklärung ausgewichen war, indem sie eine Gegenfrage gestellt hatte.

Er schien jedoch genau darauf gewartet zu haben.

»Wie lange versuchen Sie schon, einen Termin hier in der Einrichtung zu bekommen?«

Ein leichtes Zucken um ihre Mundwinkel reichte ihm als Antwort.

»Das dachte ich mir doch«, sagte er selbstgefällig. »Ich wette, Sie haben Ihre Seele verkauft für all die Unterschriften und Stempel, um mich in meinen Gemächern besuchen zu können.« Er hielt kurz inne und sah sich belustigt in dem kahlen Raum mit dem kleinen vergitterten Fenster und dem Tisch mit den zwei Stühlen um. »Wie weit sind Sie gegangen?« Er lehnte sich etwas vor, blickte ihr in die Augen und flüsterte: »Und vor allem, wie weit wären Sie gegangen?«

Ohne es verhindern zu können, wurde Lara rot. Sie dachte an ihren Exfreund, der ihr kurz vor der Trennung unterstellt hatte, dass sie bereit wäre, über Leichen zu gehen, nur um ihr Ziel zu erreichen.

Falls Pranter ihre Verlegenheit bemerkt hatte, dann ließ er sich das nicht anmerken. »Mit wem haben Sie über mich gesprochen?«, wechselte er unvermittelt das Thema.

»Eigentlich mit allen, die damals involviert waren.«

»Sie meinen die, die noch übrig sind? Ich wette, an dem Polizisten haben Sie sich die Zähne ausgebissen.«

Da er nicht sofort eine Antwort bekam, war klar, dass er richtig lag.

»Rolf Heerse hat Sie abblitzen lassen, das passt zu dem Mann. Schade eigentlich, ich hätte gerne gehört, was er zu sagen hätte.«

»Können Sie sich vorstellen, warum er nicht mit mir über Sie sprechen will?«, ging Lara darauf ein, in der Hoffnung vielleicht über Umwege ihre Antworten zu bekommen.

»Es ist ganz einfach. Heerse verabscheut mich, für das, was ich getan habe. Vielleicht hasst er mich sogar.« Er dachte angestrengt nach, bevor er weitersprach. »Ja, ich bin mir sicher, dass er mich hasst. Aber er würde deshalb nicht gegen sein Ehrgefühl handeln. Ich vermute, dazu gehört auch, dass er keine Interviews gibt, wenn es um Menschen geht, die er verhaftet hat. Könnte ja sein, dass er trotz allem deren Recht auf Privatsphäre nicht verletzen will.«

Sie lächelte mitleidig, sagte aber nichts.

»Oh, Sie glauben, Ehrgefühl gibt es nicht?« Es entstand eine kurze Pause und Pranter wechselte das Thema. »Stellen Sie mir Ihre Fragen«, sagte er kühl und die Autorin hatte das Gefühl, den Mann irgendwie verärgert zu haben.

Das nachfolgende Interview schien das zu bestätigen. Seine Antworten waren einsilbig. Pranter zierte sich nicht, ihr die Morde oder seine Beweggründe zu schildern, aber die Aussagen stimmten fast eins zu eins mit den Vernehmungs- und Gerichtsprotokollen überein.

Lara war enttäuscht, sie hatte sich so viel mehr erhofft und jetzt stand sie wie eine Anfängerin da. Es gelang ihr nicht, zu Sascha Pranter durchzudringen.

Schließlich fasste sie einen Entschluss. Sie musste Klartext mit dem Mann sprechen. Vermutlich würde man sie nicht noch einmal zu ihm lassen. Die Pfleger vor der Tür gingen auf und ab – wie lange würde man ihr noch gestatten, in diesem Raum Fragen zu stellen, bevor man einen Grund fand, sie zu verabschieden?

»Ich denke, es wäre gut, wenn Sie noch etwas von sich preisgeben würden.«

Er sah sie verblüfft an. »Tue ich das nicht die ganze Zeit?«

Sie verzog den Mund. »Na ja, Sie erzählen mir nichts Neues. Nichts, was meine Leser nicht schon aus der Zeitung kennen.«

Pranter zog die Augenbrauen nach oben, dabei trat die hässliche Narbe noch stärker hervor, entgegnete aber nichts.

»Sie verstehen das doch, oder? Man muss immer etwas Frisches liefern, sonst interessiert sich niemand dafür.«

Jetzt nickte Laras Interviewpartner mehrmals.

»Verstehe!«, brummte er nachdenklich. »Ihre Leser wollen wissen, wie es ist, in den Abgrund gestürzt zu werden.«

»Wenn Sie es so ausdrücken wollen, dann …«

Sascha Pranter hörte ihr nicht mehr zu. Seine Stimme veränderte sich und er starrte auf die Tischplatte »Ich werde Ihnen sagen, wie das ist. Es ist erschreckend. Ihre Freunde werden zu Feinden, zu gefährlichen Feinden, überall lauert der Verrat und die Angst geht um. Man trachtet Ihnen nach dem Leben.«

»Ist das so?«, hakte die Autorin, die der unvermittelte Stimmungswandel ihres Gesprächspartners nicht beunruhigte, interessiert nach.

»Ich stehe allein, es ist, wie es ist«, sprach Sascha weiter.

»Hätte Ihnen nicht jemand helfen können?«

Lara bemerkte nicht, dass Pranter in die Rolle des Königs zu schlüpfen begann. Ihren Kommentar hatte er jedoch gehört.

Er fuhr sie wütend an: »Sie verstehen nichts. Es gibt keine Hilfe!«

»Würden Sie nicht gerne das, was geschehen ist, rückgängig machen?« Sie beglückwünschte sich zu dieser Frage. Das war ein interessanter Aspekt, auf jeden Fall ausbaufähig.

»Sie sind wie die anderen«, presste er zwischen den Lippen hervor.

»Bin ich nicht. Ich will nur verstehen.«

Sie glaubte schon, er würde ihr keine weiteren Antworten geben, als er plötzlich aufsprang. Mit schnellen Schritten war er bei der Autorin, trat hinter deren Stuhl und beugte sich über die rechte Schulter der Frau. Selbst wenn sein Verhalten bedrohlich wirkte, wagte sie nicht, nach den Pflegern zu rufen. Vielleicht bekäme sie jetzt endlich Einblick in die Persönlichkeit des Mörders Sascha Pranter. Das wäre genial, das Buch würde die Menschen erreichen und alle Verkaufsrekorde brechen.

Sein warmer Atem streifte ihre Haut, seine Stimme war nur noch ein Wispern. »Doch am Ende, ohne Krone, werde ich trotz allem der König sein.«

Jetzt verstand sie. Der Text stammte aus dem Theaterstück der Lehringer.

Fantastisch, dachte die Autorin begeistert, *er wird mir sein wahnsinniges Ich zeigen.*

»Sie meinen, man hat Ihnen etwas weggenommen?«, fragte Lara behutsam. Sollte er doch glauben, er wäre ein König, Hauptsache, sie bekam etwas Außergewöhnliches.

»Man hat mir alles genommen«, antwortete Pranter leise. Langsam legte er seine Hände auf ihre Schultern. Automatisch versteifte sich die junge Frau, blieb aber sitzen.

»Man hat mir alles genommen. Ich bin der König. Und auch du bist nur gekommen, um mir mein Eigentum zu stehlen.«

Seine Hände verstärkten den Druck, Lara zuckte unter dem plötzlichen Schmerz zusammen. Pranter schien das nicht zu bemerken. Er wiederholte wie ein Besessener seine Worte, immer schneller, bis man nur noch ein Nuscheln hören konnte.

Lara wand sich vorsichtig aus seinem Griff, rutschte langsam von ihrem Sitz und stand auf. Die Situation wurde unheimlich. Sie fühlte Panik aufsteigen und versuchte, sich von ihm zu entfernen. Mit einem Mal kam sie sich so unglaublich dumm vor. Alles hatte sie besser gewusst, selbst die Anwesenheit der Pfleger abgelehnt, wie ein trotziges Kind auf ihr Recht bestanden.

»Du schreibst dieses Buch nur aus einem Grund, du willst den Ruhm«, rief Sascha Pranter jetzt anklagend in ihre Richtung. »Du willst meine Krone. Ist es nicht so?«

Lara schüttelte den Kopf. »Nein, nein, ich will Ihnen helfen.« Etwas Besseres fiel ihr nicht ein.

»Mir helfen? Solche wie dich kenne ich! Ihr helft nur euch selbst!«

Er kam auf sie zu. Sie wich zurück und sagte mit zitternder Stimme: »Wir sollten uns wieder an den Tisch setzen.«

Aber es schien, als würde der ehemalige Schauspieler sie nicht hören. »Du willst meine Krone«, rief er schrill, fast schon hysterisch. Mit einem einzigen Satz stand er nun direkt vor ihr. Die junge Frau schrie auf.

»Du willst meine Krone? Du sollst sie haben!« Im nächsten Moment griff sich Pranter an den Kopf und riss mit einem brutalen Ruck an seinen Haaren.

»Ich schenke sie dir«, kreischte er wie ein Besessener und wedelte mit dem blutigen Büschel direkt vor Laras Gesicht. Sie sah die Haarwurzeln, die Haut daran und das Blut. Sie blickte zu Sascha, über dessen rechter Schläfe nun eine kahle Stelle klaffte, stierte auf das wunde Gewebe, das wie ein Brandmal zwischen den blonden Haaren hervorstach, hörte die Worte, die ihr der Mann noch entgegenbrüllte, bevor ihn die Pfleger sedierten, und verlor schließlich das Bewusstsein.

Als sie im Büro des medizinischen Leiters wieder zu sich kam, sah der sie nur mitleidig an. Seine spitzen Bemerkungen ignorierte sie.

Eilig verließ die Autorin das Gebäude. Auf dem Weg zum Parkplatz musste sie sich übergeben.

Lara würde sich den Rest ihres Lebens an diesen schrecklichen Nachmittag erinnern und die Worte, die ihr Sascha Pranter zuletzt zugebrüllt hatte, für immer im Gedächtnis behalten: »Mein Ruhm ist blutig, und dennoch ist es Ruhm!«

Ende

SCHLUSSWORT UND ANMERKUNGEN

Alle Personen, Institutionen und Handlungen in meinem Buch, nebst Namen und Bezeichnungen sind frei erfunden. Ähnlichkeiten mit lebenden oder toten Personen und deren Handlungen sind rein zufällig und nicht beabsichtigt.

Der dritte Psychothriller aus der Sepsis-Reihe spielt, wie auch die Vorgänger »Sepsis – Verkommenes Blut« und »Sepsis – Das Schandmaul«, in Baden-Baden und Umgebung. Die meisten Schauplätze sind real. So zum Beispiel die Talstation der Merkurbergbahn, von der aus man mit einer Standseilbahn fast bis zum Gipfel des Merkurs fahren kann, oder natürlich die Fußgängerzone mit ihren wundervollen Restaurants und Cafés. Das Gebiet des Stadtwalds beherbergt, wie im Buch beschrieben, ein Wildgehege und verschiedene Wildarten, darunter natürlich auch Wildschweine.

Der Schwarzwald bietet viele Möglichkeiten für Wintersportler, ist aber auch im Sommer ein idealer Ort für Ausflüge. Wer es mit Rolf Heerse hält, so wie ich, der findet außerdem zu jeder Jahreszeit einen gemütlichen Platz, um ein leckeres Stück Schwarzwälder Kirschtorte zu verdrücken.

Eine besondere Rolle hatte dieses Mal die Burgruine des »Alten Schlosses«, das auch unter dem Namen »Schloss Hohenbaden« bekannt ist. Wenn Sie die Gelegenheit haben, sollten Sie sich einen Besuch dort oben nicht entgehen lassen. Die Aussicht ist herrlich und bei schönem Wetter sieht man die Vogesen und natürlich auch die Rheinebene – nicht nur für ein Buch eine traumhafte Kulisse. Auch die interessante Geschichte der Burg lohnt es, nachzulesen.

Manchmal musste ich allerdings Veränderungen der Örtlichkeiten vornehmen, zum Beispiel beim Standort der Dienststelle.

Das Theaterstück von Magda Lehringer ist ebenfalls eine Erfindung meinerseits. Die Zitate über den Kapiteln stammen aus dem *Monolog des Königs,* der immer wieder im Laufe des Buches erwähnt wird. Der Vollständigkeit halber habe ich diesen im Anschluss an das Schlusswort in voller Länge angefügt.

Herzlichen Dank, dass Sie sich die Zeit zum Lesen meines Psychothrillers »Sepsis – Showblut« genommen haben. Ich hoffe, Baden-Baden und das Ermittlerteam konnten Sie auch dieses Mal wieder in ihren Bann ziehen. Vielleicht denken Sie ja beim nächsten Stück »Schwarzwälder Kirsch« an Rolf Heerse und meine Heimatstadt!

Ihre Ilona Bulazel

Aus dem letzten Akt, der Monolog des Königs:

Ich bin der König, mein ist die Krone! Deshalb feiert mich und jubelt, beugt das Knie vor mir und erstarrt in Ehrfurcht. Mein Ruhm ist blutig, und dennoch ist es Ruhm!

Manches Mal schmerzte die Krone, lastete schwer auf meinem Haupt!

So viel Blut hat sie gefordert, so viel Verderben!

Heute greifen sie nach dem, was einst nur mir allein bestimmt war. Was kann ich tun, außer zu sterben?

Wie soll ich retten, was längst verloren ist? Wie soll ich die Krone tragen, nach der meine Feinde streben?

Wer unter euch ist mir ebenbürtig? Verrat oder Angst einer dieser Gegner wird mich zu Fall bringen.

Als Narr trat ich mein Erbe an, sah nicht, wie bereits mein Tod gefeiert wurde.

Und heute wollt ihr, dass ich opfere, was auch immer die Krone fordert. Ihr verlangt mehr, als euch zusteht! Oh verfluchter Ruhm, geboren aus Schande!

Die Liebe sollte mich lehren, die Sterne und den Mond zu sehen, aber stattdessen sah ich nur die düstere Nacht und fühlte ihre Kälte.

Mein Verzicht wäre nicht euer Sieg, dem seid gewiss. Mit welchem Eifer verfolgt ihr das Ziel? Täuscht euch nicht in der Kraft, die sich gegen euch stellen wird.

Einen Weg musste ich wählen, wohl wissend, dass ich nie erfahren werde, ob es der richtige gewesen war.

Dem Feinde nah zu sein und dem Freund fern, ist das Schicksal derer, die kämpfen. Diesen Weg habe ich gewählt, weinen werde ich danach.

Hofft, dass es endet ohne Furcht, hofft, dass der Tod nicht über das Leben siegen wird, aber glaubt mir, ihr hofft vergebens.

Hoffnung habt ihr auch mir gegeben und dann schlugt ihr mich nieder und mein Gesicht lag im Dreck. Meine Lippen berührten die feuchte Erde, war das etwa Dank?

Ich stehe allein, es ist, wie es ist. Doch am Ende, ohne Krone, werde ich trotz allem der König sein. Mein Ruhm ist blutig, und dennoch ist es Ruhm.

WEITERE TITEL DER AUTORIN

Sepsis – Verkommenes Blut (Psychothriller, Band 1)
http://www.amazon.de/dp/B00V0R616E

Sepsis – Das Schandmaul (Psychothriller, Band 2)
http://www.amazon.de/dp/B015WUW2QM

Projekt Todlicht (Thriller)
http://www.amazon.de/dp/B011AKKO22

Die Akte Aljona (Thriller)
http://www.amazon.de/dp/B00Q5KOL2M

Operation Castus (Thriller)
http://www.amazon.de/dp/B00IDI70R2

world: reset – Nach den Aschentagen
(Krimi/Science-Fiction-Thriller)
http://www.amazon.de/dp/B00CG8G79W

Mystery-Geschichten (Kurzgeschichten)
http://www.amazon.de/dp/B00LOVB5K8

Scifi-Geschichten (Kurzgeschichten)
http://www.amazon.de/dp/B00M4E48P8

Mit freundlichen Pfoten – Lustige Briefe von Lolo,
der Hündin (Humor)
http://www.amazon.de/dp/B00DP53PWM

Mit freundlichen Pfoten – Weihnachtspost von Lolo,
der Hündin (Humor)
http://www.amazon.de/dp/B00FYUT0CA

Alle Titel erhalten Sie als E-Book (die Shops finden Sie auf der Website der Autorin unter http://www.autorib.de) oder als Taschenbuch über Amazon!

14838960R00170

Printed in Poland
by Amazon Fulfillment
Poland Sp. z o.o., Wrocław